Lammauftrieb

Richard Auer, Jahrgang 1965, studierte Diplom-Journalistik an der Katholischen Universität Eichstätt und hielt der Stadt auch danach die Treue. Mit seiner Frau und drei Söhnen sowie »Stadtkater Camillo« wohnt er mitten in der barocken Altstadt. Seit über zwanzig Jahren arbeitet er als Lokalredakteur beim »Eichstätter Kurier«. Im Emons Verlag erschienen »Vogelwild«, »Walburgisöl«, »Hausbock« und »Teufelsmauer«.
www.autorenwerkstatt-auer.de

RICHARD AUER

Lammauftrieb

KRIMINALROMAN

emons:

Bibliografische Information der Deutschen Nationalbibliothek
Die Deutsche Nationalbibliothek verzeichnet diese Publikation in der Deutschen Nationalbibliografie; detaillierte bibliografische Daten sind im Internet über http://dnb.d-nb.de abrufbar.

Umschlagmotiv: iStockphoto.com/ROMAOSLO
Umschlaggestaltung: Tobias Doetsch
Gestaltung Innenteil: César Satz & Grafik GmbH, Köln
Lektorat: Hilla Czinczoll
Druck und Bindung: CPI – Clausen & Bosse, Leck
Printed in Germany 2015
ISBN 978-3-95451-709-1
Originalausgabe

EINS

Tappen, tappen – keuchen, keuchen. Tappen, tappen – keuchen, keuchen. Tappen, tappen ... Ich hätte ein Aspirin nehmen sollen, dachte Morgenstern. Nicht sollen – müssen. Und überhaupt: Je länger er unterwegs war, und das war noch gar nicht lange, desto mehr stellte er sich die Frage, was das überhaupt sollte.

Es war Sonntagmorgen, acht Uhr. Wahrscheinlich lag halb Eichstätt noch im Schönheitsschlaf. Aber er hatte sich in einem Anfall von Selbstdisziplin aus dem Bett geschwungen, hatte im Kleiderschrank den viel zu engen schnittlauchgrünen Polizeitrainingsanzug gesucht und nach einigem Wühlen auch gefunden, hatte seine seit vielen Monaten ungenutzten Joggingschuhe geschnürt und sich auf den Weg gemacht. Auf den Weg zum Neuen Weg.

Mike Morgenstern, Kriminaloberkommissar bei der Kriminalpolizei Ingolstadt mit Wohnsitz in Eichstätt, der selbst ernannten »Perle des Altmühltals«, hatte sich bei seiner diesjährigen Jogging-Premiere – wennschon, dennschon – eine besonders anspruchsvolle Strecke ausgesucht. Er hätte auf dem asphaltierten Rad- und Fußweg entlang der Altmühl laufen können, einer brettebenen Rentnerrennbahn, auf der ihm jetzt am Morgen allenfalls ein paar Hundebesitzer beim notorischen Gassigehen über den Weg gelaufen wären. Aber nein: Er hatte sich dafür entschieden, eine der steilen Flanken des Altmühltals hinaufzuächzen, auf einem sich schlängelnden Schotter- und Waldpfad, der vor einigen Jahren Teil des zweihundert Kilometer langen »Altmühltal-Panoramawegs« geworden war.

Der idyllische Pfad, den immer wieder Aussichtsbänke säumten, war vor bald zweihundert Jahren auf der Nordseite von Eichstätt, dicht hinter der Stadtmauer, angelegt worden – den Namen »Neuer Weg« trug er dennoch mit der gleichen selbstverständlichen Würde, wie es die Pont Neuf in Paris tat, die schon längst keine »neue Brücke« mehr war, sondern vielmehr die älteste der Stadt.

Tappen, tappen – keuchen, keuchen.

Morgenstern hatte den Reißverschluss seiner grünen Trainingsjacke weit geöffnet, um seiner wild arbeitenden Lunge Platz zu schaffen, um die Beklemmung zu überwinden, wie es die Radrennfahrer der Tour de France am berüchtigten Mont Ventoux tun. Für Morgenstern war der Neue Weg gerade der persönliche »Berg der Leiden«. Er hatte keinen Blick für den atemberaubenden Ausblick auf die Stadt, die direkt zu seinen Füßen im Tal lag, für die Dreifaltigkeit der Türme von Dom, Rathaus und Kloster St. Walburg, kein Auge für die stolze Willibaldsburg auf der anderen Talseite. Mit puterrotem Kopf, schwitzend, kämpfte er sich voran, in einem für Außenstehende gewiss lächerlich scheinenden Tempo, das jeden einigermaßen talentierten Nordic Walker zum Überholen herausgefordert hätte.

Doch für Morgenstern war zumindest an diesem Morgen nicht mehr drin. Früher, vor etlichen Jahren, da hatte er noch in Nürnberg einen Halbmarathon absolviert, mehr schlecht als recht hatte er sich damals ins Ziel geschleppt, aber der Beifall seiner Familie war ihm sicher gewesen. Heute allerdings war aus zweierlei Hinsicht kein guter Tag für sportliche Höchstleistungen: Zum einen hatte Morgenstern seit dem vergangenen Herbst keinen Fuß mehr in einen Joggingschuh gesteckt. Er hatte diesen Umstand gegenüber seiner Frau Fiona in den vergangenen Wochen gelegentlich mit dem harmlos klingenden Begriff »Trainingsrückstand« zu kaschieren versucht. Dass der uralte, aber treue Polizeitrainingsanzug gar so zwickte, war auch eine Folge dieser Nachlässigkeit.

Zum anderen, und das war an diesem Morgen das viel größere Handicap, war Morgenstern am vergangenen Abend bei einer spontanen Exkursion ins eigentlich überschaubare Eichstätter Nachtleben böse vom rechten Weg abgekommen. Im Laufe des Abends hatte er mehrfach die Lokalitäten gewechselt, wobei Qualität und Leumund der Gastronomiebetriebe von Mal zu Mal abgenommen hatten. Ganz am Ende war er in Begleitung eines eben erst kennengelernten Kumpans in einer unscheinbaren Pilskneipe im Westen der Altstadt gestrandet.

Die Kneipe mit dem sonderbaren Namen »Der Sausackschleifer« war Morgenstern bis dahin noch nie aufgefallen, und unter normalen Umständen hätte sich das auch nicht geändert. »Der Sausackschleifer« war das Sammelbecken für Nachtschwärmer im Kamikaze-Sturzflug, für heimatlose Ex-Rocker, für kurz geschorene Krypto-Neonazis, aber auch für harmlose Rentner, blasse Hartz-IV-Empfänger und kettenrauchende Damen schwer definierbaren Alters, die als Beruf durch die Bank »Hausfrau« angaben und darauf hofften, von einem der Herren zu einer Halben Löwenbräu eingeladen zu werden.

Hier also war Morgenstern gegen drei Uhr morgens gelandet, und wie sich herausgestellt hatte, war der Zeitpunkt in gewisser Hinsicht perfekt gewesen: Der Wirt hatte entschieden, die Kneipe in den nächsten Tagen zu schließen, und die Stammgäste waren soeben dabei, die im Laufe der Zeit angehäuften und teils heftig eingestaubten Spirituosenbestände zu stark ermäßigten Preisen zu dezimieren. Morgenstern fragte sich im Rückblick, wie er so verrückt hatte sein können, sich an diesem aberwitzigen »Resterltrinken« zu beteiligen.

An zwei Dinge konnte er sich noch erinnern: Zum einen an den Schlager »Anton aus Tirol«, der wie in einer Endlosschleife das musikalische Unterhaltungsprogramm bestimmt hatte. Zum anderen daran, dass der Wirt eine Lokalrunde nach der anderen spendiert hatte, was man als höflicher Gast tunlichst nicht ausschlug. Als er gegen halb fünf schließlich ins zartrosa aufkeimende Morgenrot hinausgetorkelt war, hatte sein Magen das Problem bereits auf eigene Faust … nun ja.

Ein Aspirin wäre die richtige Wahl gewesen, aber ein knackiger Dauerlauf, so sinnierte Morgenstern nun, würde seine Sinne ebenfalls einigermaßen klar machen. Unter keinen Umständen wollte er Fiona und seinen beiden Söhnen als verkaterter Kopfschmerzkandidat mit fahlgrauem Gesicht unter die Augen treten. Er hoffte darauf, nach einer fünf Kilometer langen Tour frisch wie der blühende Tag am Frühstückstisch zu erscheinen und Fragen nach seinen nächtlichen Abenteuern wegzulächeln. »Ein Mann muss seinen Weg gehen«, würde er sein Lieblingsmotto anführen.

»Dieser Weg wird kein leichter sein, dieser Weg wird steinig und schwer …« Zu allem Überfluss fing sich Mike Morgenstern, der schwitzende Mann in Grün, nun auch noch einen musikalischen Ohrwurm ein, ausgerechnet Xavier Naidoos Fußball-WM-Hymne von 2006. Musikalisch war sie für Morgenstern indiskutabel, aber zum Neuen Weg passte sie ganz gut.

Mühsam tappte er weiter auf steinigem Pfad, der sich nun in einigen wenigen Kurven durch eine Art Urwald voller umgestürzter Baumleichen den Steilhang hinaufschraubte. Oben ging der verwilderte Buchenwald über in Trockenrasen, der nur von einzelnen verkrüppelten Bäumen und Wacholdersträuchern Struktur erhielt, ehe sich hinter dornigen Schlehenhecken steil die Abraumhalden der Wintershofer Kalksteinbrüche auftürmten. Endlich hatte Morgenstern die Hochfläche erreicht.

Mit pochendem Kopf, wild schlagendem Herzen und schmerzender Lunge spürte er, dass er es dieses Mal übertrieben hatte. Er drückte die Hand auf seinen schmerzenden Bauch: Seitenstechen! Und zudem hatte er in der linken Wade schon mehrfach ein unangenehmes Ziehen gespürt. Da kündigte sich ein Krampf an. Doch Morgenstern war wild entschlossen, nicht klein beizugeben. Jetzt, wo er endlich, endlich die Steigung überwunden hatte, jetzt, wo ihm die Welt des Altmühltals quasi offenstand, da würde er doch nicht kehrtmachen wie ein geprügelter Hund!

Ganz vorsichtig, um den Wadenkrampf nicht unnötig zu provozieren, tappte er weiter. Systematisch atmend, immer im Rhythmus der Laufbewegung und so bewusst, als ginge es um eine tibetanische Meditationsübung, lief er auf dem schmalen Weg Richtung Westen. Weit unter sich sah er das Eichstätter Freibad mit seinen drei blauen Becken in der Sonne glänzen. Einzelne Schwimmer, das konnte er sogar aus der Ferne sehen, zogen schon jetzt am Morgen ihre Bahnen. Das, so hatte ihm Fiona beim Saisonauftakt am Muttertagswochenende erklärt, seien die immer gleichen älteren Damen, die bereits um Punkt acht Uhr auf den Einlass warteten, um sich dann zügig im Schmucke ihrer geblümten Badeanzüge und rosafarbenen Bademützen mit aufdrapierten Plastikblüten zum Bahnenschwimmen zu begeben – Eichstätts legendäre »Bodweiber«.

»Dieser Weg wird kein leichter sein …« Im – gemächlichen –

Laufrhythmus summte Morgenstern nun wieder diese ihm so verhasste Melodie vor sich hin, unfähig, das Lied irgendwie auszuknipsen. »… nicht mit vielen wirst du dir einig sein. Doch dieses Leben bietet so viel mehr …«

Die gesamte Hangflanke zur Linken war bewachsen mit Haselnusssträuchern, eine hundert Jahre alte, verwilderte Plantage, die fast bis zur Talsohle hinabreichte, durchzogen von Pfaden und Querwegen, bevölkert von Eichelhähern und Eichhörnchen. Eben erst hatten zwei dieser Nager vor Morgenstern die Flucht in einen Walnussbaum ergriffen. »Der Teufel ist ein Eichhörnchen« – dieser Satz fiel Morgenstern aus irgendeinem Grund ein, und er überlegte, was damit eigentlich ausgedrückt werden sollte.

Es sollte wohl bedeuten, dass das Böse immer dann auftauchte, und zwar zunächst in ganz harmloser Form, wenn man nicht damit rechnete. Pah, ausgerechnet das hübsche Eichhörnchen, dieses kleine, buschige, frech-fröhliche Wesen, sollte dem Gottseibeiuns Gestalt verleihen? Wem war bloß so etwas eingefallen? Der Teufel, der steckte vielmehr in einer halb vollen Flasche Asbach Uralt, der wartete wie ein Dschinn in einer staubigen Flasche Metaxa auf seine Befreiung, der tarnte sich in der grünlichen Farbe eines sechsundfünfzigprozentigen Escorial.

Um Himmels willen, was hatte er, Mike Morgenstern, in der letzten Nacht nicht alles durcheinandergetrunken. Und am Ende hatte der Wirt dem ganzen Lokal gar noch einen angeblich uralten Schnaps spendiert – mit dem Hinweis, das sei nun ein unglaublich edles und hochwertiges Destillat, das mit entsprechender Andacht genossen werde möge. So etwas habe wohl noch keiner in der Runde verkostet. »Ex und hopp!« – Morgenstern erinnerte sich noch vage an den etwas unpassenden Dankesruf der proletarischen Gästeschar.

Er tappte weiter. Ihm schien, als ob das Seitenstechen sich beruhigte. Recht so: Heute würde sich ihm niemand in den Weg stellen, dachte er in einem Anflug von heroischer Stärke. Dann sah er die Schafe. Viele Schafe.

Eine riesige Schafherde hatte sich quer über seiner Laufstrecke zwischen Haselnussplantage und den Steinbruchhalden breitgemacht, rupfte das trockene Gras des Magerrasens, der sich den ganzen Hang entlangzog, und versperrte den Weg. Braune Ziegen mit spitzen Hörnern knabberten an dornigen Büschen, ein struppiger schwarzer Hund zog irgendwo weit unten seine Bahn, um die Herde beisammenzuhalten.

Morgenstern blieb stehen. Ihm war klar, dass er sich nur mit Mühe durch die dicht gedrängte, wogende Herde würde schieben können, und der Schäfer wäre bestimmt nicht begeistert, wenn ein grüner Jogger die Tiere mit Geschrei und wedelnden Armbewegungen in alle Himmelsrichtungen davontreiben würde.

Jetzt erst sah er, dass der ganze Weg mit Schafköteln übersät war. Er stand mittendrin, seine guten Joggingschuhe starrten bereits vor Dreck. Das war wohl der Preis fürs Schäferidyll, dachte er, denn ein Idyll war es auf jeden Fall, wenn hier am Morgen die Tiere auf die Weide geführt wurden wie schon vor tausend Jahren – Schafkötel hin oder her. Morgenstern sah dem Treiben eine Weile zu. Wo war eigentlich der Schäfer?

Ein paar hundert Schafe dürfte die Herde haben, schätzte er, während er ratlos und schwer atmend mitten im Schafdreck stand, dazu noch dreißig Ziegen. Er ging langsam auf die Tiere zu, und mit kleiner Verzögerung wandten die ihm ihre Hinterteile zu, drückten und schoben sich nach links und rechts weg, um unter allseitigem Blöken und verärgertem Meckern eine Schneise zu bilden. »So ist's brav, ganz brav«, sagte Morgenstern beruhigend und setzte endlich seinen Weg Richtung Westen fort, mindestens bis zu einer steil in die Hangflanke geschnittenen, bewaldeten Schlucht mit dem unheilschwangeren Namen »Wolfsdrossel« wollte er kommen.

Wolf! Morgenstern blieb abrupt stehen. Der Anblick, der sich ihm nun bot, nachdem die Schafe den Weg frei gemacht hatten, ließ einen kalten Schauer über seinen Rücken fahren. Ein großer schwarzgrauer Hund stand mitten auf dem Weg, mit gesträubtem Fell und blitzenden Augen, bereit zum Angriff, sollte der schwitzende Fremde mit dem grünen Trainingsanzug noch ein, zwei Schritte weitergehen.

Morgenstern hob langsam die Hände, als wolle er sich bei

dem Tier entschuldigen. »Ruhig, ruhig, ich tue dir nichts«, murmelte er und starrte dabei auf den Kopf des Schäferhundes. Die Schnauze, das sah er erst jetzt, glänzte rot. Und hinter dem Hund, quer auf dem Weg, lag lang gestreckt ein Mann am Boden, ein Mann im langen schwarzen Kittel und mit rustikalen Bergschuhen an den Füßen. Der Schäfer.

Morgenstern war schlagartig nüchtern. »Verdammt, warum passiert so was ausgerechnet mir?«, flüsterte er und nahm langsam die Hände nach unten. Er sah sich um, auf der Suche nach einem Stock, mit dem er sich im Ernstfall gegen den Hund verteidigen konnte.

Das Tier fing prompt unangenehm zu knurren an und bleckte sein blutverschmiertes Gebiss, wodurch die markanten Reißzähne eindrucksvoll zur Geltung kamen. Morgenstern versuchte in einem Anflug von Wagemut dennoch, den liegenden Mann etwas genauer in Augenschein zu nehmen. Wenn er sich nicht täuschte, war da am Hals eine schreckliche Wunde, eine vielleicht tödliche Verletzung. Der Mann jedenfalls regte sich nicht.

Mit einem Mal fing der Hund zu bellen an, laut und furchteinflößend. Das war zu viel für Morgenstern. Schon immer, seit seiner Kindheit in Nürnberg, hatte er sich vor Hunden gefürchtet, und hier wurde sein größter Alptraum wahr.

Er drehte sich um, ging erst langsam, dann immer schneller, bis er schließlich in halsbrecherischer Geschwindigkeit zurückrannte in den Wald, weit hinab ins sichere Tal. Hinter sich hörte er noch immer den Hund bellen, und irgendwann schien es ihm, als ginge das Bellen in ein heiseres Heulen über, als wolle da ein einsamer Wolf dem Vollmond seine ganze Verzweiflung künden.

Morgenstern war völlig außer Atem, als ihm endlich zwei Fußgängerinnen mit Nordic-Walking-Stöcken entgegenkamen.

»Haben Sie ein Handy dabei?«, ächzte er ohne Begrüßung.

Die Frauen, beide um die sechzig Jahre alt, sahen ihn erstaunt an.

»Guten Morgen erst mal«, sagte die eine patzig, merkte dann aber doch, dass hier irgendeine Art von Notfall vorliegen könnte.

»Ich brauche dringend ein Handy«, schnaubte Morgenstern.

»Da oben«, er deutete in Richtung Westen, »da ist ein Unfall passiert.«

»Was für ein Unfall denn?«, wollte die andere Walkerin wissen.

»Haben Sie nun ein Handy oder nicht?«, blaffte Morgenstern.

Die Frau nestelte an ihrem sportiven Blouson, öffnete einen Reißverschluss und zog ein Smartphone heraus. »Was ist da oben passiert?«

Jetzt erst merkte Morgenstern, dass er sich selbst nicht ganz darüber im Klaren war, was er da gesehen hatte. Der Hund hatte ihn dermaßen rasch in die Flucht geschlagen, dass er allenfalls einen winzig kurzen Blick auf den Schäfer geworfen hatte.

»Da oben ist ein Schäfer mit seiner Schafherde, und einer von den Hunden hat ihn angefallen. Der Mann liegt am Boden, und der Hund steht mit blutigem Maul über ihm. Da kommt keiner ran.«

»Sind Sie sich sicher?«

»Ganz sicher«, sagte Morgenstern. »Ich war direkt dort. Der Hund wollte mich auch angreifen, dann bin ich hier runtergerannt.«

Entschlossen tippte die Walkerin die Notrufnummer. Dann reichte sie das Gerät an Morgenstern weiter.

Die Einsatzzentrale meldete sich, und Morgenstern setzte seine Meldung ab: »Hier ist Morgenstern, Mike Morgenstern von der Kripo, Kriminaloberkommissar.«

Die beiden Damen sahen ihr verschwitztes Gegenüber überrascht an – der Mann mit dem hochroten Kopf und dem unvorteilhaft geschnittenen Trainingsanzug war also Kriminalbeamter?

Ungeduldig schilderte Morgenstern die schwer zu beschreibende Position, an der er den Schäfer gefunden hatte. Warnend erläuterte er die Gefahr, die gewiss nach wie vor vom Hund ausgehe, ein Tier, das sich in seiner Schilderung mehr und mehr als der Hund der Baskervilles, der Geisterhund aus dem Dartmoor, darstellte, ein gespenstisches Monster mit bluttriefenden Lefzen, das nicht davor zurückgeschreckt sei, seinem eigenen Herrn an die Gurgel zu gehen, weswegen ein Erste-Hilfe-Einsatz momentan so gut wie unmöglich sei.

Die Leitstelle versprach, sofort alle verfügbaren Kräfte einschließlich Hubschrauber, Notarzt und Hundeführer loszuschicken. Er selbst solle umgehend wieder zum Schäfer zurückkehren und mithelfen, so gut er könne.

Morgenstern verfluchte sich für seinen Entschluss, ausgerechnet nach einer solchen Nacht die Sportsaison zu eröffnen, nur um dann auf einen Toten zu stoßen. Sein Mund war trocken, seine Schläfen pochten, im Hinterkopf spürte er einen bohrenden Schmerz. Das Seitenstechen hatte wieder eingesetzt, und nun krampfte sich auch noch sein flauer, übersäuerter Magen zusammen, Gallensaft drängte durch die Speiseröhre nach oben. Kalter Schweiß perlte Morgenstern auf der Stirn.

»Geht's Ihnen nicht gut?«, fragte die Walkerin mit dem Handy besorgt. »Sie werden ja ganz blass.«

Morgenstern nickte kurz, dann ließ er sich ohne Gegenwehr von der Frau auf eine der hölzernen Aussichtsbänke drücken, saß einen Moment lang still versunken, bis er zur Seite kippte. Bevor er ohnmächtig wurde, hörte er noch eine zweifelnde Frauenstimme: »Und der soll bei der Kriminalpolizei sein?«

Als Morgenstern zu sich kam, hörte er unten im Tal ein Martinshorn und über sich das Dröhnen eines Hubschrauberrotors. Die Rettungsmaschinerie war also in vollem Gange, wenn es denn in diesem Fall überhaupt etwas zu retten gab. Die beiden Walkerinnen waren Morgenstern nicht von der Seite gewichen, eine von ihnen hatte sich zu ihm auf die Bank gesetzt und seinen Kopf in ihren Schoß gebettet – warum auch immer. Stabile Seitenlage war das jedenfalls keine. Abrupt richtete er sich auf.

»Geht schon wieder«, sagte er.

»Sind Sie sicher?«

Morgenstern war sich da alles andere als sicher. Der rasche Wechsel von der Horizontalen in die Vertikale hatte schon wieder ein Schwindelgefühl ausgelöst. »Ich muss wieder da hoch. Muss mich kümmern«, murmelte er. Dann stand er auf und eilte mit langen Schritten zurück zum Schäfer, zur Schafweide. Die Walkerinnen folgten ihm, teils aus Fürsorge, teils aus Neugierde.

Nach zehn Minuten waren sie wieder am Unglücksort. Die Schafherde hatte sich inzwischen großflächig über das Gelände verstreut; schon von ferne sah Morgenstern mehrere Polizeikollegen in Uniform, Beamte der Eichstätter Inspektion. Die beiden Schäferhunde sprangen aufgeregt um die Polizisten herum. Von Angriffslust, gar animalischer Mordgier war nichts zu erkennen. Der Schäfer lag immer noch auf dem Weg, über ihn hatten sich ein Notarzt und ein Sanitäter gebeugt.

»Ah, da kommt der Morgenstern«, rief einer der Beamten.

Morgenstern erkannte ihn. Es war der gemütlich-dickliche Ludwig Nieberle, ein kreuzbraver Eichstätter Streifenpolizist, mit dem er schon öfter zu tun gehabt hatte. »Was ist mit dem Schäfer los?«, fragte er als Erstes und behielt dabei furchtsam die Hunde im Auge.

»Vor denen musst du keine Angst haben«, sagte Nieberle, dem der Blick nicht entgangen war. »Das sind ganz Brave. Ich habe selber einen Hund, ich kenne mich aus.«

»Brav?«, fragte Morgenstern ratlos. »Der eine hat seinen Herrn angefallen. Ich hab doch das blutverschmierte Maul gesehen. Und mich hätte er auch fast gepackt.«

Nieberle schüttelte den Kopf. »Nein, das hast du falsch interpretiert. Der wollte seinen Herrn verteidigen. Und zuvor hat er die Wunde abgeleckt. Deswegen hat er die blutige Schnauze.«

»Bist du dir sicher? Dann hat der Hund den Schäfer also nicht gebissen? Kein Angriff?«

»Sieht nicht danach aus.«

»Und was dann?«

Der Streifenpolizist blickte bedächtig hinüber zum Notarzt, der immer noch über den Schäfer gebeugt war. »Ein Schnitt«, sagte er. »Ein langer, glatter Schnitt. Wie mit einem Messer. Ich habe es nur kurz gesehen, dann hab ich weggeguckt. Für solche Sachen habe ich nicht mehr die Nerven.«

»Ein Messer«, wiederholte Morgenstern fassungslos.

»Ein tiefer Schnitt«, präzisierte Nieberle.

Morgenstern ließ die Nachricht sacken. »Und ausgerechnet ich bin als Erster auf ihn gestoßen«, sagte er schließlich mit einer großen Portion Selbstmitleid in der Stimme.

Der Notarzt erhob sich schwerfällig und drehte sich suchend um. Er winkte Nieberle zu sich, Morgenstern folgte.

»Da war nichts mehr zu machen«, sagte der Notarzt. »Der Mann ist verblutet. Die Halsschlagader glatt durchtrennt, da wären wir, auch wenn wir früher gekommen wären, chancenlos gewesen. Er hat bestimmt drei Liter Blut verloren. Das haben wir sonst nur bei ganz, ganz schlimmen Verkehrsunfällen.«

Der gemütliche Ludwig Nieberle schloss für einen Moment die Augen. »Dann ist jetzt wohl der Herr Morgenstern dran, Herr Doktor«, sagte er. Und als der Notarzt erkennbar nichts mit dieser Aussage anzufangen wusste, fügte er hinzu: »Darf ich vorstellen, Mike Morgenstern von der Ingolstädter Kriminalpolizei. Er hat den Mann vorhin gefunden. Privat sozusagen.«

Morgenstern reichte dem Arzt die Hand. »Dann werde ich wohl hier übernehmen.« Er zögerte kurz. »Hätten Sie vielleicht zufällig ein Aspirin für mich?«

Nach einer weiteren halben Stunde wimmelte es am Neuen Weg von Menschen – allerdings nicht wie sonst an Sonntagen üblich von Spaziergängern, Joggern, Wanderern und Hundebesitzern, sondern von Amtspersonen verschiedenster Art. Die Beamten der Polizeiinspektion hatten die Zugänge, die zum toten Schäfer führten, großräumig mit Trassenbändern abgesperrt und zusätzlich Feuerwehrleute postiert, die Schaulustige zurückschickten oder auf parallel laufende Wege verwiesen. Aus Ingolstadt waren zwei Experten von der Spurensicherung eingetroffen, machten Fotos von der Leiche und suchten die gesamte Umgebung nach Hinweisen ab.

Nach Rücksprache mit dem Notarzt war klar, dass die tödliche Verletzung des Schäfers in der Tat von einer scharfen Waffe, am wahrscheinlichsten von einem Messer, herrührte. Der Tote wies zumindest auf den ersten Blick keine weiteren Verletzungen auf; der Angriff musste wohl überraschend gekommen sein.

»Heimtückischer Mord«, sagte Morgenstern. »Wir werden den ganzen Hang, die Hecken und auch den Wald bis zur Stadt hinab nach der Tatwaffe absuchen müssen. Aber zuvor brauchen wir jemanden, der uns die Schafherde wegschafft. In dem ganzen Gewimmel hat die Spurensicherung sonst keine Chance.«

»Schon unterwegs«, sagte Nieberle. »Da drüben ist ein Mann

von der Naturschutzbehörde im Landratsamt. Ich habe den vorhin gleich mal anrufen lassen. Der kennt fast alle Schäfer im Altmühltal persönlich und hat mir versprochen, dass er uns einen Schäfer aus der Gegend organisiert. Der kommt mit seinen eigenen Hunden und treibt unsere Herde in einen Pferch. Sonst können wir die heute Abend weiß Gott wo einsammeln.«

Morgenstern winkte den amtlichen Naturschützer zu sich. Der brauchte – wie alle an diesem Morgen – eine Weile, bis er Morgenstern in Sportkleidung mit Morgenstern, dem Mordermittler, in Einklang brachte. Er musste sich dringend umziehen, außerdem brauchte er seinen Ausweis und sein Handy. Und einen Kaffee, dachte Morgenstern.

»Kennen Sie den Schäfer hier?«, fragte er den Naturschützer vom Landratsamt, einen etwa fünfunddreißigjährigen, groß gewachsenen, schlaksigen Mann in Jeans und Sakko.

»Ich kenne den Schäfer, der für diese Hänge zuständig ist. Ich habe immer wieder mit ihm zu tun. Aber ich müsste natürlich erst sehen, ob er es auch wirklich selbst ist, es könnte theoretisch auch ein Helfer von ihm sein. Wissen Sie denn noch nicht, wer der Tote ist?«

Morgenstern schüttelte den Kopf. »Können Sie ihn für uns zweifelsfrei identifizieren?«

»Wenn's sein muss.« Langsam näherte er sich dem Toten, über den längst eine Wolldecke gelegt war. Morgenstern zog die Decke so weit zurück, dass der Kopf, nicht aber die furchtbare Wunde sichtbar wurde. Den Anblick wollte er jedermann gern ersparen – sich selbst ebenfalls.

Der Naturschützer schluckte, als er das fahle Gesicht, die geschlossenen Augen, sah. Er nickte. »Eindeutig. Es gab vor einiger Zeit einen Wechsel. Seit diesem Jahr kümmert sich der Schäfer aus Pollenfeld um die Flächen hier oben, und das ist er, zweifelsfrei. Der Mann heißt Franz-Xaver Heiß. Wie gesagt, aus Pollenfeld. Wir arbeiten schon lange mit ihm zusammen. Gibt ja nicht mehr viele Hüteschäfer hier im Altmühltal.«

Morgenstern deckte den Toten wieder ganz zu. »Er hat bestimmt Familie?«, fragte er. »Die müssen wir benachrichtigen. Kennen Sie seine Familie, Herr …?«

»Kempf, Michael Kempf. Ich leite die Untere Naturschutzbehörde und bin da auch verantwortlich für die Beweidung unserer Magerrasen. Deswegen die vielen Kontakte mit den Schäfern. Ich war immer mal wieder bei Herrn Heiß oben in Pollenfeld, ist nicht weit, fünf Kilometer nördlich von hier, auf der Jurahöhe.«

»Ist er verheiratet, hat er Kinder?«

»Nicht dass ich wüsste. Ich habe immer nur seine alte Mutter gesehen, die auch für ihn gekocht hat. Ein typischer Junggeselle. Das gibt's auf den Dörfern öfter.«

»Und der macht die Schäferei ganz alleine?«

»Nein, er hat in der Regel einen oder zwei Helfer, von denen man aber nicht viel zu sehen bekommt. Bulgaren oder Rumänen. Es gibt inzwischen einige, die hier arbeiten, auch in den Steinbrüchen oder auf den Erdbeerfeldern.«

Über den Pfad kam ein schmaler Mann in Cordsakko und Rautenpullover angelaufen. Morgenstern atmete auf. »Da kommt mein Kollege, Oberkommissar Peter Hecht«, erklärte er dem Naturschützer.

»Wie schaust du denn aus?«, sagte Hecht zur Begrüßung. »Kommst du grade vom Polizeisport?«

Morgenstern verzog gequält das Gesicht, und Hecht wurde auch gleich wieder ernst.

»Ich bin so schnell es ging von Schrobenhausen rübergefahren. Am Sonntagmorgen ist zum Glück nicht viel los auf den Straßen. Was wissen wir schon über den Toten?« Hecht zückte seinen Notizblock, und Morgenstern und Kempf bilanzierten das wenige, was bisher bekannt war.

»Wo hat er die Schafe während der Nacht, und wann treibt er sie über die Weide?«, wollte Hecht wissen.

»Der Pferch ist gleich da drüben, Richtung Henkerskapelle«, sagte Kempf und wies nach Osten.

»Henkerskapelle?«, fragten Hecht und Morgenstern wie aus einem Munde.

»Ja, genau. Da drüben, gleich hinter den Hecken, da war im Mittelalter der Eichstätter Hinrichtungsplatz. Da hat der Schäfer eine provisorische Koppel, wo er nachts die Schafe einsperren kann. Dort steht auch ein fahrbarer Wassertank, ein Anhänger, der früher mal für Milchtransporte zur Molkerei verwendet worden ist. Dann haben die Schafe immer genug Wasser. Das ist wichtig hier oben an den Südhängen, da wird es schnell sehr heiß.«

»Und wann treibt er die Schafe raus?«, wiederholte Hecht. »Wir müssen die Tatzeit irgendwie eingrenzen.«

»Ach, das ist natürlich seine eigene Sache. Der Heiß hat ein uraltes Wohnmobil, das er direkt neben der Koppel abstellt und in dem er in der Regel die Nacht verbringt. Dann muss er die Schafe nicht allein lassen. Ich denke, dass er sich in der Früh erst einen Kaffee kocht, danach den Wassertrog für die Schafe füllt, genauer gesagt ist das eine alte Blechbadewanne. Und wenn die Herde getrunken hat, zieht er los. Dann ist es zwischen sieben und acht Uhr, würde ich tippen.«

»Sie kennen sich aber gut aus«, staunte Morgenstern.

»Na, das ergibt sich mit der Zeit«, gab der Naturschützer zurück. »Wir haben uns hier in den letzten Jahren ganz intensiv mit der Schäferei beschäftigt. Da gibt es ein riesiges Naturschutzprojekt namens Altmühlleiten, mit dem wir den Hüteschäfern unter die Arme greifen wollen. Wir haben über das Projekt auch den Wassertank angeschafft. Wenn Sie sich den später mal anschauen, werden Sie sehen, dass da sogar unsere Werbung drauf ist, ›altmuehlleiten.de‹. Und in dem Zusammenhang haben wir uns die Arbeitsabläufe unserer Schäfer ganz genau angesehen: Was brauchen die? Womit können wir denen die Arbeit erleichtern? Wie schaffen wir es, dass die ihre Lämmer für ein ordentliches Geld vermarkten können? Kennen Sie das Konzept ›Altmühltaler Lamm‹?«

Morgenstern glaubte sich dunkel erinnern zu können, dass ihm der Begriff schon einmal untergekommen war. Allerdings kam ihm das ganze Gespräch zu diesem Zeitpunkt doch etwas deplatziert vor. Ganz in der Nähe lag immer noch der tote Schäfer, es würde wohl noch eine ganze Weile dauern, bis man ihn in die Gerichtsmedizin nach München abtransportierte.

»Sie würden also sagen, dass der Schäfer nicht vor sieben Uhr hier am Hang gestanden ist?«, fragte Morgenstern.

»Vor sieben Uhr halte ich für unwahrscheinlich. Aber ganz sicher weiß man's natürlich nicht.«

»Dann müssen wir Zeugen finden, die ihn zuletzt lebend gesehen haben«, erklärte Morgenstern. »Und wir müssen wissen, wer sich da am frühen Morgen alles am Hang herumgetrieben hat. Das Gelände ist zwar groß, aber wenn hier jemand rumschleicht, könnte er trotzdem irgendwem aufgefallen sein. Einem Anwohner unten in der Stadt oder in Wintershof, einem Hundebesitzer, der in aller Frühe schon unterwegs ist, Senioren mit Schlafstörung, die es bei Sonnenaufgang schon aus dem Bett treibt.«

»So wie dich«, fügte Hecht hinzu. »Ich hätte nie gedacht, dass du so früh auf den Beinen bist. An einem Sonntag.«

»Ausnahmen bestätigen die Regel«, nuschelte Morgenstern. »Muss fit werden für den Halbmarathon von Eichstätt nach Neuburg im Herbst. Den Lions-Lauf.«

»Da hast du noch einen weiten Weg vor dir«, meinte Hecht. »Du bist blass wie der Tod. Weißt du was: Ich schicke dich jetzt nach Hause. Ich kümmere mich hier um alles Weitere. Und am Nachmittag sehen wir uns wieder.«

Morgenstern protestierte schwach. Aber dann sah er ein, dass er in seinem Zustand niemandem eine große Hilfe war. Er warf einen letzten Blick auf den Schauplatz. Dann ging er langsam in die Stadt hinab. Noch lange hatte er das Blöken der Schafe im Ohr.

ZWEI

Fiona wartete bereits auf ihn: Der Frühstückstisch war gedeckt, es duftete nach Kaffee und frischen Semmeln, um deren sonntäglichen Verkauf sich in Eichstätt ein halbes Dutzend Bäcker balgten. Marius und Bastian, die Söhne der Morgensterns, neun und sieben Jahre alt, saßen am Tisch und aßen Schokoladencroissants.

»Wo bist du denn so lange gewesen?«, fragte Fiona vorwurfsvoll. »Ich dachte schon, wir müssen dich suchen gehen. Wann bist du eigentlich heute Nacht heimgekommen? Und außerdem stinkst du ganz schrecklich.«

Jetzt erst merkte Morgenstern, dass er seine Joggingschuhe besser vor der Wohnungstür gelassen hätte. Der Schafdreck stank zum Himmel. Eilig streifte er sich die schmutzigen Schuhe von den Füßen und stellte sie nach draußen. »Schafscheiß«, sagte er entschuldigend, und es blieb offen, ob er damit nur seine Sportschuhe oder die Gesamtsituation meinte.

Er trank einen Schluck Kaffee, den ersten dieses Tages, dann erklärte er Fiona mit wenigen Sätzen, was er am Neuen Weg erlebt hatte. Die Kinder bombardierten ihn mit Fragen, aber Morgenstern wich aus. »Und jetzt muss ich mich dringend hinlegen«, schloss er und stand auf. »Bis Mittag muss ich einigermaßen fit sein.«

»Ich bring dir noch ein Aspirin ins Schlafzimmer«, sagte Fiona.

»Gute Frau«, murmelte Morgenstern dankbar.

Dank eines gerade mal zweistündigen Tiefschlafs und der pharmazeutischen Künste der Bayer AG war Morgenstern gegen zwölf Uhr Mittag so weit wiederhergestellt, dass er sich für halbwegs einsatzfähig hielt. Peter Hecht war immer noch am Berghang zugange, erklärte aber, er habe so weit alles geklärt. Die Spurensicherung habe den ganzen Tatort unter die Lupe genommen. Vom Tatwerkzeug, mutmaßlich einem Messer, fehle allerdings jede Spur. Die Schafherde werde inzwischen von einem anderen Schäfer betreut, der seinen eigenen Hund mitgebracht habe.

»Und die Familie des Schäfers?«, fragte Morgenstern vorsichtig.

»Da gibt es tatsächlich nur die alte Mutter. Irgendwer aus Pollenfeld hat sie, kurz nachdem du weg warst, hergebracht. Ich glaube, der Bürgermeister war's. Sie hat nur stumm in die Ferne geschaut und sich dann auf eine Bank gesetzt. Der Doktor wollte ihr ein Beruhigungsmittel geben, aber sie hat das abgelehnt. Und dann wollte sie wieder nach Hause. Immerhin ist das nun erledigt. Sie hat ihren Sohn identifiziert. Damit hat alles seine bürokratische Ordnung. Was sein muss, muss sein.«

»Hast du sie gefragt, ob sie jemanden verdächtigt?«

»Ich hab's tatsächlich versucht, aber sie hat nur den Kopf geschüttelt. Sie hat noch gemeint, wir sollen den Kiril fragen, das ist ihr Helfer auf dem Hof.«

»Was ist das für ein Landsmann?«

»Laut Bürgermeister ist er Bulgare. Der Bürgermeister weiß das, weil dieser Kiril anscheinend ordnungsgemäß im Rathaus gemeldet ist.«

»Nichts wie hin«, sagte Morgenstern. »Wir schauen uns den Burschen gleich mal genauer an.«

Eine halbe Stunde später trafen sich Hecht und Morgenstern am Ortsschild von Pollenfeld und fuhren dann hintereinanderher zum Hof des Schäfers. Das Anwesen lag am Dorfrand in Richtung Seuversholz. In einiger Entfernung drehten sich in gleichmütiger Synchronbewegung drei Windräder. Die Jurahochfläche war das Eldorado der bayerischen Windenergie, einige Jahre lang hatte unter Investoren geradezu Goldgräberstimmung geherrscht.

Auf einer Koppel grasten ein paar Pferde auf magerer Weide. Gleich daneben befand sich eine weitere Wiese, auf der ein paar Schafe im Schatten einiger verhutzelter Apfelbäume dösten. Der Hof des Schäfers bestand aus einem heruntergekommenen Wohnhaus, einem verwitterten Stadel und mehreren Garagen, an die sich ein Hundezwinger anschloss. Gemeinsam bildeten die Teile des Anwesens eine U-Form.

Mitten im Hof stand ein angeschrammtes blaues Auto mit

bulgarischem Kennzeichen. Das Scheunentor stand halb offen. Morgenstern und Hecht parkten ihre Autos daneben.

»Hallo, ist da jemand?«, rief Morgenstern.

»Ja, hier«, tönte es aus der Scheune zurück. Die beiden Kommissare gingen aus der gleißenden Maisonne in das dämmrige Gebäude hinein. Es dauerte einen Moment, bis sich ihre Augen an das Dunkel gewöhnt hatten. In die Scheune integriert war ein grob verputzter, gemauerter Raum mit einer stählernen Tür, die einen Spalt geöffnet war und nun ganz aufging. Ein Mann mit einem mächtigen Schnurrbart kam heraus, bekleidet mit einer kurzen Hose und einem T-Shirt, über dem er eine ehemals weiße, blutverschmierte Schürze aus Plastik oder Gummi trug.

»Hallo«, sagte Morgenstern und wedelte präventiv mit seinem Dienstausweis. »Wir sind von der Kriminalpolizei.«

»Polizei«, sagte der Mann mit ängstlichem Unterton. »Habe ich schon gewartet.«

»Sieht auf den ersten Blick nicht danach aus«, sagte Morgenstern und deutete auf die blutige Schürze. »Und das am Sonntag.«

»Geht nicht anders. Schafe werden heute geholt.«

»Darf ich reinschauen?«, fragte Morgenstern und wartete erst gar nicht auf eine Antwort, sondern ging auf die Tür zu.

»Bitte«, sagte der Bulgare. »Kühlraum.«

Morgenstern hatte eigentlich erwartet, dass sein Magen mittlerweile eingerenkt wäre, aber das stellte sich nun als Irrtum heraus. Als er den Kopf in den Kühlraum steckte, blickte er nicht nur in eine von oben bis unten weiß geflieste Kammer, sondern vor allem auf fünf blutige, an stählernen Haken aufgehängte Schafkörper. Die Tiere, ausgeweidet, ohne Fell, hingen kopfüber und erinnerten ihn spontan an die groteske Körperwelten-Ausstellung mit toten Menschen, die hin und wieder in deutschen Großstädten für Aufruhr und Publikumsansturm sorgte, in Morgensterns Augen aber nichts anderes war als die moderne Variante von abstoßender Jahrmarktsbelustigung aus längst vergangenen Jahrhunderten. Eilig wandte er sich um, als er spürte, dass ihm übel wurde.

»Habe grade umgehängt«, sagte der Schnauzbart. »Werden

gleich geholt.« Er schaute auf seine billige Armbanduhr. »Müssen gleich kommen.«

»Wer kommt?«, fragte Hecht, der sich zum ersten Mal einmischte, weil das dürre Gespräch aufgrund von Morgensterns Unpässlichkeit ins Stocken zu geraten drohte.

»Türken. Aus Ingolstadt. Kaufen Schafe.«

Auch Hecht warf nun einen Blick ins Kühlhaus, und er war nicht minder beeindruckt als zuvor schon Morgenstern. »Die haben ja noch die Köpfe dran«, stöhnte er. »Und die Zungen hängen raus.«

»Ganz normal«, sagte der Schnauzbart. »Schmeckt gut. Gut Qualität. Altmühltaler Lamm.«

»Jetzt aber raus hier«, entschied Morgenstern. »Wir müssen mit Ihnen über Ihren Chef sprechen. Über den Schäfer.«

Der Mann zog sich zu Morgensterns Erleichterung die Metzgerschürze aus und verwandelte sich in einen ganz normalen Saisonarbeiter, als käme er geradewegs vom Spargelfeld und nicht aus einem blutverschmierten Schlachthaus. Dann traten alle drei auf den Hof.

»Haben Sie Probleme mit dem Chef gehabt?«, fragte Morgenstern beiläufig.

»Probläme? Mit Chef? Nein.«

Hecht ließ sich den Ausweis zeigen und notierte Namen und Heimatadresse. »Seit wann sind Sie hier in Pollenfeld?«

»Fast zwei Monate. In einer Woche fahre ich nach Hause. Aber später komme ich zurück. Muss ja. Wer soll Hof machen?« Er hob die Hände zum Himmel.

»Da findet sich bestimmt eine Ausnahmeregelung für Sie«, sagte Morgenstern. Und dachte sich dazu, dass er den Mann unter den momentanen Umständen gewiss nicht in seine südosteuropäische Heimat abziehen lassen würde, sollte der Mörder des Schäfers bis dahin nicht gefunden sein.

»Hat er Sie gut bezahlt?«, fragte Hecht. »Man hört manchmal, dass es da Probleme gibt.«

Es war unübersehbar, dass der Bulgare nicht jedes Wort verstand. Aber das Wichtigste würde er schon mitbekommen.

»Gut bezahlt? Geht so. Vierzig Euro am Tag.«

Morgenstern überschlug kurz, dass das gerade mal tausendzweihundert Euro im Monat brachte – bei ununterbrochener Arbeit, die sogar am gottgeweihten Sonntag ins Schlachthaus führte. Kein Wunder, dass sich kein Einheimischer für solche Arbeiten finden ließ.

»Haben Sie Ihr Geld schon bekommen?«, bohrte Hecht mit feinem Riecher nach.

»Nein, noch nicht«, sagte der Bulgare.

»Warum nicht?«

»Chef hat gesagt, bekomme ich am Ende, wenn ich heimfahre. Habe nur zweihundert Euro gekriegt. Anzahlung.«

»Dann warten Sie also noch auf tausend Euro«, sagte Hecht und warf Morgenstern einen vielsagenden Blick zu. Der Bulgare nickte.

Hecht warf einen Blick auf seinen Notizblock. »Herr Kiril Amitow …« Der Mann sah ihn wegen dieser förmlichen Ansprache mit furchtsamer Miene an. »Hatten Sie Streit mit Ihrem Chef? Haben Sie mit ihm um Geld gestritten?«

»Nein«, sagte Amitow knapp. »Ist ganz normal. Geld kriegst du am Schluss.«

»Oder auch nicht«, sagte Morgenstern ebenso knapp. »Herr Amitow, wo waren Sie heute früh gegen sieben Uhr?« Er sah ihn eindringlich an, in der Hoffnung, aus seinem Mienenspiel Signale lesen zu können. Panik, Schrecken oder auch nur den verzweifelten Versuch, ein undurchschaubares Pokergesicht zu bewahren.

»Sieben Uhr?« Der Bulgare zupfte sich am Schnurrbart. »Im Stall, bei kranken Schafen, die nicht in der Herde sein können. Habe Heu gefüttert. Oma war dabei.«

Hecht notierte sich die Aussage sorgfältig mit seinem edlen Montblanc-Füllfederhalter.

»Haben Sie den Hof irgendwann am Morgen verlassen?«, legte Morgenstern sicherheitshalber nach. In diesem Moment kam ein schmutzig weißer Sprinter-Bus in den Hof eingefahren. Mit Ingolstädter Kennzeichen.

»Ah«, sagte Amitow mit unüberhörbarer Erleichterung. »Die Türken.«

Eifrig ging er auf den Wagen zu, dem jetzt zwei bärtige Männer mit weißen Käppis und langen, nachthemdartigen Gewändern entstiegen.

»Heute reiten wir wohl jedes Ausländerklischee«, sagte Morgenstern zu Hecht. »Die Türken, die ich so kenne, schauen wie du und ich aus. Aber die hier, das sind hundertfünfzigprozentige Moslems. Ganz strenge. Oder?«

»Jedenfalls sehr traditionelle«, sagte Hecht. »Hoffentlich keine Salafisten. Die sieht man doch manchmal in der Fußgängerzone in Ingolstadt. Bei denen müssen die Frauen tief verschleiert rumlaufen.«

»Das gibt's in Eichstätt auch«, fiel Morgenstern ein. »Bloß sind das dann Klosterschwestern.«

»Blödmann!«, sagte Hecht mit Empörung in der Stimme.

Die beiden Türken warfen einen skeptischen Blick auf die ihnen unbekannten Kommissare, nickten dann aber kurz und wandten sich dem Bulgaren zu. Der lotste sie in den Schlachtraum, und wenig später kamen alle drei wieder zurück auf den Hof, mit einer Schubkarre, auf der drei geschlachtete Schafe lagen. Die Tiere legten sie ohne große Umschweife in den Laderaum des Sprinters, auf dem eine Plastikplane ausgebreitet war. Es folgte ein kurzes, leise geführtes Gespräch, das – soweit Hecht und Morgenstern das verfolgen konnten – zunehmend an Schärfe gewann. Schließlich ging Amitow noch einmal in die Scheune zurück.

»Was macht er jetzt?«, fragte Morgenstern.

»Der holt bestimmt noch ein Schaf«, tippte Hecht.

Seine Vermutung wurde kurz darauf bestätigt, allerdings nicht so, wie die beiden sich das vorgestellt hatten. An einem fasrigen Strick führte Amitow ein lebendiges, sich heftig wehrendes Schaf aus der Scheune. Das Tier protestierte mit lautem Blöken, als Amitow es in Richtung Lieferwagen zog. Schließlich packten die beiden Türken mit an, und zu dritt wurde das Tier in den Lieferwagen gehievt. Einer der Kunden band es irgendwie im Wagen fest, unmittelbar neben den bereits geschlachteten Schafen. Das Schaf blökte nun in Panik und Todesangst. Die Besucher knallten die Türen des Sprinters zu, gaben Amitow noch die Hand, nickten Hecht und Morgenstern der Vollständigkeit halber unverbindlich zu, stiegen in den Wagen und fuhren davon.

»Ziemlich rustikal«, sagte Morgenstern.

»Hygienisch grenzwertig«, stimmte Hecht zu. »Tierschutzverstoß, keine Kühlkette eingehalten. Und das alles unter den Augen der Staatsgewalt.«

»Welche Staatsgewalt?«, fragte Morgenstern.

»Ja, wir beide halt.«

»Ach so. Stimmt. Aber beim lebenden Schaf ist mit der Kühlkette alles in Ordnung. Immerhin.«

Amitow war die fehlende Diskretion bei der Geschäftsabwicklung mit den Türken nun sichtbar peinlich. Entschuldigend kam er auf die Polizisten zu. »Sind gute Kunden«, sagte er zur Erklärung. »Kaufen einmal in der Woche bei uns.«

»Was machen die mit dem Fleisch?«, wollte Morgenstern wissen.

»Essen es privat«, beeilte sich Amitow zu antworten, der merkte, dass zwischen den Lebensmittelvorschriften der Europäischen Union und den Vorstellungen der letzten Kunden eine gewisse Diskrepanz herrschte.

»Und wofür brauchen sie das lebende Schaf?«, fragte Hecht.

Amitow schüttelte den Kopf, als wolle er darauf lieber nicht antworten.

»Nun sagen Sie schon«, drängte Morgenstern. »Warum nehmen die ein lebendiges Schaf mit?«

Der bulgarische Helfer zögerte. Er kratzte sich unschlüssig unter der Achsel, zog dann ein riesiges Taschentuch aus der Hose, um sich umständlich zu schnäuzen.

Als er fertig war, schauten ihn die Kommissare immer noch erwartungsvoll an.

»Also, was ist jetzt mit dem Schaf? Die werden es wohl kaum für einen Privatzoo gekauft haben.«

Amitow gab sich einen Ruck, dann, statt einer Antwort, machte er eine einzige Handbewegung. Er hielt sich die flach ausgestreckte rechte Hand vor den Hals und zog sie mit einer raschen Bewegung nach rechts.

Morgenstern erschauerte. Er dachte an den Schäfer, der erst vor wenigen Stunden vielleicht durch genau die gleiche Handbewegung zu Tode gekommen war. Durch einen schnellen, scharfen, entschlossen geführten Schnitt durch den Hals. Er sah, dass Hecht den gleichen Gedanken hatte.

»Das ist in Deutschland verboten«, sagte Hecht schließlich. »Bei uns müssen Tiere vor dem Schlachten betäubt werden, das weiß doch jeder.«

Amitow zuckte mit den Schultern. »Geht mich nichts an. Ich habe Schaf nur geholt.«

Hecht hatte sich bereits beim Wegfahren des Sprinters das Autokennzeichen notiert. »Haben Sie Namen und Adresse der Kunden?«, fragte er.

Tatsächlich hatte Franz-Xaver Heiß die Daten in krakeliger Handschrift mit Kugelschreiber in einem speckigen Notizbuch notiert, das auf einem wackligen Tisch neben dem Schlachtraum lag. Hecht schrieb sich die Daten samt Telefonnummer auf. Es handelte sich um einen Ibrahim Moussadi von einem türkisch-islamischen Verein in Ingolstadt, irgendwo im Gewerbegebiet an der Manchinger Straße gelegen.

»Wir müssen mit der Mutter sprechen, mit Frau Heiß«, sagte Morgenstern und deutete aufs Haus. »Ist sie drin?«

Amitow nickte. »Schaut schon ganze Zeit zu.«

Tatsächlich stand hinter einem Fenster im Erdgeschoss eine Gestalt und starrte bewegungslos in den Hof.

Kurz darauf saßen Morgenstern und Hecht in einer schmucklos-zweckmäßigen Wohnküche, deren Inventar seit den 1970er Jahren unverändert schien. Weiße Resopalmöbel, ein durchgewetztes Sofa, ein paar einfache Holzstühle. Es roch leicht nach Schafmist, stellte Morgenstern fest. Der Schäfer und sein Gehilfe hatten das Prinzip der »Schmutzschleuse« zwischen Arbeits- und Wohnbereich offenkundig nicht verinnerlicht und waren in aller Regel mit ihrem Stallgewand und den verdreckten Schuhen in der Stube ein und aus gegangen.

Die Mutter des Schäfers war etwa achtzig Jahre alt, klein gewachsen und dazu vom Alter gebeugt. Sie war ganz in Schwarz gekleidet, sei es als Reaktion auf den Tod ihres Sohnes, sei es, weil sie als Witwe ohnehin seit vielen Jahren nur noch Trauergarderobe im Schrank hatte.

Die Frau stellte sich Morgenstern als Philomena Heiß vor. Er drückte zum Zeichen des Beileids ihre knochige, von blauen Adern überzogene Hand. »Meinen Kollegen, Oberkommissar Hecht, haben Sie ja bereits heute Vormittag kennengelernt. Ich selbst habe Ihren Sohn heute früh tot gefunden.«

»Das hat man mir gesagt«, sagte die Frau. »Glauben Sie, dass er leiden musste?«

Morgenstern dachte eine Sekunde zu lange nach. Dann entschloss er sich zur Notlüge. »Ich glaube nicht, der Angriff muss Ihren Sohn völlig überrascht haben, und dann muss er ganz rasch das Bewusstsein verloren haben. Bei so viel Blutverlust.« Er schaute ihr in die Augen. »Sie kennen das vielleicht von den Schafen.«

Die Frau blickte starr zurück. »Schafe werden mit dem Bolzenschussapparat betäubt, das sollten Sie wissen. Dann erst macht man die Ader auf.«

Morgenstern und Hecht warfen sich einen Blick zu. »Ich glaube trotzdem, dass Ihr Sohn nicht lange leiden musste. Er hat bestimmt gleich einen Schock erlitten.«

»Wenn Sie das sagen …«

»Frau Heiß, Sie haben bestimmt schon darüber nachgedacht, wer als Täter in Frage kommt. Sie haben, so sagte mir Kollege Hecht, Ihren bulgarischen Betriebshelfer in Verdacht. Stimmt das?«

»Deswegen haben wir Herrn Amitow auch draußen auf dem Hof gelassen«, sagte Hecht.

»Ich weiß nicht mehr, was ich glauben soll«, meinte die Frau verzagt. »Der Kiril hat mit meinem Franz-Xaver ein paarmal gestritten, wegen aller möglichen Dinge.«

Hecht machte sich Notizen. »Welche Dinge?«, fragte er mit dem Ernst des Protokollführers.

»Einmal ging es um die Bezahlung. Und Kiril hat sein Auto immer an unserem Dieselfass in der Garage vollgetankt, einfach so. Es sind auch einmal zwei Lämmer gestorben, und der Franz-Xaver hat gemeint, dass Kiril dran schuld ist.« Philomena Heiß blickte auf. »Ich weiß nicht, wie es jetzt weitergehen soll. Kiril muss sich um die Schafe kümmern, aber ich kann doch nicht mehr mit dem Zigeuner unter einem Dach wohnen.«

»Frau Heiß, mäßigen Sie sich bitte«, befahl Morgenstern. »Erstens ist Herr Amitow kein ›Zigeuner‹, und zweitens wissen wir überhaupt nicht, was er mit der Sache zu tun hat. Heute früh war er angeblich im Stall. Und Sie waren auch dabei. Können Sie das bestätigen?«

Philomena Heiß dachte nach. »Ja, wir waren die meiste Zeit zusammen im Stall. Und sein Auto ist den ganzen Morgen im Hof gestanden.«

»Gibt es noch ein anderes Fahrzeug, mit dem er schnell nach Eichstätt hätte fahren können, ohne dass Sie es merken?«

»Mein Sohn hat einen Jeep. Und dann gibt es noch den Bulldog und ein paar Fahrräder.«

Es stellte sich jedoch schnell heraus, dass Kiril Amitow in den vergangenen Monaten nicht ein einziges Mal mit einem anderen Fahrzeug als seinem eigenen alten Lada unterwegs gewesen war. Allerdings zeigte das weitere Gespräch auch, dass Franz-Xaver Heiß sich im Laufe seines Schäferlebens nicht nur Freunde gemacht hatte.

Philomena Heiß ließ sich auf hartnäckiges Nachbohren entlocken, dass ihr Sohn ein Eigenbrötler gewesen war, der mit dem halben Dorf im Streit gelegen hatte. Der Schäfer hatte sich mit Bauern angelegt, über deren Wiesen er seine Herde ohne vorherige Absprache getrieben hatte. Er hatte Jogger angezeigt, die auf den Spazierwegen des Altmühltals leichtfertig die Herde auseinandergescheucht hatten. Er hatte Hundebesitzern, die ihre Lieblinge nicht an die Leine nehmen wollten, mit der Polizei gedroht. Und einen uneinsichtigen Mountainbiker hatte er höchstpersönlich vom Rad gezogen und geohrfeigt, was, so die Mutter, in ein langwieriges, immer noch anhängiges Gerichtsverfahren mündete. Die Schuld an solchen Kalamitäten verortete Philomena Heiß selbstverständlich ausschließlich bei der jeweiligen Gegenseite. Allerdings gestand sie ein, dass ihrem Sohn etwas mehr Gelassenheit das Leben deutlich erleichtert hätte.

»›Leben und leben lassen‹ war also nicht sein Motto«, bilanzierte Morgenstern.

»Nein«, seufzte die Mutter. »Aber man hat es ihm als Schäfer auch schwer gemacht. Das ist ohnehin kein leichtes Leben. Bei Wind und Wetter draußen sein. Und dauernd werden Tiere krank. Der Tierarzt geht bei uns ein und aus.«

»Da bleibt wohl nicht viel hängen«, meinte Morgenstern und blickte auf das erbärmliche Mobiliar der Küche mit schief hängenden Schubladen und Schranktüren mit abgestoßenen Kanten. In den anderen Räumen des Hauses würde es wohl kaum anders aussehen. Die Ärmlichkeit, gepaart mit absolutem innengestalterischem Desinteresse der Bewohner, würde sich durch die ganze Wohnung verfolgen lassen.

»Und in letzter Zeit hat der Franz-Xaver auch noch Ärger mit irgendwelchen Tierschützern gehabt«, fiel der Mutter unerwartet ein. »Die haben ihn angezeigt wegen Tierquälerei.« Sie lachte bitter auf. »Tierquälerei! Einem Schaf kann doch gar nichts Besseres passieren, als dass es bei einem Schäfer ist, der noch mit der Herde über die Leiten zieht.«

»Die Leiten?«, fragte Morgenstern nach.

»Ja, die Leiten. Herrschaft, wie sagt man da gleich dazu? Die Hänge halt, die Hänge vom Altmühltal oder vom Gailachtal oder vom Anlautertal. Das sind die Leiten. Und da grast die Schafherde. Ziegen sind auch dabei, weil die das ganze dornige Gestrüpp fressen, das die Schafe stehen lassen. Denen geht's doch gut! Und dann kriegt der Franz-Xaver eine Anzeige. Da hat er sich vielleicht aufgeregt!«

»Wann war das mit der Anzeige?«, fragte Hecht.

Die Mutter dachte nach und zog dann schließlich einen Übersichtskalender aus der »Kirchenzeitung für das Bistum Eichstätt« zurate, der mit Tesafilm an einen der Küchenschränke geklebt war.

»Jetzt erst, vielleicht vor drei Wochen war das. Der Franz-Xaver musste nach Eichstätt runter, zur Polizei, und hat eine Aussage machen müssen. Und die Herren vom Landratsamt waren da und haben eine Kontrolle am Hof gemacht. Gott sei Dank wohnen wir am Dorfrand, was denken Sie, was das sonst für ein Aufsehen und für ein Getratsche im Dorf gegeben hätte!«

»Und? Was ist rausgekommen bei der Überprüfung?«, fragte Morgenstern und warf einen kurzen Blick zu Hecht. Beide dachten an das kleine Schaf, das erst vorhin vor ihren Augen in den weißen Transporter verfrachtet worden war und soeben einem wahrscheinlich grausamen Tod entgegenfuhr.

Philomena Heiß wischte die Frage weg. »Nichts. So gut wie gar nichts.« Als die beiden Kommissare stumm blieben, rang sie sich zu einer weiteren Erklärung durch. »Also, die Herren waren der Ansicht, dass der Stall für die Wintermonate zu klein und zu dunkel ist. Und sie haben moniert, dass schon lange nicht mehr ausgemistet worden ist. Aber das interessiert doch jetzt im Frühling und im Sommer keinen mehr. Jetzt sind die Viecher doch draußen.«

»Sonst noch was?«, fragte Morgenstern.

»Sie haben unseren Kühlraum ganz genau angeschaut, aber da ist alles in Ordnung. Da hat der Xaver immer aufgepasst, weil – das ist immer das Erste, was der Inspektor sehen will.«

»Welcher Inspektor denn?«

»Ja mei, der Kontrolleur vom Projekt Altmühltaler Lamm. Der kommt immer wieder einfach auf den Hof, und wenn ihm was nicht passt, kann's sein, dass du als Schäfer das Qualitätssiegel verlierst.«

»Altmühltaler Lamm, wir haben schon davon gehört«, sagte Hecht neunmalklug. »Das gehört zu einem Naturschutzprojekt.«

»Ein Segen für die Schäfer«, sagte die Frau. »Seit es das gibt, bekommen wir mehr Geld für unsere Lämmer. Sonst täte sich die viele Arbeit ja schon längst nicht mehr rentieren. Für die Wolle kriegt man schon lange nichts mehr. Das ist doch ein Trauerspiel.«

Sie legte plötzlich den Kopf in die beiden Hände, die Ellbogen auf dem abgewetzten Küchentisch angewinkelt. »Jetzt bin ich so alt geworden und bin ganz allein. Was soll ich denn jetzt machen?« Morgenstern krampfte es den Magen zusammen. »Was soll ich denn machen?«, wiederholte sie.

»Haben Sie keine Verwandten, die Ihnen helfen könnten?«

Frau Heiß schüttelte den Kopf, mit Tränen in den Augen, die wie aus dem Nichts gekommen waren. »Nur ganz entfernte Verwandte, aber da gibt es so gut wie keinen Kontakt. Mein Franz-Xaver hat nie Kontakt gehalten und ich auch nicht. Wir haben mit den Schafen immer so viel zu tun gehabt. Der Xaver war immer draußen unterwegs, und am Abend war er todmüde. Er hat ja oft auch draußen bei den Schafen übernachtet, neben dem Pferch, mit seinem Wohnmobil.«

Beklommen entschied sich Morgenstern zum geordneten Rückzug. »Frau Heiß, wir müssen leider gehen. Aber wir werden bestimmt morgen oder übermorgen noch einmal vorbeikommen, wenn wir weitere Fragen haben. Und Sie dürfen sicher sein, dass wir den Menschen, der Ihren Sohn auf dem Gewissen hat, finden.«

»Dann gnade ihm Gott«, sagte Philomena Heiß und wischte sich die Tränen ab.

»Ich hätte nicht gedacht, dass ein Schäfer sich so viele Feinde machen kann«, sagte Morgenstern, bevor jeder in seinen Wagen stieg, um Richtung Ingolstadt zum Polizeipräsidium zu fahren. »Ich würde vorschlagen, dass wir morgen als Erstes mit der Polizeiinspektion Kontakt aufnehmen und uns alle Anzeigen und Unterlagen zeigen lassen, die sich bei denen im Lauf der Jahre angesammelt haben. Da ist wohl ganz schön was zusammengekommen.«

»Das ist dann aber nur die Spitze des Eisbergs«, gab Hecht zu bedenken. »So wie dieser Franz-Xaver Heiß veranlagt war, hat der sich mit jedem rumgestritten, der nur in die Nähe seiner Schafe gekommen ist. Radler, Jogger, Bauern, Tierschützer. Du meine Güte.«

»Für den hat's halt bloß die Schafe gegeben. Die kamen an erster Stelle, und dann ganz, ganz lange nichts.«

»Mit den Schafen ist er aber anscheinend auch nicht besonders zimperlich umgesprungen«, erinnerte Morgenstern, »sonst wären ihm kaum die Tierschützer auf den Pelz gerückt.«

»Das wird ein harter Brocken«, vermutete Hecht.

Sie entschieden, das Dringendste sei nun ein Zeugenaufruf.

Irgendwer müsse doch den Mörder gesehen haben. Und Morgenstern fragte sich nicht zum ersten Mal an diesem Tag, ob nicht er selbst am Morgen dem Täter über den Weg gelaufen war, ohne ihn zu bemerken.

DREI

Morgensterns erster Weg führte am Montag schon um sechs Uhr zum Briefkasten – die Zeitung holen. Erwartungsgemäß berichtete der »Eichstätter Kurier« ausführlich über den mysteriösen Mordfall vom Neuen Weg und hatte bereits eine griffige Schlagzeile gefunden: »Schäfer-Mord«. Zeugen würden dringend gesucht und sollten sich bei der Kripo in Ingolstadt oder bei der Polizeiinspektion Eichstätt melden, Hinweise würden auf Wunsch auch vertraulich behandelt – das ganze Programm.

Ein Reporter hatte sich noch am Sonntagmittag in Pollenfeld auf der Straße und beim Frühschoppen in einem der Wirtshäuser umgehört und anschließend auch noch die Besucher der Nachmittagsandacht in der Pfarrkirche St. Sixtus, dem »Jura-Dom« (wie das Gotteshaus in der Zeitung genannt wurde), befragt. Mit Namen wollte sich zwar kaum jemand zitieren lassen, aber alle zeigten sich rechtschaffen erschüttert über den Mord, wobei zwischen den Zeilen doch zu lesen war, dass Franz-Xaver Heiß seinen Mitbürgern als Außenseiter gegolten hatte. Die Wohlmeinenderen schrieben das aber seinem eigenbrötlerischen Beruf und nicht seinem Charakter zu.

Überlagert wurde das alles von der unverhohlenen Sorge, dass »da draußen« jetzt ein Mörder »frei herumlaufe«, der möglicherweise wahllos Menschen auf Spazierwegen überfalle, und dass man nur hoffen könne, dass die Polizei einen raschen Ermittlungserfolg habe.

Das Übliche, dachte Morgenstern, während er seinen ersten Morgenkaffee trank. Was ihn allerdings hellhörig machte, war ein grauer Kasten, der in den Bericht über den Mord eingeblockt war. »Lammauftrieb unklar« lautete die Überschrift. Murmelnd las Morgenstern die Meldung.

Mörnsheim (EK) – Angesichts des Mordes an Schäfer Franz-Xaver H. ist momentan noch offen, ob der für das kommende Wochenende geplante Altmühltaler Lammauftrieb in Mörnsheim

stattfinden wird. Das Organisationsteam um den Mörnsheimer Bürgermeister und den Verein der Hüteschäfer im Altmühltal wollte gestern noch nicht entscheiden, ob die Traditionsveranstaltung im Gailachtal abgesagt wird.
Der jährliche Lammauftrieb nach dem Muster der alpinen Viehauftriebe ist seit Jahren fester Bestandteil im Veranstaltungskalender des Altmühltals und mit einem Handwerkermarkt verbunden. Traditionell führt am Samstagmittag ein prominenter Politiker aus Land oder Bund eine große Schafherde über die Gailachbrücke durch das Markttor und dann durch die Straßen von Mörnsheim. In diesem Jahr soll der bayerische Heimatminister mit Schäfermantel, Hut und Hirtenstab die etwa tausendköpfige Schaf- und Ziegenherde anführen. Bereits an diesem Donnerstag soll der Minister im Vorfeld des Lammauftriebs bei einem Ortstermin mit geladenenen Gästen über das bundesweit vorbildliche Naturschutzgroßprojekt »Altmühlleiten« informiert werden, wozu auch Vertreter des Bundesamts für Naturschutz in Bonn sowie der Regierung von Oberbayern erwartet werden.
Den Veranstaltern war es nicht gelungen, die beiden Veranstaltungen auf einen Tag zu legen. Wie bereits berichtet, hat es sich Minister Christoph Fäustlein nicht nehmen lassen, beide Termine persönlich wahrzunehmen. Vonseiten der Landtagsopposition hatte es dafür Spott gegeben. Der ehrgeizige Minister wolle die Rolle des »guten Hirten« wohl unter keinen Umständen einem Kollegen oder gar einer Kollegin überlassen, und wenn er dafür fünfmal ins Altmühltal reisen müsste.
Ein Sprecher des Eichstätter Landratsamts teilte gestern auf Anfrage mit, der Naturschutz-Termin am Donnerstag werde auf jeden Fall stattfinden.

Morgenstern klappte die Zeitung zusammen und dachte nach. Der Heimatminister, nicht zu fassen! Der Mann würde tatsächlich zweimal binnen drei Tagen kommen. Das machte ihm im Kabinett keiner nach. Morgenstern wusste genau, was er an diesem Morgen von seinem Vorgesetzten, dem Kriminaldirektor Adam Schneidt, zu hören bekommen würde: »Morgenstern, klären Sie den Fall augenblicklich!«

Wahrscheinlich würde sich noch am Vormittag das Heimatministerium, wenn nicht sogar die Bayerische Staatskanzlei, im Polizeipräsidium Oberbayern-Nord melden und – in aller Diskretion natürlich – Druck machen. Der Minister werde nur dann am Samstag beim Lammauftrieb ins Schäfergewand schlüpfen, wenn der Mord an seinem »Kollegen« geklärt sei. Andernfalls würde die ganze schöne und vor allem fotogene Veranstaltung von diesem traurigen Fall überschattet werden. Werde der Mörder aber rasch festgenommen, könne der Heimatminister das als Vertreter der Staatsregierung werbewirksam als Beweis für die unvergleichliche Effektivität der weiß-blauen Ermittlungsbehörden darstellen.

Die unvergleichliche Effektivität von Mike Morgenstern und Peter Hecht also.

Wie am Vorabend besprochen, wollte Morgenstern als Erstes der Polizeiinspektion Eichstätt einen Besuch abstatten, Hecht sollte dazustoßen. Die Kollegen von der Landpolizei, vor allem der brummbärige Inspektionsleiter Manfred Huber, hatten bestimmt im Computer nach ein paar Klicks einen Überblick über sämtliche Anzeigen, mit denen Franz-Xaver Heiß seine Mitmenschen im Laufe der letzten Jahre überzogen hatte. Und umgekehrt müssten sich dort auch alle Beschwerden über den Schäfer selbst finden lassen, seien sie nun verfolgt worden oder als ersichtliche Nichtigkeiten von einem gutmütigen Inspektionsbeamten niedergebügelt worden.

Morgenstern wusste, dass in einer kleinen Stadt wie Eichstätt viele Streitigkeiten auf dem »kleinen Dienstweg« aus der Welt geschafft wurden. Eine hochgezogene Augenbraue mit der Frage »Braucht's das jetzt wirklich?« konnte da Wunder bewirken, vor allem mit dem Hinweis, dass am Ende von so einem Streit vor allem die Rechtsanwälte profitieren würden – und das könne doch keiner wollen, nicht wahr? Kritisch wurde es freilich dann, wenn der Anzeigeerstatter schon seit Jahren in seine Rechtsschutzversicherung eingezahlt hatte und nun die Gelegenheit gekommen sah, endlich einmal die Früchte dieses Investments zu ernten. Wie auch immer: Im Computer der Polizeiinspektion fände sich allemal eine kleine Aktennotiz. Ein bayerischer Polizeicomputer hatte da durchaus Ähnlichkeit mit dem Internet: Er vergaß nichts.

Manfred Huber war bereits im Dienst, als Morgenstern bei ihm anrief, und er versprach, sofort alle Heiß-Informationen herauszukramen – bis hin zum kleinsten Schnipsel.

Wenig später saß Morgenstern in Hubers Büro in der Inspektion an der Kipfenberger Straße, direkt neben der großen Polizeischule der bayerischen Bereitschaftspolizei.

»Ganz schön was zusammengekommen«, sagte Huber und zeigte auf einen Stapel ausgedruckten Papiers, der auf einem runden Besprechungstisch ausgelegt war.

»Anscheinend ist die Schäferei nicht so idyllisch, wie sie auf den ersten Blick scheint«, pflichtete Morgenstern bei.

»Zumindest nicht, wenn der Schäfer Franz-Xaver Heiß heißt.«

»Hast du ihn persönlich gekannt, Manfred?«

»Nur flüchtig. Er wollte zwar ein paarmal mit seinen Anzeigen ausdrücklich zu mir als Chef, aber auf diesem Ohr höre ich gar nicht gut.« Der Inspektionsleiter lächelte. »Dann könnte ich auch gleich eine Ein-Mann-Inspektion betreiben. Nein, Sonderbehandlungen gibt's bei mir nicht. Und für so einen ...«, er zögerte und senkte dann aus Pietätsgründen die Stimme, »... für so einen Querulanten brate ich erst recht keine Extrawurst.«

»Ein Querulant?«, fragte Morgenstern nach.

Huber nickte. »Und so etwas sage ich nur selten. Aber schau dir das mal an.«

Morgenstern blätterte sich durch die Ausdrucke. »Ich habe gestern schon davon gehört«, sagte er. »Streit mit Bauern, mit Spaziergängern ...«

»Und wir haben auch noch was ganz Aktuelles«, sagte Huber. »Hast du dir das Wohnmobil vom Heiß schon angeschaut?«

»Nein«, gestand Morgenstern ein. »Aber das hole ich gleich nach. Warum, was ist damit?«

»Es ist besprüht worden. Mit Graffiti.«

»Ach«, sagte Morgenstern, »das schon wieder.« Er dachte an einen Fall, in dem junge Männer eine blutrote Botschaft an der Domfassade hinterlassen hatten, dabei aber von niemand anderem als Mike Morgenstern erwischt worden waren.

Graffiti waren im allzeit properen Eichstätt selten, umso

konsequenter wurden Sprayer von der Staatsmacht verfolgt. Eine fromme Ausnahme bildete nur eine lange, schmale Gasse, die im Osten des Bischöflichen Priesterseminars zur Innenstadt führte und vor einiger Zeit von der Katholischen Pfadfinderschaft St. Georg zur Sprayer-Meile ernannt worden war. Die künstlerisch ambitionierte Stadtjugend hatte die Mauern des »Wiesengässchens« im Rahmen eines gemeinnützigen Großprojekts ein ganzes Wochenende lang aufwendig bemalt und dabei zu beträchtlichem Teil erbauliche Botschaften und wohlgestaltete Bilder hinterlassen, in denen unter anderem den Bistumsheiligen Willibald und Walburga sowie dem Gründer der Pfadfinderbewegung, Robert Baden-Powell, die Ehre erwiesen wurde.

»Was steht denn drauf auf dem Schäferwagen?«, fragte Morgenstern.

»Ein Kollege hat's fotografiert«, sagte Huber, ging vom Besprechungstisch zu seinem Schreibtisch und setzte sich an den Computer. Er drehte den Bildschirm, auf dem nun das Foto zu sehen war, halb zu Morgenstern. Die Botschaft war mit einer Schablone auf die Seitenwand des Wohnmobils gesprüht. Grün, mit weit gefächerten Blättern, präsentierte sich dreißig Zentimeter groß eine Cannabispflanze mitsamt dem Appell: »Legalize it!« Daneben stand noch zweimal das Gleiche.

»Marihuana«, sagte Morgenstern überrascht.

»Die andere Seite ist auch besprüht«, erklärte Huber. »Das ist erst letzte Woche gewesen. Am Donnerstag. Der Heiß war völlig aus dem Häuschen. Der Nieberle ist am Freitag hochgefahren und hat die Fotos gemacht.«

»Marihuana«, wiederholte Morgenstern. »Was hat jetzt so einer wie der Heiß mit Marihuana zu tun?«

»Keine Ahnung.«

»Hat er denn keinen Verdacht gehabt? So etwas kommt doch nicht aus heiterem Himmel.«

Huber tippte eine Kurzwahl ins Telefon. »Der Nieberle müsste es wissen«, murmelte er.

»Nieberle, was hat der Heiß bei seiner Anzeige wegen der Sprayer gesagt? Du hast doch mit ihm geredet. Komm mal schnell zu uns rüber.«

Ludwig Nieberle war keine halbe Minute später im Büro seines Chefs.

»Der Heiß und seine Graffiti. Ich habe das ehrlich gesagt nicht so ernst genommen. Sein Wohnmobil ist eine uralte Kiste. Völlig verschrammt und verdreckt und verrostet. Ein reines Wunder, dass er die Karre immer noch durch den TÜV gebracht hat. Drum habe ich mir gedacht, dass das kein großer Schaden ist. Da braucht er bloß seinerseits kurz mit der Spraydose drüberzugehen, und schon schaut seine Rostlaube besser aus als je zuvor. Das habe ich dem Schäfer dann auch gesagt.«

»Wie hat er reagiert?«, fragte Morgenstern neugierig.

»Wie wohl? Mit ein paar Beleidigungen. Und er hat gesagt, dass er mich anzeigt wegen Strafvereitelung im Amt. Ich frage mich, woher er solche Begriffe gekannt hat. Ich habe ihm dann erklärt, dass wir diese Graffiti schon kennen. Wir haben ein paar davon in der Stadt.«

»Im Wiesengässchen?«, fragte Morgenstern schelmisch und dachte an das erklärte Ziel des Pfadfindergründers und seiner braven Gefolgsleute, die Welt jeden Tag ein bisschen besser zu machen.

»Nein«, schaltete sich Huber ein, »natürlich an ein paar Gebäuden unserer Uni. Typisch Studenten.«

»Es könnten auch Schüler sein«, gab Morgenstern zu bedenken.

»Natürlich. Aber wir haben die Graffiti auch im Studentenwohnheim an der Pedettistraße, gleich hinter der Sparkassen-Hauptstelle. Die Sparkassenpassage hat übrigens auch eines abgekriegt. Aber die haben das noch am selben Tag wieder wegmachen lassen«, sagte Huber.

»Sprayer sind schwer zu kriegen«, meinte Nieberle. »Wenn du da nicht einen auf frischer Tat ertappst und bei ihm zu Hause dann die Farbdosen oder Schablonen findest, hast du schlechte Karten.«

»Habt ihr irgendwelche Fingerabdrücke gefunden?«

Nieberle sah Morgenstern säuerlich an. »Jetzt lassen wir mal bitte die Kirche im Dorf. Bisher waren das völlig harmlose Sachen. Da rücke ich doch nicht mit der Spurensicherung an, bloß weil sich irgendein pubertierender Spinner an irgendeiner Mauer verewigen will.«

»Aber jetzt hat er sich am Auto eines Mordopfers verewigt«, sagte Morgenstern trocken. »Wieso bloß? Habt ihr dieses Hanfzeichen sonst noch irgendwo außerhalb der Stadt gesehen?«

»Bisher nicht«, meinte Nieberle. »Aber bei allem Respekt, wir sind schließlich nicht Google Street View.«

»Aber warum geht jemand rauf zur Henkerskapelle, schleicht sich mitten in der Nacht an diesen Schäferwagen ran, bei vollem Risiko, dass da irgendwo die Hunde sind und zu bellen anfangen, und sprüht ringsum seine albernen Hanfblätter drauf?«

Nieberle streckte den Zeigefinger der rechten Hand aus und tippte Morgenstern auf die Brust. »Warum? Warum? Vielleicht, weil er gerade total bekifft war? Und vielleicht macht einer, wenn er total vollgedröhnt ist, auch noch ganz andere Sachen? Aber das müsst ihr von der Kripo rausbringen. Dafür haben wir euch schließlich.«

Morgenstern las sich durch die Akten. Kleinkram, soweit er das bei der ersten Durchsicht erkennen konnte. Da war kein Streit von so einem Kaliber, dass sich daraus ein Konflikt auf Leben und Tod entwickeln konnte. Oder vielleicht doch? Wer konnte schon so tief in einen Menschen hineinsehen?

Auch Morgenstern hatte immer wieder mit Todesfällen zu tun gehabt, in denen lächerlich erscheinende Anlässe, harmlos wirkende Streitigkeiten sich bis zur Explosion hochgeschaukelt hatten. Aber das waren in der Regel Auseinandersetzungen im familiären Bereich gewesen. Zwischen Ehefrau und Ehemann, zwischen Vater und Sohn. Konstellationen, bei denen beide Parteien nach Jahren voller Demütigung, Geringschätzung und verweigerter Kommunikation den gordischen Beziehungsknoten mit einem einzigen, furchtbaren Schwerthieb zerschlagen hatten. Das waren immer Beziehungstaten gewesen. Aber dass jemand aus einem kleinen, ärgerlichen Konflikt heraus zum Messer griff und einen ihm weitgehend fremden Menschen gezielt tötete, das hielt Morgenstern nach all seinen Jahren bei der Kriminalpolizei für unwahrscheinlich.

Er nahm sich die nächste Akte vor. Ein Mountainbiker hatte sich vor gut einem Jahr, im frühen Frühjahr, ungestüm durch die grasende Schafherde gedrängt und dadurch eine tierische Massenpanik, eine wahre Altmühltal-Stampede ausgelöst. In Folge hatten fünf Mutterschafe Fehlgeburten erlitten, so die Anzeige des Schäfers. Der Mountainbiker wiederum hatte seinerseits Anzeige erstattet, weil ihm Franz-Xaver Heiß angeblich seinen Schäferstock durch die Fahrradspeichen des Hinterrads geschoben und damit einen äußerst schmerzhaften Sturz provoziert hatte. Die Folge: eine gebrochene und zwei geprellte Rippen. »Raue Sitten«, murmelte Morgenstern.

Inspektionsleiter Huber nickte. »Zum Glück war Heiß der einzige Schäfer, der uns solche Probleme gemacht hat. Sonst hätte der Naturpark seine Imagekampagne fürs Altmühltaler Lamm gleich vergessen können.«

»Woher weißt du, dass er der einzige war?«

»Wir haben mal ein bisschen nachgefragt, wie es bei den anderen Inspektionen aussieht. Ich habe die Kollegen in Treuchtlingen, Weißenburg, Beilngries und Kelheim angerufen. Bei denen läuft das mit den Schäfern alles rund.« Er seufzte. »Der Heiß war schon ein Fall für sich.«

»Und jetzt ist er mein Fall«, seufzte Morgenstern zurück. Er notierte sich Name und Adresse des Mountainbikers: ein junger Koch aus Dollnstein, Florian Krawczik.

»Der arbeitet da in einer Wirtschaft«, erklärte Huber. »Nachmittags, wenn er freihat, macht er mit seinem Rad hier die Wanderwege unsicher. Ich weiß das, weil ich damals selbst seine Anzeige aufgenommen habe.«

»Den werde ich mir dann wohl auch mal vorknöpfen«, sagte Morgenstern. »Welche Wirtschaft ist es denn?«

»Gleich am Marktplatz. Der Landgasthof ›Parzival‹. Das war mal eine ganz normale Dorfwirtschaft, hat auch immer ganz normal ›Zum Roten Ochsen‹ geheißen, bis sie das ganze Konzept geändert haben. Seit ein paar Jahren machen die gehobene Küche. Richtig ehrgeizig.«

»Was für einen Eindruck hast du damals von diesem Krawczik gehabt?«

»Ein Draufgänger, aufbrausend. Ich weiß allerdings nicht, wie ich reagiert hätte, wenn mir jemand kurz zuvor ein paar Rippen geprellt hätte. Und sein Fahrrad war auch ziemlich ramponiert.«

Morgenstern nahm sich einen weiteren Ausdruck vor, mehrere Seiten, die Huber zusammengetackert hatte.

»Das ist relativ neu«, erklärte Huber. »Das ist diese Tierschützer-Geschichte. Anscheinend gibt es bei uns im Altmühltal inzwischen eine Ortssektion von ASA.«

»ASA?«, fragte Morgenstern. »Was ist denn das?« Er kannte bisher nur den lokalen Tierschutzverein, einen nach allen Regeln des deutschen Vereinsrechts aufgestellten Club, der einmal wöchentlich in der Zeitung herrenlose Katzen, Hunde, Kaninchen und Kanarienvögel zur Vermittlung anbot und unter anderem in einem leer stehenden Haus beim Bahnhof, direkt neben der Bundesstraße 13, eine Katzenstation betrieb. Morgenstern war, gedrängt von seinen tierlieben Kindern, einmal dort gewesen und vom alles durchdringend scharfen Geruch von Katzenurin beinahe narkotisiert worden. Seinen Kindern dagegen war der unerträgliche Gestank der teilweise inkontinenten, traumatisierten Tierheiminsassen gar nicht aufgefallen.

»ASA, Animal Salvation Army, das sind radikale Tierschützer. Die gibt es in ganz Deutschland, und in letzter Zeit machen die auch bei uns Rabatz«, sagte Huber. »Die Anglervereine entlang der Altmühl bis hinab nach Kelheim, aber auch an den großen Kiesweihern rund um Ingolstadt und an der Donau, wagen inzwischen kaum noch, ihre früher obligatorischen Fischerkönig-Fotos in der Zeitung abdrucken zu lassen.«

Es habe nämlich, so berichtete Huber weiter, schon mehrere Anzeigen wegen Tierquälerei gegeben, wenn Angler ihre Beute anschließend wieder ins Wasser zurückgesetzt hätten. Fische dürften nämlich ausschließlich zum Verzehr aus dem Wasser gezogen werden, nicht aber aus Jux und Tollerei und vermeintlichem Sportsgeist. Vor einiger Zeit sei sogar der romantische Forellenteich am Rande der Altstadt ins Visier der Tierschützer geraten. Der Kapellbuck-Teich, der von glasklarem Quellwasser gespeist werde. »Die haben doch tatsächlich behauptet, dass im

Wasser so viel Pflanzenschutzmittel ist, dass die Fische langsam vergiftet werden.«

»Und?«, fragte Morgenstern.

»Riesenaufregung, aber nichts dahinter. Das Gesundheitsamt hat eine Wasserprobe untersuchen lassen. Alles bestens. Von Tierquälerei keine Spur.«

»Die halten euch ganz schön auf Trab«, sagte Morgenstern.

»Leider. So eine Anzeige ist schnell erstattet, und dann muss halt jedes Mal die ganze Maschinerie angeworfen werden.«

»Von wem kommen die Anzeigen?«

»Aus der Zentrale in Berlin. Die bekommen einen Hinweis und ein paar Fotos zu einem angeblichen Problem vor Ort, und dann schießen die ganz locker aus der Hüfte.«

»Na super – habt ihr eine Idee, wer dahintersteckt?«

Huber schüttelte den Kopf. »Dem Schäfer Heiß haben sie vorgeworfen, dass er seinen Stall nicht ordentlich mistet.«

»Das habe ich schon gehört. Im Winter stehen die Schafe da angeblich bis zum Bauch im Dreck.«

»Wir waren bei ihm oben, als Überraschungsbesuch, und haben uns den Stall zeigen lassen. Alles halb so wild. Und die meiste Zeit im Jahr sind die Tiere sowieso draußen unter freiem Himmel. Ökologischer geht's eigentlich nicht. Ich weiß manchmal wirklich nicht, was die Leute noch alles wollen.« Huber hob die Hände zum Himmel. »Ich glaube, die wollen uns alle zu Vegetariern machen, zwangsweise.«

»Wenn nicht gleich zu Veganern«, meinte Morgenstern und dachte unfroh an Fionas Bestrebungen, den Speiseplan seiner Familie umzukrempeln. In jüngster Zeit hatte es im Hause Morgenstern verdächtig oft als »gesunde Snacks für zwischendurch« Kohlrabi-Sticks, gestiftelte Möhren und Staudensellerie-Streifen mit Joghurt-Dip gegeben.

Er sah sich die Fotos an, die anscheinend von außen durch ein Fenster aufgenommen und der Anzeige beigelegt worden waren. Ein klarer Fall von Hausfriedensbruch, dachte Morgenstern. Oder eine Sonderform des investigativen Journalismus. Der Schafstall in Pollenfeld sah für ihn selbst allerdings völlig unscheinbar aus. Ein paar Schafe standen gelangweilt, jedoch nicht erkennbar leidend herum und träumten vermutlich vom Sommer auf den grünen Hängen des Altmühltals.

In der Anzeige hieß es, Schäfer Heiß habe seine Hunde absichtlich darauf trainiert, die Schafe durch Bisse ins Hinterteil oder in die Hinterbeine bei der Herde zu halten – eine ungeheuerliche Brutalität. Überhaupt sei das System der Schafhaltung unvertretbar: Die Mutterschafe würden nämlich, sobald sie gelammt hätten, »erneut geschwängert« und damit ihrer Würde als dem Menschen ebenbürtige Mitgeschöpfe beraubt. Schäfer Heiß degradiere wie alle anderen Berufskollegen seine Tiere zu »Gebärmaschinen«. Die »Babylämmer« aber würden noch in frühester Jugend »erbarmungslos zur Schlachtbank geführt«.

Morgenstern schmunzelte: »Schlachtbank … die haben vielleicht Begriffe.« Er überlegte, woher er dieses seltsame, archaisch klingende Wort kannte. »Schlachtbank«, murmelte er.

Manfred Huber nickte. Er faltete die Hände und zitierte: »›Wie ein Lamm, das zur Schlachtbank geführt wird, tat er seinen Mund nicht auf, wie ein Schaf, das vor seinem Scherer verstummt.‹«

»Ist das was Biblisches?«, vergewisserte sich Morgenstern.

»Aber sicher doch. Das kommt, wenn ich mich recht entsinne, in der Kreuzwegandacht in der Fastenzeit vor. Die Vergleiche mit Lämmern und Schafen und Hirten ziehen sich durch die ganze Heilige Schrift. Ich sage nur: ›Ich bin der gute Hirte.‹«

»Du?«, fragte Morgenstern zurück.

»Nein, ich nicht. Ich bin eher der Hirtenhund. Der, der die Abweichler ein bisschen zwickt, damit sie bei der Herde bleiben und sich nicht ins Unterholz verdrücken.«

»Und unser Chef, der Innenminister, ist der dann der gute Hirte?« Morgenstern grinste.

»Entweder der oder gleich der Ministerpräsident.« Auch Huber lächelte, aber dann wurde er nachdenklich. »Du weißt, dass der Heimatminister am Donnerstag zu uns kommt. Und am Samstag gleich noch mal, zum Altmühltaler Lammauftrieb nach Mörnsheim.«

»Ich hab's heute gelesen, ja. Aber vielleicht verzichtet er darauf.«

»Das kannst du gleich vergessen«, sagte Huber. »Der macht keinen Rückzieher. Der lässt sich höchstens einen Trauerflor an den Ärmel binden, und dann zieht er das durch. Der Lammauftrieb ist schließlich kein Faschingsumzug oder irgendeine Gaudi.«

»Was ist er dann?«, fragte Morgenstern.

Huber kratzte sich an der Nase. »Ich weiß auch nicht so genau. Er ist der Auftakt für die Freilandsaison der Schäfer, zumindest soll es auf die Leute so wirken. Wie beim Almauftrieb im Gebirge. In Wirklichkeit aber sind die Schafherden schon den ganzen Frühling draußen unterwegs. Es gibt auch Schäfer, die mit ihren Viechern das ganze Jahr draußen sind. Der Lammauftrieb ist bloß so eine Werbegeschichte. Eine PR-Nummer.«

»Und dafür kommt dann extra der Heimatminister?«, fragte Morgenstern ungläubig. »Wegen einem bisschen Öffentlichkeitsarbeit für Schafe?«

Huber schüttelte den Kopf. »Nein, dem geht es nicht um Aufmerksamkeit für Schafe, dem geht es um Aufmerksamkeit für sich. Der gute Hirte … Die Politiker lieben solche Bilder. Und die Archivare in den großen deutschen Zeitungen auch. Die Fotos vom Politiker mit Schafherde kann man immer wieder brauchen. Die sind so schön symbolträchtig.«

Morgenstern schob die Blätter zusammen. »Kann ich die mitnehmen?«

»Gerne doch. Und was willst du als Nächstes tun?«

»Ich werde mir mal diese Graffiti ansehen.«

»Am Schäferwagen?«

»Höchste Zeit, dass wir uns die Karre mal näher betrachten. Die steht noch immer da oben an der Schafweide. Kollege Hecht hat die Schlüssel. Der Schlüsselbund war in der Hosentasche vom Heiß. Wo bleibt der Hecht bloß? Verspätungen sind überhaupt nicht seine Art.«

Morgenstern stand mit Manfred Huber am Ausgang der Polizeiinspektion, als Peter Hecht mit seinem Wagen auftauchte. Er parkte den dunkelblauen Dienst-Audi, erkennbar am Kennzeichen IN-PP, wobei PP für Polizeipräsidium stand, auf einem der zehn Besucherparkplätze. Er stieg aus und öffnete umständlich den Kofferraum. Er beugte sich tief hinein, wuchtete dann einen großen hellblauen Plastikwäschekorb heraus. Morgenstern presste verdrossen die Lippen zusammen.

»Was wird das jetzt?«, fragte Huber.

»Spargel«, sagte Morgenstern trocken. »Es geht schon seit Wochen so. Dafür nimmt er auch eine Verspätung in Kauf.«

Hecht kam aus Schrobenhausen, dem Zentrum von Bayerns größtem und bekanntestem Anbaugebiet für das Edelgemüse. Schon an der Autobahn A 9 wiesen braune Hinweisschilder auf die Spargelregion hin, es gab in der Stadt ein Spargelmuseum, und jetzt, in der zweiten Maihälfte, war Hauptsaison. Hechts Schwester hatte im Schrobenhausener Umland, in Waidhofen, einen Spargelhof, und die ganze Verwandtschaft hatte in diesen Wochen pflichtgemäß dafür zu sorgen, dass der Absatz der schlanken Stangendelikatesse nicht ins Stocken geriet. Im Falle Peter Hecht hieß das, regelmäßig eine Wanne voll mit der besonders teuren Eins-a-Ware unter den Kollegen im Präsidium loszuschlagen. Kein Wunder, dass der Oberkommissar schon seit Jahren den ihm verhassten Spitznamen »Spargel« erdulden musste, der allerdings auch gut mit seiner langen, schlaksigen Körperform korrespondierte.

»Heute ist also wieder Spargeltag«, stellte Morgenstern mit einem Grinsen fest. »Und unser Auto wird einmal mehr als Viktualienmarkt-Stand missbraucht.«

»Magst ein Kilo?«, fragte Hecht ohne große Hoffnung. »Ich mach dir einen Freundschaftspreis. Und Ihnen natürlich auch, Herr Huber.«

»Du lässt einfach nicht locker«, wunderte sich Morgenstern. »Wie oft habe ich dir schon gesagt, dass ich Spargel nicht mag.«

»Banause«, konterte Hecht. »Du hast ihn noch nicht mal richtig probiert. Ein Genuss, sage ich dir. Ein Genuss. Ich esse ihn fast jeden Tag. Mit Petersilienkartoffeln, Sauce hollandaise und ein bisschen Schinken. Da könnte ich mich reinlegen.«

Morgenstern stellte sich vor, wie sich der dünne Kollege in einer Badewanne inmitten von dampfenden Pellkartoffeln, blassen Spargelstangen und einer dickflüssigen gelblichen Buttersoße aalte. Eine Vorstellung, die ihm die Schrobenhausener Delikatesse nicht eben attraktiver erscheinen ließ.

»Also ich verstehe beim besten Willen nicht, was die Leute daran finden«, beharrte Morgenstern.

Der Eichstätter Inspektionsleiter reagierte. »Mir dürfen Sie gerne ein Kilo verkaufen. Und ein paar Kollegen von der Vormittagsschicht haben bestimmt auch Interesse.« Huber öffnete Hecht die schwere Eingangstür. »Immer hereinspaziert.«

Hecht warf Morgenstern einen triumphierenden Blick zu und ging in die Inspektion, wo das Eintreffen des Schrobenhausener Gemüse-Kleindealers freudig aufgenommen wurde. Im Nu hatte Hecht einen Großteil seiner Ware unter den Kollegen verteilt. »Den Rest verkaufe ich später im Präsidium«, sagte er.

Morgenstern blickte in die nur noch halb volle Wanne. »Wie lange soll das eigentlich noch so gehen?«

»Du hast echt überhaupt keine Ahnung. Bis zum Johannistag natürlich.«

»Johannistag?«

»Ja, der 24. Juni. Das ist jedes Jahr der letzte Termin fürs Spargelstechen. Dann ist Pause bis zum nächsten Jahr, damit sich die Stöcke erholen können. Wir haben also noch ziemlich genau einen Monat.«

»Und alle Bauern halten sich dran?«, wunderte sich Morgenstern. »Wenn da einer ein paar Wochen länger seinen Spargel stechen würde, wäre das doch bestimmt ein Bombengeschäft.«

Hecht tippte sich mit der freien Hand an den Kopf. »Den würden die anderen wahrscheinlich lynchen. Das ist doch grade das Tolle am Schrobenhausener Spargel, dass es ihn bloß ein paar Wochen im Jahr gibt. Das macht ihn so exklusiv. Außerdem ist der Geschmack unvergleichlich. Da merkt man einfach unsere sandigen Böden. Wenn einer Billigspargel aus dem Ausland kauft – soll er doch damit glücklich werden. Bei uns hat Qualität ihren Preis.«

»Mir wäre er zu teuer«, legte Morgenstern nach. Er wollte gerade noch erklären, dass er vor einigen Jahren in einem Nürnberger Restaurant zum ersten und bislang letzten Mal eine größere Portion Spargel vertilgt und danach irritierenderweise zwei Tage lang beim Pinkeln einen seltsam schwefligen Geruch wahrgenommen hatte, da öffnete sich die Tür, und der Wirt des italienisch-bayerischen Restaurants gegenüber der Polizeiinspektion steckte den Kopf herein. »Ich habe gehört, hier verkauft einer Spargel. Gibt's noch was?«

Hecht strahlte übers ganze Gesicht. »Ich mache Ihnen einen fairen Preis.« Wenig später war die Wanne des Schrobenhausener Teilzeit-Gemüsehändlers leer.

***

Das Wohnmobil stand unverrückt an seinem Platz neben der Schafkoppel. Mit Mühe hatten die Kommissare über verschiedene Feldwege, vorbei an riesigen Halden der Steinbrüche, den Weg dorthin gefunden. Hecht brauchte eine Weile, bis er den passenden Schlüssel gefunden hatte, um die Seitentür zu öffnen.

Morgenstern versuchte, sich alles möglichst genau einzuprägen. Sicherheitshalber hatte er sogar einen kleinen dienstlichen Fotoapparat dabei, um Aufnahmen zu machen. Sie hätten wohl besser die Spurensicherung mit hinzugezogen, aber dafür war es jetzt zu spät. Und außerdem kam das Wohnmobil als Tatort nicht in Frage. Also würden sie sich nur einen Überblick verschaffen, wie der Schäfer hier wohl seine Nächte verbracht hatte und wie es kommen mochte, dass ausgerechnet hier ein Graffito auftauchte.

Der moderne Schäferkarren war äußerlich eine Schrottlaube, innen aber war er überraschend wohnlich. Ein breites Bett war ausgeklappt, zwei dicke Kissen und eine ebenso prall aufgeplusterte Federbettdecke lagen darauf. Ein kleiner Klapptisch, auf dem noch eine geleerte Kaffeetasse stand, und eine Eckbank, etliche Einbauschränke voller Geschirr, ein kleiner Kühlschrank, eine Kochgelegenheit, ein Spülbecken, eine kleine elektrische Kaffeemaschine: Es fehlte an nichts.

Im Wagen roch es massiv nach Schaf, aber daran war Heiß gewiss gewöhnt gewesen. Was Morgenstern erstaunte, waren Fotos von Filmschauspielern, die der Schäfer aus der »Leute«-Seite der Tageszeitung ausgeschnitten und mit Tesafilm an drei

Schranktüren geklebt hatte. Anscheinend war er von George Clooney begeistert gewesen. Man konnte sich als Hollywoodstar seine Fans nicht aussuchen.

In einem der Einbauschränke fand Hecht eine kleine Apotheke: Medikamente für die Schafe, nichts Verfängliches, wie es schien. Im Kühlschrank lagen mehrere Flaschen Bier, eine halbe Packung Butter, eine angeschnittene Salami. Der Schäfer hatte in seiner fahrbaren Behausung definitiv keine Schätze gehortet. Und nichts deutete darauf hin, dass er Samstagnacht oder Sonntagmorgen im Wohnmobil Besuch empfangen hatte, sei er nun erwünscht oder unliebsam gewesen.

Die Kommissare entschieden, den Wagen am besten an Ort und Stelle stehen zu lassen und sich auf die Suche nach den Graffiti-Aktivisten zu machen. Und sie wussten auch schon, wo sie mit ihrer Suche beginnen würden: im Studentenwohnheim an der Pedettistraße.

VIER

»Legalize it!« Morgenstern hatte sich zeit seines Lebens nicht ernsthaft mit Drogen befasst. Mit Alkohol schon, aber das war in seinen Augen ein ganz anderes Kapitel. Eine Sache, die er glaubte steuern zu können, auch wenn die Eskapaden in der vergangenen Samstagnacht eine andere Sprache sprachen. Aber Cannabis, Marihuana, schwer definierbare Pillen – all das war ihm ein Buch mit sieben Siegeln geblieben.

Er hatte es nie ausprobiert, und die Polizeischule in seiner Jugend war auch nicht unbedingt ein permanenter Ort der Versuchung gewesen. Die Jungpolizisten, seinerzeit noch allesamt Männer, stammten in der Regel aus konservativen, kleinbürgerlichen Haushalten oder aus Handwerkerfamilien, man legte als Nachwuchspolizist Wert auf Leibesertüchtigung in Form von endlosen Waldläufen, und selbst ein regelmäßiger Raucher fiel in diesem leistungsbereiten Milieu bereits unangenehm auf.

Morgenstern selbst hatte in dieser Lebensphase in einem harmlosen Akt der Widerborstigkeit zu rauchen begonnen und eine Weile absichtsvoll eine Packung Marlboro in der Brusttasche seiner Jeansjacke (die er damals schon hatte) spazieren geführt. Allerdings hatte er das nach einiger Zeit sein lassen, weil er sich nicht an die beim Rauchen unerlässlichen Lungenzüge hatte gewöhnen können, sondern nur paffte wie ein gemütlicher Pfeifenraucher, eine Attitüde, mit der er sich bei den Kollegen allerhand Häme eingefangen hatte. Ein Lungenzug hatte bei ihm immer nur einen Hustenreflex ausgelöst, und heute war er froh darum.

Im Polizeipräsidium gab es ein paar wenige schwere Raucher, und er hatte nicht den Eindruck, dass die wirklich Spaß daran hatten. Früher hatten die Raucher im Vernehmungszimmer wenigstens noch verstockte Tatverdächtige mit Rauchschwaden einnebeln und auf diese Weise stundenlang malträtieren können. Aber diese Form von Filigranfolter, eine Art Waterboarding mit Nikotin, war eines Tages ebenso verboten worden wie der

Einsatz von ultragrellen Zweihundert-Watt-Glühbirnen. Morgenstern war jedenfalls nicht zum Tabak-Raucher geworden, und das hatte aus seiner Sicht auch den Vorzug, dass er nie zum Marihuana-Raucher hatte werden können. Einige wenige Male war ihm in seiner Jugend von Nürnberger Freunden ein Joint für einen schnellen Zug angeboten worden, aber im Wissen um den unvermeidbaren Hustenreiz und die damit verbundene Blamage hatte er solchen Versuchungen leicht widerstanden.

All das erzählte er auf dem kurzen Weg von der Polizeiinspektion zum Studentenwohnheim in der Innenstadt seinem Kollegen. »Und wie schaut's mit dir aus?«, fragte er Hecht augenzwinkernd. »Du warst bestimmt immer sauber.«

Hecht, der Freund ausgebeulter Cordsakkos und Konsument von Kamillentee, schüttelte nur kurz den Kopf. »Kein Kommentar.«

Morgenstern war fassungslos. »Du?«, fragte er. »Du hast schon mal gekifft?«

»Schon mal?«, fragte Hecht mit einem kleinen, vergnügten Lächeln zurück. Dann konzentrierte er sich wieder auf den Verkehr.

Das Studentenwohnheim lag in Eichstätter Eins-b-Lage, gleich hinter dem Marktplatz. Die Eins-a-Lage, also die Gabrielistraße, die direkt auf den Marktplatz einmündete, hatte sich – keine Überraschung – die Hauptstelle der Sparkasse gesichert, die fast einen ganzen historischen Häuserblock für ihre Zwecke umgewandelt, konkret: abgerissen und durch einen ebenso geschichts- wie gesichtslosen Neubau ersetzt hatte, dessen gestalterischer Höhepunkt das komplett im alpenländischen Stil in Zirbelholz gefasste Büro des Vorstandsvorsitzenden war.

Mit der gleichen Willenskraft, mit der sich die Sparkasse die traditionsreiche Gabrielistraße untertan gemacht hatte, hatte der parallel verlaufenden Pedettistraße das St.-Gundekar-Werk, das für den sozialen Wohnungsbau der Diözese Eichstätt zuständig war, seinen Stempel aufgedrückt. Anfang der 1980er Jahre hatte man hier das Studentenwohnheim Edith Stein errichtet, einen rechteckigen Apartmentblock, der einen riesigen grünen Innenhof umschloss und zugleich die Stadtbücherei – in trauter, in Jahrhunderten gewachsener Eichstätter Eintracht von Stadt und katholischer Kirche gemeinsam betrieben – sowie eine öffentliche Tiefgarage beherbergte.

Hecht wollte den Dienstwagen in einem Anflug von staatsbürgerlichem Ordnungssinn in die städtische Tiefgarage steuern, aber Morgenstern wusste das in letzter Sekunde zu verhindern: »Um Himmels willen, bloß nicht da rein!«

»Wieso?«, fragte Hecht arglos und stellte den Wagen im Parkverbot ab.

»Ich war ein einziges Mal drin«, erklärte Morgenstern. »Einmal und nie wieder. Das ist Bayerns engste Tiefgarage. Da bist du mit deinem Auto wie das Kamel im Nadelöhr. Die ganze Abfahrt runter sind die Wände voll mit schwarzen Streifen von Autos, die die Kurve nicht perfekt gekriegt haben.«

»Schaut aber ganz harmlos aus«, gab Hecht zu bedenken.

»Von oben schon. Aber in Wirklichkeit ist das eine Venusfliegenfalle für Autofahrer«, sagte Morgenstern.

Neben der Einfahrt zur Tiefgarage führte eine betonierte Treppe in den Komplex des Studentenwohnheims. Schon am Treppenabsatz blieb Morgenstern stehen. Eine stählerne Feuerschutztür führte in einen Raum für Mülltonnen und gelbe Säcke. Die Tür war mit Graffiti vollgeschmiert, und unübersehbar prangte darunter auch das inzwischen hinlänglich bekannte grün gezackte Blatt der Hanfpflanze mit der Aufforderung »Legalize it!«.

Daneben hing, sorgfältig in Folie eingeschweißt, ein dringender Appell des Hausmeisters, doch bitte die Mülltrennung strikter zu beachten. Er, der Hausmeister, sei es leid, unablässig irgendwelchen Menschen hinterherzuräumen, es habe bereits Ärger mit dem Müllabfuhrunternehmen gegeben. Außerdem wies der Wohnheim-Zerberus noch darauf hin, dass das St.-Gundekar-Werk nicht länger bereit sei, schusseligen Studierenden, die am Wochenende ihren Apartmentschlüssel bei den Eltern vergessen hätten, kostenlos mit dem Generalschlüssel die Türen zu öffnen. Derartige Nachlässigkeiten hätten sich in jüngster Zeit so gehäuft, dass in Zukunft eine Anfahrtspauschale verlangt werde.

Morgenstern grinste. Das Bild von den schusseligen Studentinnen – in seiner Vorstellung konnte es sich nur um junge Frauen vom Typus »Susi Sorglos« handeln – passte genau in sein Klischee von der aktuellen Studentenschaft, das er liebevoll hegte. Und insgeheim passte für ihn auch das Hanfblatt dazu.

Im Innenhof stand an einer Mauer eine Stafette von Fahrrädern aufgereiht, vermutlich ebenfalls vom Hausmeister mühsam auf Linie gehalten. Kleine Bäume spendeten Schatten, ein Gartengrill, wohl noch vom Vorabend, stand herrenlos auf dem Rasen, zwei Mädchen und ein Junge, alle drei gerade an der Grenze zur Volljährigkeit, lümmelten auf dem Rasen und beugten sich über Bücher und Blöcke.

Morgenstern entdeckte an der Mauer über den Rädern gerade ein zweites Cannabis-Sprühwerk und schob zusammen mit Hecht zwei Räder auseinander, um sich die Sache näher anzusehen, da hörte er eine Stimme von hinten. »Servus, suchts ihr was Bestimmtes?«

Die beiden drehten sich um. Hinter ihnen stand ein etwa sechzigjähriger Mann, rotwangig, mit langem grauem Handwerkerkittel, Bluejeans, rot-weiß kariertem, ausgewaschenem Hemd und dunkelbraunen Sandalen über den Socken. Am auffälligsten aber war die Insignie seines Berufsstands und seiner Macht: ein dicker, bei jeder Bewegung leise klirrender Schlüsselbund, der mit einem Karabinerhaken an einer Gürtelschlaufe seiner Hose eingehängt war. Kein Zweifel: der Wohnheim-Hausmeister.

»Kann man Ihnen was helfen?«, fragte der Hausmeister erneut, und sein Stirnrunzeln zeigte, dass er sich auf die beiden Eindringlinge keinen Reim machen konnte. Fahrraddiebe waren sie wohl eher nicht, so mitten am Vormittag, zumal die üblichen studentischen Räder nicht als attraktives Diebesgut gelten konnten: ausgeleierte Mühlen, die im Wohnheim von Generation zu Generation »vererbt« wurden und bei jedem verkehrspolizeilichen Licht- und Bremsentest blankes Entsetzen ausgelöst hätten.

Morgenstern und Hecht kramten nach ihren Ausweisen und hielten sie dem Graukittel vor die Nase. »Kriminalpolizei Ingolstadt«, sagte Hecht trocken. »Wir haben gehört, dass es bei Ihnen im Hause Probleme mit Graffiti gibt. Das wollten wir uns mal ein bisschen genauer ansehen.«

»Wegen der Graffiti kommt die Kripo?«, sagte der Hausmeister erstaunt. »Haben Sie nichts anderes zu tun? Gibt's keine echten Verbrecher?«

»Oh doch, die gibt's. Leider«, sagte Hecht. Und er deutete mit dem Finger Richtung Nord-Westen, wo er den Neuen Weg und den Todesort des Schäfers wusste.

Dem Hausmeister ging ein Licht auf. »Sie ermitteln im Schäfer-Mord. Hab's in der Zeitung gelesen.« Er fummelte in der tiefen Seitentasche seiner Jacke und fischte eine kleine, flache Blechschatulle hervor. Mit einer geübten Handbewegung holte er eine Zigarre hervor, zündete sie mit einem aus der anderen Tasche gezauberten silbernen Sturmfeuerzeug an und tat einen tiefen Zug. Dann erst reichte er Hecht, anschließend Morgenstern die Hand. »Bernhard Baumann«, sagte er. »Ich bin hier der Hausmeister.«

»Nicht zu übersehen«, sagte Morgenstern und versuchte, den für ihn kaum erträglichen Geruch der Zigarre, Marke »Weiße Eule«, zu ignorieren. »Herr Baumann, können Sie uns etwas über diese Cannabis-Graffiti sagen? Die haben Sie hier anscheinend ein paarmal im Haus.«

Der Hausmeister seufzte tief. »Ein paarmal, aber ich tue mein Bestes, dass es nicht überhandnimmt. Mindestens einmal im Monat gehe ich mit frischer Farbe drüber, sonst würde es hier ausschauen wie in der Bronx. Oder wie auf der Reeperbahn.«

Morgenstern bezweifelte, dass Baumann jemals nach New York oder überhaupt nur in ein Gebiet außerhalb des deutschen Sprachraums gekommen war. Die Hamburger Reeperbahn hielt er für sehr viel wahrscheinlicher. Er stellte sich vor, wie Bernhard Baumann beim Jahresausflug der Krieger- und Reservistenvereinigung an die »Waterkant«, einer dreitägigen Omnibusreise in die Hansestadt Hamburg, erst das Musical »König der Löwen« und am zweiten Abend die verruchte Amüsiermeile mit seinem Besuch beehrt hatte. Für das obligatorische Foto in der Zeitung hatte sich danach die versammelte Kriegerkameradschaft auf dem Betriebshof des heimischen Busunternehmens

»dem Fotografen gestellt«: vor der Karosserie des Drei-Sterne-Fernreisebusses.

»Sie machen also diese Hanfbilder regelmäßig weg«, bekräftigte Hecht. »Und die wachsen dann über Nacht wieder nach?«

»Richtig, die schießen wie die Schwammerl aus dem Boden. Ich habe schon mal überlegt, ob ich mich nachts auf die Lauer legen soll, damit ich die Herrschaften auf frischer Tat ertappe, in flagranti quasi. Aber das ist mir dann doch zu blöd. Eines kann ich Ihnen sagen: Wenn ich die erwische, dann geht's ihnen an den Kragen.«

Morgenstern lächelte. »Was würden Sie denn mit denen anstellen?«

Hausmeister Baumann blickte grimmig und zog an seiner Zigarre. »Die täte ich die Wände streichen lassen im ganzen Haus, damit sie Respekt lernen vor einer ordentlichen weißen Fläche. Ordnung ist das halbe Leben, sage ich immer. Und wenn einer das zu Hause von den Eltern nicht mitbekommt, dann kann er das gerne bei mir lernen.« Er zog erneut an seiner Zigarre, was Morgenstern Gelegenheit bot, sich den armen Wicht vorzustellen, der in Baumanns Fänge geriet.

»Wer wohnt denn bei Ihnen so?«, wollte Hecht wissen.

»Ach, das ist inzwischen bunt gemischt. Männlein und Weiblein, sage ich immer. Als ich angefangen habe, war das noch anders. Da herrschte hier noch Ordnung. Da war das ein reines Studentinnenwohnheim. Da war um zehn Uhr Zapfenstreich. Ende der Besuchszeit. Wenn da ein Mann heimlich in einem Apartment übernachtet hat, und ich habe den erwischt, dann war das ein Kündigungsgrund. Ist ja schließlich ein katholisches Wohnheim.« Er seufzte, als wolle er ausdrücken, wie sehr ihn der Niedergang der kirchlichen Autorität im Allgemeinen und der studentischen Moral im Besonderen schmerzte.

»Aber im Großen und Ganzen wohnen bei Ihnen schon die Braven«, spekulierte Morgenstern.

»Im Großen und Ganzen schon«, bestätigte der Hausmeister. »Viele Wochenendheimfahrer. Lehramt. Religionspädagogik. Spricht sich schließlich rum, dass ich hier für Ordnung sorge.« Er rasselte mit seinem Schlüsselbund, als wäre er ein Zellenwärter in der Eichstätter Justizvollzugsanstalt. »Wem das nicht passt, der kann sich ja draußen was suchen, in der freien Wildbahn, wie ich immer sage. In so einer Wohngemeinschaft.« Bei ihm hörte sich das an wie Sodom und Gomorrha.

»Aber wie's aussieht, haben Sie auch in Ihrem eigenen Stall ein paar schwarze Schafe«, sagte Morgenstern. »Es sei denn, die Graffiti hat ein Fremder gesprüht, was ich aber nicht recht glaube. Haben Sie einen Verdacht, wer's gewesen sein könnte? Ihnen entgeht doch hier nichts, Sie kennen alle Bewohner.«

Baumann nickte. »Ich habe mir das schon durch den Kopf gehen lassen. Zwei oder drei kenne ich, denen ich das zutrauen würde. Ein paar faule Eier in meinem schönen Nest.« Er verzog angewidert das Gesicht. »Leute, die wahrscheinlich Haschisch rauchen oder wie das heißt.« Er zog an seiner um ein Haar erkalteten Zigarre und nebelte die beiden Kommissare mit einer beißenden »Weiße Eule«-Rauchwolke ein.

»Was heißt ›wahrscheinlich‹?«, fragte Hecht.

»Ich komme in alle Apartments rein«, erläuterte der Hausmeister. »Die jungen Leute machen ja nichts mehr selbst. Bei jeder durchgebrannten Glühbirne an der Decke heißt es: Herr Baumann, Hilfe! Oder wenn der Wasserhahn in der Nasszelle spritzt, weil er verkalkt ist. Da kommt keiner auf die Idee, dass er selber das kleine Netzgitter abschraubt und es mal ein paar Stunden in Essig einlegt, damit sich der Kalk löst. Nein, das muss alles der dumme Hausmeister machen. Wofür wird er denn bezahlt?«

Baumann begann, sich in Rage zu reden. »Das kommt davon, wenn die Leute so jung zum Studieren kommen und wenn die jungen Burschen nicht mehr zur Bundeswehr müssen, wo man ihnen Zucht und Ordnung beibringt.«

»Schon gut, schon gut«, beruhigte ihn Morgenstern. »Wer raucht bei Ihnen vielleicht verbotene Sachen?« Außer Ihnen selbst, wollte er mit Blick auf die Zigarre hinzufügen, vermutete aber, dass Bernhard Baumann diese Art von Humor nicht verstehen würde.

»Kommen Sie mal mit!«, sagte der Hausmeister. Dann stutzte er. »Aber was hat das mit dem Mord an dem Schäfer zu tun?«

»Das lassen Sie mal unsere Sorge sein«, gab Morgenstern knapp zurück.

Das Wohnheim um den großen Innenhof herum bestand aus Mini-Apartments, die über verschiedene Treppenhäuser zu erreichen waren. Es reihte sich Tür an Tür. Baumann ging durch eines der Treppenhäuser ins erste Stockwerk, marschierte auf eine der Türen zu, postierte sich breitbeinig davor und klopfte energisch. Nichts passierte. Er klopfte erneut, und als sich weiterhin nichts regte, fingerte er bereits nach seinem Generalschlüssel und steckte ihn ins Schloss.

»Dürfen Sie da einfach so rein?«, fragte Hecht staunend. »Unangemeldet und noch dazu mit uns beiden?«

»Das lassen Sie mal meine Sorge sein«, konterte Baumann und öffnete die Tür.

Den Besuchern präsentierte sich ein winziges, schlecht gelüftetes Zimmer, in das rechts eine Küchenzeile und ein Nasszellenkubus integriert waren. Im Raum hing der orientalisch-süßliche Duft von Räucherkerzen. Ein zerwühltes Bett und ein unordentlicher Schreibtisch vor dem Fenster ließen gerade noch so viel Platz, dass die Bewohnerin, ganz offensichtlich handelte es sich um eine Frau, ihre Garderobe nachlässig auf dem Boden hatte ausstreuen können: bunte Batik-T-Shirts und einen papageienfarbenen Rock.

An der Wand hing ein Poster von Bob Marley an der Gitarre, ein schwarzes Ikea-Tischchen war zum »Hausaltar« geadelt worden. Eine Wasserpfeife mit dunkelblauem, bauchigem Glasbehälter war hier auf ein regenbogenfarbenes Tuch drapiert, daneben lagen in einer länglichen Schale abgebrannte Räucherstäbchen.

»Das ist das Reich von Fräulein Remmele«, erklärte der Hausmeister. »Hier, die auf dem Foto, das ist sie.« Ein gerahmtes Bild auf dem Schreibtisch zeigte eine dünne, blasse junge Frau mit hochgesteckten roten Haaren und Sommersprossen vor einer tropischen Landschaft.

»Da passt einfach alles zusammen«, sagte Morgenstern, nachdem er sich ein Weilchen in dem Zimmer umgesehen hatte, indem er sich einmal um die eigene Achse gedreht hatte. »Fehlen nur noch die Spraydosen und die Pappdeckelschablone mit dem Hanfblatt.«

»Das werden wir gleich haben.« Hausmeister Baumann öffnete resolut den weißen Einbau-Kleiderschrank. »Da ist sowieso das Scharnier kaputt«, sagte er vorwurfsvoll.

»Sie wollen wirklich den Schrank durchwühlen?«, fragte Hecht vorsichtig. »Was wird denn da aus der Privatsphäre?«

Der Hausmeister winkte ab. »Das ist doch heute alles eh schon wurscht mit dieser Privatsphäre. Das interessiert doch keinen mehr. Die Leute stellen sich pudelnackt ins Internet und schreiben auf diesem Facebook oder wie das heißt, wann sie zum letzten Mal auf dem Klo waren. Und der Ami mit seinem Geheimdienst weiß sowieso alles über uns und überwacht jeden von uns auf Schritt und Tritt. Da werde ich als verantwortlicher Hausmeister wohl doch kurz nach dem Rechten sehen dürfen. Der Polizei muss geholfen werden. Wenn wir nichts finden, sperre ich einfach die Tür wieder zu. Und wenn wir was finden, dann gelten sowieso andere Gesetze.«

»Glauben Sie?«, fragte Morgenstern, ließ den Hausmeister aber weitermachen. Sicherheitshalber zupfte er Hecht am Ärmel, und die beiden Kommissare traten den geordneten Rückzug auf neutrales Wohnheimterritorium, also vor die Zimmertür, an. Von dort aus verfolgten sie gespannt die Fahndungsbemühungen des selbst ernannten Hilfssheriffs.

»Ich verstecke ja daheim in Schrobenhausen meine Dienstpistole immer im Schrank zwischen den Unterhemden«, gestand Hecht freimütig.

»Feinripp, Marke Schiesser?«, fragte Morgenstern mit spöttischem Unterton, den Hecht aber nicht erkannte.

»Genau«, sagte er stolz. »Qualität aus deutschen Landen. Ich habe mir schon vor Jahren einen riesigen Vorrat angelegt. Damals habe ich befürchtet, dass Schiesser pleitegehen würde, und da habe ich vorgesorgt. Wer hätte denn ahnen können, dass die Firma mal wieder modern wird unter jungen Leuten, sogar bei jungen Frauen?«

»Feinripp ist hip«, reimte Morgenstern spontan und rief dann, einer spontanen Eingebung folgend, ins Apartment hinein: »Herr

Baumann, gibt's im Schrank auch Unterhemden? Falls ja, dann werfen Sie doch mal einen Blick drauf. Mein Kollege hatte da grade so eine Eingebung.«

Der Hausmeister grummelte etwas Unverständliches. Nur ein paar Augenblicke später aber wandte er sich zur Tür, in der Hand ein ursprünglich hellbraunes, nun aber weitgehend grün gesprenkeltes, rechteckiges Stück Karton. Auch im fahlen Licht, das sich durch die zugezogenen Vorhänge ins Zimmer gemogelt hatte, war auf den ersten Blick erkennbar, um was es sich handelte: Sanft schimmerte die Sonne durch das Schnitzwerk eines charakteristisch gezackten Pflanzenblattes. Darunter der mit einem scharfen Messer aus der Pappe herausgearbeitete Schriftzug: »Legalize it!«

»Das war tatsächlich zwischen der Unterwäsche«, sagte Baumann sichtlich beindruckt. »Woher haben Sie das gewusst?«

»Da wäre ja ein G'lernter ein Depp«, meinte Hecht knapp. Und der Hausmeister verstand, dass diese vermeintliche Intuition angeblich das Resultat langwieriger Kriminalistenausbildung und jahrelanger Ermittlererfahrung war – und nicht etwa dem blanken Zufall zu verdanken.

Da hatten sie es also, schwarz auf weiß beziehungsweise grün auf braun. Mit einem bösartigen Grinsen hielt der Hausmeister es den Kommissaren vor die Nase, doch dann erschrak er. Umständlich fingerte er ein blau-grau kariertes, zweifelsohne bereits vielfach benutztes Stofftaschentuch aus seiner Hose, umwickelte damit die Finger seiner rechten Hand und hielt die Sprayer-Schablone nun mittels Hygienetextilie.

»Das ist ein Beweismittel, da muss man auf die Fingerabdrücke aufpassen«, sagte er mit dem kenntnisreichen Stolz des regelmäßigen »Tatort«-Zuschauers am Sonntagabend.

»Danke, Herr Baumann. Und jetzt dürfen Sie dieses Ding gleich wieder zurücklegen«, entschied Morgenstern kurz angebunden. »Und zwar so, dass unser Fräulein Remmele nichts merkt. Sonst kommen wir in Teufels Küche.«

»Meinen Sie wirklich?«, fragte der Hausmeister enttäuscht, legte die Schablone aber wie befohlen in ihr Versteck zurück. Dann lächelte er. »Jetzt weiß ich es: Sie dürfen das vor Gericht nicht als Beweisstück verwenden, wenn Sie es nicht regulär beschlagnahmt haben. Das kenne ich aus dem Fernsehen.«

»So ungefähr«, bestätigte Morgenstern, dachte allerdings eher an die drohende Gefahr einer Dienstaufsichtsbeschwerde. »Und jetzt würden wir gern noch ein bisschen mehr über diese junge Dame erfahren. Ich würde vorschlagen, wir gehen in Ihr Büro.«

In Baumanns picobello aufgeräumtem Büro stapelten sich Werkzeugkisten, Schraubenschachteln und ein riesiger Vorrat an Standard-Glühbirnen von hundert, sechzig und vierzig Watt, den sich der Hausmeister wohl noch kurz vor dem Verkaufsverbot durch die EU zugelegt hatte. Eine Werkbank, ein Tisch und drei Stühle, eine Kaffeemaschine, ein Computer. Dazu ein grüner Metallspind mit Vorhängeschloss. An der Spindtür pappte ein Plakat, das das hundertfünfundzwanzigjährige Vereinsjubiläum – mit Fahnenweihe (!) – der freiwilligen Feuerwehr in Baumanns Heimatdorf ankündigte.

»Normalerweise weiß ich über unsere Mieter nichts, weil die Verträge alle zentral betreut werden. Aber in dem Fall haben Sie Glück. Ich bin schon einmal von Fräulein Remmele und ihren Freunden zum Abendessen eingeladen worden, zu einer Brotzeit in einem unserer Gemeinschaftsräume. So was passiert mir nicht oft.«

»Verstehe«, sagte Morgenstern so neutral wie möglich. Das war nun wirklich nicht zu erwarten, dass der ordnungsbewusste Hauswart in seinem grauen Kittel ein gern gesehener Gast bei Studentenpartys war.

»Eine richtige Brotzeit war das eigentlich nicht«, präzisierte der Hausmeister. »Ich habe schon damit gerechnet, dass es da keinen weißen und auch keinen roten Presssack gibt, obwohl ich das ja zur Brotzeit am liebsten mag. Presssack mit Musik. Mit Essig und Öl und einem Haufen Zwiebelringe. Aber die haben noch nicht einmal Butter gehabt. Das war alles vegetarisch oder vegan oder wie das heute heißt.«

»Ich tippe mal auf Staudensellerie«, sagte Morgenstern im Gedenken an Fionas kulinarische Umerziehungsversuche.

»Spargel?«, fragte Hecht mit hoffnungsvollem Unterton.

»Tomaten, Gelbe Rüben, Gurken, geräucherter Tofu, Avocadocreme, Kichererbsenpüree.« Der Hausmeister zählte an den Fingern ab, welche vermeintlichen Genüsse ihm von den Studentinnen kredenzt worden waren. »Und dazu Knäckebrot.«

»Oje«, sagte Morgenstern mitleidig.

»Drum sind sie auch alle so mager«, erklärte der Hausmeister. »Weil sie nie einen Presssack essen und den ganzen Tag bloß Kalorien zählen. Und wenn sie dann im Lehrsaal sitzen, dann wird's ihnen nach einer Stunde schwindlig. Das hält der Kreislauf nicht aus.«

Er klopfte zufrieden auf seinen bajuwarischen Bauch. »Das ist schon was anderes. Da weht dich nicht gleich der erste leichte Wind um. Apropos: Mögen Sie vielleicht ein Bier? Oder ein Radler?«

Als die beiden Kommissare verneinten, holte Baumann für sich selbst eine Flasche Hofmühl-Helles aus einem kleinen Kühlschrank neben dem Spind und füllte den Inhalt genussvoll in einen Krug mit Zinndeckel. Er nahm einen Schluck, wischte sich den Schaum vom Mund und begann zu erzählen.

»Diese Remmele und ihre dünnen Freundinnen, die studieren Soziale Arbeit oder Psychologie. Die haben zum Teil schon ein halbes Jahr Praktikum in Südamerika gemacht, irgendwo in Bolivien oder Kolumbien oder Peru. Drum wundert mich das überhaupt nicht, dass die so ein verbotenes Zeug rauchen. Das kommt alles von da drüben.« Er deutete in weite Ferne, wo er jenseits des Ozeans wogende Hanfplantagen und brodelnde Rauschgiftküchen vermutete.

»Jedenfalls haben die alle fünf – es waren fünf Mädchen – geraucht wie die Schlote, aber in meiner Anwesenheit natürlich bloß normalen Tabak. Selbstgedrehte.« Er schüttelte den Kopf und nahm wieder einen großen Schluck aus seinem Krug. »So etwas Unvernünftiges, diese jungen Dinger. Und dann verschmieren die mir meine schönen Wände.«

»Aber sie haben Sie zum Essen eingeladen«, stellte Hecht fest.

»Sie haben mir zuvor sogar beim Gärtnern geholfen«, nickte Baumann. »In unserem Innenhof wächst nicht bloß Rasen, sondern es gibt auch Stauden und Rosen, da haben wir mal ein paar

Stunden lang gegartelt. Ich habe beim Obi Humus geholt und ein paar Pflanzen gekauft, und dann haben wir das zusammen eingepflanzt. Die haben sich sogar ganz passabel angestellt. Ich meine, dafür, dass Studenten doch meistens zwei linke Hände haben.«

»Hat dieses Fräulein Remmele auch einen Vornamen?«

Baumann blätterte kurz in einem Schnellhefter. »Saskia«, sagte er. Und hatte auch gleich die Heimatadresse parat. Saskia Remmele kam demnach aus Augsburg, der Metropole der bayerischen Schwaben. »Sie redet aber gar kein Schwäbisch«, erinnerte sich Baumann. »Das klingt bloß manchmal durch. Die schaut immer, dass sie ein ganz einwandfreies Hochdeutsch spricht, wahrscheinlich geniert sie sich für ihren Dialekt.«

»Man kann sich seine Heimat nicht aussuchen«, meinte Hecht, »aber mit so einem richtig schwäbischen Dialekt fällt man schon auf. Klingt nicht gerade weltläufig.« Hecht legte die Stirn in Falten. »Remmele«, sagte er nachdenklich. »Remmele in Augsburg. Irgendwie kommt mir das bekannt vor. Aber ich weiß nicht, warum.«

»Gibt's da nicht eine Brauerei, die so heißt?«, tippte der Hausmeister.

Hecht verneinte. »Bier war's nicht. Aber ich komm schon noch drauf. Ach, was soll's: Remmele, das ist bestimmt so ein schwäbischer Allerweltsname.«

»Was haben Sie jetzt mit ihr vor wegen der Schmierereien?«, fragte der Hausmeister, und sein Tonfall kündete von Rachsucht.

»Wir knöpfen uns diese Dame so schnell wie möglich vor.«

Er überlegte einen Moment und tippte dem Hausmeister dann mit dem Finger auf die Brust. »Wir können hier nicht den ganzen Tag warten, bis jemand kommt. Ich schlage vor, dass Sie für uns ein Auge auf dieses Apartment werfen. Wenn Frau Remmele zu Hause ist, rufen Sie uns an.« Mit amtlicher Miene überreichte Morgenstern seine Karte.

Der Hausmeister, nun sozusagen offiziell in den Stand des Hilfssheriffs erhoben, versprach eifrig seine Unterstützung, und die Kommissare fuhren ins Präsidium nach Ingolstadt.

FÜNF

Fiona hatte für den Abend in Dollnstein einen Tisch im »Parzival« reserviert. Morgenstern hatte anfangs noch ein wenig gebrummelt, weil er nicht nur »gehobene Küche«, sondern vor allem entsprechend gehobene Preise befürchtete. Doch Fiona war nicht umzustimmen gewesen. Die Familie gehe ohnehin viel zu selten auswärts essen. Im Übrigen könne es wohl nicht angehen, dass die Morgenstern-Kinder beim Begriff »Restaurant« bislang fast ausschließlich an die Selbstbedienungsläden einer amerikanischen Hamburger-Kette dächten.

Also rollte der rote Landrover der Familie Morgenstern am Montagabend das Altmühltal aufwärts über Obereichstätt und Breitenfurt nach Dollnstein. Im Abendlicht glänzte die riesige Wacholderheide bei Obereichstätt golden, Felspartien ragten heraus. An der Hangkante hob sich gerade ein Paraglider in die Lüfte. Hinter Breitenfurt ragte senkrecht der Burgsteinfelsen, ein siebzig Meter hohes Felsmassiv, in den Himmel. Auf der Altmühl paddelten die letzten Kanufahrer dieses sonnigen Tages gemächlich flussabwärts.

Das »Parzival« lag am Dollnsteiner Marktplatz, einem in Morgensterns Augen eher schmucklosen, quadratischen Pflasterstrand, in dessen Mitte eine Mariensäule mit Erinnerungstafel an die gefallenen Dollnsteiner Weltkriegssoldaten stand. Die Gebäude ringsum schienen fast allesamt in den 1970er Jahren entstanden zu sein, als man im Markt Dollnstein und vielen anderen Dörfern im Altmühltal gerade genug Geld angespart hatte, um sich der uralten steinernen Jurahäuser zu entledigen und sie auf möglichst billige Weise durch gesichtslose Neubauten zu ersetzen.

Das Gebäude, in dem nun das »Parzival« residierte, hatte diese Abbruchwelle mit viel Glück weitgehend unbeschadet überstanden – und war mit seinem freigelegten Fachwerkgebälk und seinem neu eingedeckten steinernen Dach aus Jurakalkplatten ein richtiges Schmuckstück geworden. Vor der Tür parkten teure

Audis, BMWs und ein einzelner auberginefarbener Porsche. Ingolstädter Kennzeichen überwogen, Morgenstern entdeckte sogar zwei Münchner Autos, als er seinen angerosteten Landrover in die Limousinen-Parade einreihte.

Die Gaststube war bis auf den für Familie Morgenstern reservierten Vierertisch komplett belegt und verströmte urbayerische Gemütlichkeit: wuchtige Holztische mit zentnerschweren Buchenplatten, umlaufende, dunkel gebeizte Eckbänke und Stühle, aus deren Rückenlehnen Herzen gesägt worden waren. An den Wänden waren – zum Entsetzen des siebenjährigen Bastian – Jagdtrophäen aller Art aufgereiht: Hirschgeweihe, ein ausgestopfter Fuchs mit Wildente im Maul, Marder, Iltisse und Eichelhäher. Dazu kamen in dekorativer Absicht aufgehängte Pferdegeschirre und ein Uhrkasten aus Nussbaumholz, so wuchtig, dass sich darin jederzeit sämtliche sieben Geißlein vor dem bösen Wolf hätten verstecken können.

»Schau mal, hier gibt's Altmühltaler Lamm«, freute sich Fiona, als die ganze Familie die Speisekarte studiert hatte. »In Oliven-Senf-Kruste, mit Rosmarinkartoffeln. Das ist was für mich.«

Morgenstern suchte derweil mit wesentlich größerer Mühe nach einem Gericht, das ihm zusagen könnte, und er sah, dass es seinen Kindern genauso ging.

»Kinderteller ›Fossi‹«, las Marius vor. Fossi, so hatte der Naturpark Altmühltal sein Maskottchen getauft, einen fröhlich grünen Dinosaurier. Als Gericht allerdings versteckten sich hinter diesem Namen »Fischstäbchen vom Waller-Filet mit buntem Wurzelgemüse«.

»Die haben ja gar keine Pommes«, stellte Bastian fest, als er sich mühsam durch die Karte buchstabiert hatte.

»Na und«, zischte Fiona zurück, »du wirst ja wohl einmal ohne Fritten auskommen. Schau mal, hier gibt's Kässpatzen à la Fürstbischof, mit Rohmilchkäse und gerösteten Wildzwiebeln. Oder sie haben auch einen Kaiserschmarrn mit türkischen Sultaninen und gehobelten persischen Mandeln, gebacken mit Perlhuhneiern und Mehl aus der Bechthaler Bergmühle.«

»Ganz schön teuer«, sagte Morgenstern.

»Ich mag doch keine Rosinen«, stellte Bastian klar.

Am Ende aber einigte man sich: Fiona hatte darauf bestanden, dass als Vorspeise jeder einen Teller der anscheinend weitum berühmten »Unkräutersuppe« zu verzehren habe, danach gab es für die Erwachsenen Lamm und für die Kinder den Kaiserschmarrn – ausdrücklich ohne Rosinen. Eine mit einem Dirndl bekleidete blonde Kellnerin nahm die Bestellung entgegen, und sie hatte kaum die Getränke gebracht, einen für Mike Morgensterns Finanzverhältnisse sündteuren Bordeaux und zwei Gläser Cola-Mix, da kam auch schon die Suppe in riesigen weißen Tellern, drapiert mit getrockneter Petersilie und Knoblauchbutter-Croûtons sowie etlichen Gänseblümchen-Blüten.

Morgenstern nahm vorsichtig einen Löffel der hellgrünen, pürierten, sämigen Flüssigkeit, schob ihn sich in den Mund und hielt dann lange inne. Er wartete auf die von Fiona angekündigten »Geschmacksexplosionen« an Zunge und Gaumen. Doch da explodierte nichts. Ganz tief in seinem Unterbewusstsein rumpelstilzte die traumatische Erinnerung an die durchpassierte Kohlrabisuppe, die ihm seine Oma aus der Fränkischen Schweiz einst regelmäßig bei Ferienaufenthalten vorgesetzt hatte. Kein schöner Gedanke.

Und hier gab's noch nicht mal Maggi. Mehr noch: Nicht einmal Salz und Pfeffer standen auf dem Tisch. Offenbar hielt der ehrgeizige Koch eigenmächtige Nachwürzbemühungen seiner Gäste für unangemessen, wenn nicht gar für Majestätsbeleidigung. Fiona hingegen schien begeistert, und die Morgenstern-Kinder hatten wohl schlichtweg Hunger. Im Nu hatten sie ihre Teller leer gelöffelt, und nun tunkten sie sogar die letzten Reste mit bereitstehenden Bauernbrotscheiben der extra rustikalen Art aus.

Dieses Brot, das hatte Morgenstern bereits im geschwätzigen Grußwort der Speisekarte gelesen, war anscheinend mit dem originalen Sauerteig aus dem Grab des ägyptischen Pharaos Tutanchamun zubereitet und dann im »original« mit Buchenholz befeuerten Steinofen doppelt gebacken worden. Brot, so viel las Morgenstern aus dieser Ode heraus, war in gewissen Kreisen zum Kultobjekt geworden – und mochte man sich an der steinharten, rissigen Rinde auch einen Zahn ausbeißen. Mühsam schaffte er es, seinen Teller so weit zu leeren, wie es des Gastes Höflichkeit erforderte. »Was mach ich jetzt mit den Gänseblümchen?«, fragte er in die Runde.

»Natürlich aufessen«, empfahl Fiona. »Das ist bio. Hast du gelesen, was in der Suppe alles drin ist? Ausschließlich frisch gesammelte Kräuter hier von den Wiesen. Frischer Löwenzahn, Giersch, Brunnenkresse. Herrlich.«

Morgenstern war erleichtert, als die Bedienung kam, um die Teller abzuräumen. Den grünen Bodensatz im Teller des Familienvorstands quittierte sie mit einem besorgten Lächeln. »Hat's Ihnen nicht geschmeckt?«

»Doch, doch, schon«, beeilte sich Morgenstern zu beteuern und nahm einen großen Schluck Wein, um sich endlich von der verhassten Kohlrabi-Erinnerung zu verabschieden.

Das Fleisch vom Lamm war dann allerdings tatsächlich die erhoffte Delikatesse. Zartrosa gebraten, heiß, nach Frühling im Altmühltal duftend. Drapiert war es auf dem Teller auf einem Bett aus echtem Heu, begleitet von Rosmarinkartoffeln und einem zarten, grob gehackten dunkelgrünen Spinat – der dann freilich kein Spinat war, sondern vielmehr Giersch, wie die Kellnerin beim Servieren mit Stolz in der Stimme erläuterte. »Die meisten Leute halten den Giersch für ein schlimmes Unkraut, aber wenn er jung geerntet wird, lässt er sich wunderbar dünsten.«

Morgenstern dachte erneut an seine Oma im Hersbrucker Land. Sie hatte es sich zum Lebensprojekt gemacht, dieses Unkraut auszurotten, denn ihr Hausgarten war durchwuchert von den weißgelben Wurzeln des Gierschs. Jahr um Jahr hatte auch der Enkel beim Umgraben der Beete und beim Einsammeln der schnurartigen Wurzeln helfen müssen. Im Rückblick war es ein Sisyphos-Werk gewesen. Der Giersch war immer aufs Neue nachgewuchert. Aus jedem winzigen Wurzelrest war neues Grün gesprossen, bereit, alles ringsum zu überwuchern. Der Giersch – die Geißel des Gärtners. Und jetzt lag er hier ganz friedlich auf dem Teller, getreu der uralten Strategie: Wenn du einen Feind nicht besiegen kannst, mach ihn zum Freund.

Morgenstern ahnte, dass diese Taktik nicht aufgehen konnte – sonst hätte er bei der Oma gewiss die ganzen Ferien lang Giersch essen müssen. Und sein Misstrauen wurde von der »Parzival«-Küche einigermaßen bestätigt: Das gedünstete Unkraut-Gemüse war zwar mit reichlich Rahm und Muskatnuss ertüchtigt worden, hatte aber seine bittere Grundnote nicht ganz ablegen können. Selbst Fiona musste da nach einigen tapferen Versuchen passen. Die Kinder mampften sich derweil durch einen Berg von karamellisiertem, sprich frittiertem Kaiserschmarrn: Die nachtschwarzen Porzellanteller waren dick mit Puderzucker dekoriert, wobei ringsum am Tellerrand mittels Plätzchenausstechformen der Umriss von Schafen frei gehalten worden war. Um den Kaiserschmarrn weideten demnach schwarze Schafe.

»Eine richtige Entdeckung war das jetzt nicht gerade«, murrte Morgenstern, nachdem er schließlich das hausgemachte Bio-Zitroneneis verzehrt hatte, in das – Überraschung! – erneut Gänseblümchenblüten eingearbeitet worden waren.

Fiona sah das allein schon aus psychologischen Gründen anders. »Wir geben einen Haufen Geld dafür aus, das sagt doch gleich, dass die hier was zu bieten haben.«

Allerdings war auch ihr im Laufe des Mahls nicht entgangen, dass es im »Parzival« wohl zwei Kategorien von Gästen gab. Zum einen die mit schulterklopfender Gastfreundschaft umschwärmten Gäste aus der Großstadt, für die der Wirt gern einmal unter großem Hallo aus der Küche kam, auf der anderen Seite Kundschaft wie die Morgensterns, die eher geschäftsmäßig abgespeist wurden und anscheinend im Hause als gastronomischer Beifang firmierten.

Mürrisch las Morgenstern das Grußwort der Speisekarte erneut durch: Hier wurde erläutert, woher der Name »Parzival« komme, vom Minnesänger Wolfram von Eschenbach nämlich. Der habe in seinem weltberühmten Epos »Parzival« ausdrücklich den Ort Dollnstein erwähnt, und zwar, um präzise zu sein, im achten Buch, in dem der tapfere Ritter Gawan und seine Geliebte sich in einem Turm gegen anstürmende Ritter verteidigen müssen. Laut Minnesänger kämpfte die Geliebte dabei so wild entschlossen, wie man das nur an Fasching bei den Marktweibern von Dollnstein sehe, die sich an diesem Tag freilich aus Jux und Tollerei ein Gefecht lieferten.

Das Grußwort schwadronierte weiter von Parzival, der auf der Suche nach dem Heiligen Gral zur legendären Tafelrunde von König Artus gestoßen sei – und der Gast im »Parzival« solle sich nun fühlen, als gehöre er selbst zur »Tafelrunde«.

»So ein Käse«, schimpfte Morgenstern ziemlich laut vernehmbar, und das mochte auch daran liegen, dass er gegen Fionas ausdrücklichen Willen eine weitere Flasche Bordeaux geordert und in der endlosen Zeit, in der die Familie auf das Gänseblümchen-Dessert wartete, auch weitgehend im Alleingang getrunken hatte.

»Sei bitte nicht so aggressiv, Mike«, versuchte Fiona ihren Mann zu besänftigen. »Wir fallen auf.«

»Und wenn schon. Was wahr ist, wird man wohl noch sagen dürfen. Und das hier war nicht das Gelbe vom Ei, oder, Kinder?«

Marius und Bastian zogen die Köpfe ein, entschlossen, sich nicht in diesen Konflikt hineinziehen zu lassen. »Apropos Ei«, setzte Morgenstern nach, »ich bin mir sicher, dass in diesem Kaiserschmarrn keine Perlhuhneier waren. Nie und nimmer. Perlhuhneier, da lachen ja die Hühner. Die kommen aus der Legebatterie, ich schwör's!«

»Pscht!«, zischte Fiona. »Reiß dich mal zusammen.« Sie signalisierte der Bedienung, dass die Familie eilig ihre Verbindlichkeiten begleichen und somit das Feld räumen würde, hatte die Rechnung dabei allerdings buchstäblich ohne den Wirt gemacht. Dem war von der Küche aus nicht entgangen, dass da ein Gast im Laufe des Abends querulatorische Tendenzen entwickelt hatte, und so kam er nun betont leutselig an den Morgenstern'schen Tisch – ein etwa sechzigjähriger Mann mit dicken, geröteten Backen und einem gemütlichen Bauch unter der weißen Kochjacke mit goldenen Knöpfen.

»Guten Abend, die Herrschaften«, sagte er. »Hat alles gepasst?«

»Alles bestens«, sagte Fiona eilig, entschlossen, die Wogen zu glätten. Als der Wirt einen skeptischen Blick auf Morgenstern warf, kam sie ihrem Gatten zuvor. »Das Lamm war hervorragend. Mein Mann hat's allerdings nicht so mit Gemüse und Kräutern. Da muss ich noch ein bisschen Überzeugungsarbeit leisten.«

»Ja, den Gaumen kann man schulen. Das lernt er schon noch«, fügte der Wirt über Morgensterns Kopf hinweg an.

Morgenstern hatte es schon immer gehasst, wenn von ihm in seiner Anwesenheit in der dritten Person gesprochen wurde. Deswegen meldete er sich mit einer gänzlich überraschenden Frage zu Wort. »Darf ich mal einen Blick in Ihre Küche werfen? Ich habe mal gelesen, dass so etwas in noblen Lokalen gern gesehen ist.«

Der Wirt verzog keine Miene. »Aber bitte doch. Kommen Sie.« Er reichte Morgenstern die Hand. »Wir haben hier nichts zu verbergen, davon dürfen Sie sich gerne überzeugen.«

Die Küche des »Parzival« war ein überraschend enger Raum, dessen Mitte von einem mächtigen, frei stehenden Gasherd beherrscht wurde. Ringsum standen in weißen und schwarzen Kochjacken drei weitere Männer am Herd. Morgenstern grüßte vage in die Runde und sah sich um. Töpfe dampften, Fleisch schmorte, eine Spülmaschine rumpelte, eine junge, verhuschte Frau mit Gummihandschuhen hantierte an einem Spülbecken.

Der Wirt hob Topfdeckel hoch, zog Schubladen aus Kühlschränken, in denen sich mal ein Berg frischer Kräuter, mal sorgfältig geschichtetes Rinderfilet, mal goldgelbe Gnocchi befanden. Morgenstern musste zugeben: Diese Küche war bestens in Schuss. »Und wo haben Sie Ihre Eier?«, fragte er schließlich.

Die gesamte Männerrunde lachte. Morgenstern brauchte einen Moment, bis der Groschen fiel. Der Wirt hielt sich mit einem dicken Grinsen die rechte Hand vor die Kochschürze. »Meine Kronjuwelen«, sagte er. »Immer in bester Obhut.«

Morgenstern wurde rot. »Sehr witzig«, sagte er.

Der Wirt winkte ab. »Wenn Sie aber unsere Perlhuhneier meinen: Bitte sehr.« Er deutete auf eine quadratische Eierkartonage. Das waren eindeutig keine Hühnereier, dafür waren sie zu klein. Das musste auch Morgenstern zugeben.

»Perlhuhneier – wir sind Großabnehmer«, sagte der Wirt stolz. »Sie können sich vorstellen, dass Qualität und Exklusivität ihren Preis haben. Wir haben es hier in der Provinz weiß Gott nicht leicht, uns einen Ruf zu schaffen und auch zu halten.«

»Vielleicht bekommen Sie mal einen Stern im Guide Michelin?«, meinte Morgenstern ermunternd. »Ich würde Ihnen allerdings empfehlen, vorher den gedämpften Giersch von der Karte zu streichen.«

Der Wirt wurde mit einem Mal ernst. »Ein Stern, das sagt sich so leicht. Wir waren schon mal ganz nahe dran. Im letzten Jahr, stimmt's, Männer?«

Die umstehenden Köche und Gehilfen nickten.

»Aber das letzte Quäntchen hat gefehlt. Das ist dann einfach auch Glücksache«, sagte der Wirt mit einem Achselzucken. »Wir bleiben auf jeden Fall am Ball. Und das mit dem Giersch überlegen wir uns noch mal.«

Morgenstern war mit einem Mal versöhnt. Die Perlhuhneier hatten ihn, wie er sich eingestehen musste, eines Besseren belehrt. Hier waren keine Dilettanten am Werk, sondern ambitionierte Profis. »Vielleicht gebe ich dem Giersch eines Tages noch eine zweite Chance«, sagte er mit einem Augenzwinkern. »Und wie meine Frau schon gesagt hat, war das Lamm super.«

»Das ist unsere regionale Spezialität«, sagte der Wirt stolz. »Altmühltaler Lamm, direkt vom Schäfer. Da macht uns keiner was vor. Man schmeckt einfach die Qualität aus der Heimat, und das ist seinen Preis wert. Wir sind schon seit Jahren beim Projekt Altmühltaler Lamm Mitglied. Das machen wir aus echter Überzeugung: Für die Gäste nur das Beste.«

»Dann will ich den Betrieb mal nicht länger aufhalten.«

Morgenstern trat, begleitet vom Wirt, den geordneten Rückzug an, wobei er – alkoholbedingt – begann, jedem Einzelnen in der Küche die Hand zu schütteln, als wären die Morgensterns die treuesten aller Stammgäste. In diesem Moment fiel ihm ein, dass unter den Köchen auch der Radfahrer sein musste, der sich mit Schäfer Heiß angelegt hatte.

»Wer von euch ist denn eigentlich der Florian Krawczik?«, fragte er spontan in die Runde, nachdem er auch noch der Spülerin die klitschnasse Gummihandschuhhand gedrückt hatte.

»Das bin ich«, sagte der jüngste Koch überrascht. »Kennen wir uns?«

»Bis jetzt noch nicht«, sagte Morgenstern ohne weitere Erläuterung. Er musterte den jungen Mann, der etwa neunzehn Jahre alt war, den Status des Lehrlings folglich wohl schon abgelegt hatte und nun als Jungkoch im »Parzival« arbeitete. Krawczik war schlank, hatte große, dunkle Augen, braune Haare und einen Seitenscheitel. Ein gut aussehender, wenn auch schüchtern wirkender Bursche.

Morgenstern drehte sich auf dem Absatz um. Erst im Hinausgehen fiel ihm auf, dass Krawczik um seine rechte Hand einen Verband getragen hatte. Er trug sich für einen Moment mit dem Gedanken, in die neongleißende Küche zurückzukehren und den Jungkoch nach seiner Verletzung zu fragen, besann sich aber eines Besseren. Für eine echte Befragung brauchte er den Kollegen Hecht – und null Prozent Alkohol im Blut.

SECHS

Am nächsten Morgen, dem Dienstag, studierte Morgenstern wie immer gleich nach dem Aufstehen den »Eichstätter Kurier«. Zeitunglesen gehörte bei ihm zum Frühstücksritual – wobei Frühstück ein entschieden zu großes Wort war für die Tasse schwarzen Kaffees, die er täglich zur Ankurbelung seines Kreislaufs trank.

Frühstück bei der Familie Morgenstern stand im krassen Gegensatz zu sämtlichen Empfehlungen, die Gesundheitsexperten für einen soliden Start in den Tag anboten. Da gab's kein frisch eingeweichtes Birchermüsli und kein liebevoll aufgeschnippeltes Obst, keinen selbst gepressten, frischen Orangensaft und keine verführerisch duftenden Croissants, kein goldgelbes Rührei mit frisch gebratenem Speck. Noch nicht mal das banalste Marmeladenbrot stieß bei den Morgensterns zur Morgenstunde auf Interesse. Von familiärer »Nutella-Heiterkeit« keine Spur. Stattdessen saßen die Kinder vor einer dampfenden Tasse Kaba, die Eltern vor einer Tasse Kaffee, und alle vier filetierten die Tageszeitung.

Morgenstern hatte den Bayern-Teil ergattert und las Erfreuliches über die Rückkehr der beinahe ausgestorbenen Luchse. Unter anderem sei eines der extrem scheuen Exemplare im Altmühltal gesichtet worden. Während die Naturschützer höchst erfreut seien, seien die Schäfer in Sorge um ihre Lämmer.

Wie immer hatten auch die aktuellen Gerichtsprozesse ihren Niederschlag in der Zeitung gefunden und – für Morgenstern immer besonders interessant – die überregionalen Polizeimeldungen. Spektakuläre Autounfälle, Großbrände und natürlich Verbrechen aller Art hatten ihren festen Platz im Bayern-Teil und erfreuten sich einer treuen Leserschaft. Sex and Crime galten auch den Menschen im Altmühltal als hohe Nachrichtenwerte; weil die Heimatzeitung aber in Sachen »Sex« eine ziemlich konservative Verweigerungshaltung einnahm, war »Crime« umso gefragter.

Morgenstern überflog die Meldungen. An einer blieb er hängen: In Landshut, der niederbayerischen Hauptstadt, hatte man am Vortag einen Mann tot aus der Isar gefischt. Der Leichnam war mitten in der Stadt, in unmittelbarer Nähe eines populären Biergartens, vom stählernen Rechen eines Stauwehrs aufgehalten worden. Es handle sich nach bisherigen Untersuchungen um einen dreiundvierzigjährigen Mann aus Moosburg, den seine Frau bereits am Tag zuvor bei der Polizei als vermisst gemeldet habe. Die Leiche sei zur Obduktion nach München gebracht worden.

Morgenstern wusste selbst nicht recht, warum ihn diese Meldung länger als üblich festhielt. Es lag wohl daran, dass der ertrunkene Mann etwa so alt war wie er selbst. Er war verheiratet gewesen. Hatte er auch Kinder? Hatte er sich das Leben genommen, indem er in die Isar gegangen war? Der Fluss führte jetzt, wenn in den Bergen die Schneeschmelze in vollem Gange war, bestimmt Hochwasser. Aber heutzutage, wo jeder passabel schwimmen konnte, stürzte sich doch niemand mehr in einen Fluss. Oder war der Mann betrunken gewesen? Nun ja, das würde bestimmt in den nächsten Tagen zu erfahren sein.

Er trank seine Tasse in einem Zug leer. Wenn er wollte, würde er kurz bei den Kollegen in Landshut anrufen. Ein Freund aus Nürnberger Zeiten, von dem er schon lange nichts mehr gehört hatte, arbeitete im Polizeipräsidium Niederbayern.

»Krieg ich jetzt den Wetterbericht?« Fiona streckte fordernd die Hand aus. »Du kannst dafür den Lokalteil haben.«

»Haben sie denn was Spannendes?«

Fiona tippte auf die Titelgeschichte auf der ersten Seite des Lokalteils: »Bettenmangel im Altmühltal«.

»Ich habe mein Bett«, lächelte Morgenstern. »Und ehrlich gesagt, wäre ich heute gern noch ein bisschen drin liegen geblieben.«

»Aber jetzt, wenn die Hochsaison kommt, wird's für die Gäste eng«, bilanzierte Fiona den Bericht. »Es gibt zu wenig Hotels und überhaupt zu wenige Wirte, die sich was trauen.«

»Wenn ich groß bin, werde ich Koch«, kündigte Marius überraschend an. »Aber bloß, wenn ich keine kleinen Schafe umbringen muss.«

»Kein Koch muss selber Tiere töten«, beruhigte Morgenstern seinen Neunjährigen. »Das übernimmt der Metzger für ihn. Oder der Schäfer. Der Koch bekommt das Fleisch, das schaut dann ganz harmlos aus, wie in der Theke beim Metzger, wo du immer deine Scheibe Gelbwurst kriegst.«

»Mir tun die Schafe trotzdem leid«, sagte Marius.

»Mir auch«, stimmte Bastian zu. »Und in der Gelbwurst ist bestimmt kein Schaf drin.«

Nein, dachte Morgenstern, aber ein mindestens genauso unschuldiges Kalb. Der Vater wollte gerade zu einer Grundsatzerklärung über den Lauf des Lebens, über Wachsen und Vergehen, über den Mensch als Raubtier an der Spitze einer langen Nahrungskette ansetzen, was im Übrigen alles von Mutter Natur ausdrücklich so vorgesehen sei, auch wenn es schon sinnvoll wäre, wenn der Durchschnittsdeutsche etwas weniger Fleisch zu sich nehmen würde, doch – da klingelte sein Handy mit der einzigartigen, die Dringlichkeit unterstreichenden Melodie: Richard Wagners Walkürenritt. Das Diensthandy, unverkennbar.

Eine Vorwahl aus dem Eichstätter Umland erschien auf dem Display. »Immerhin nicht schon in aller Herrgottsfrühe der Chef«, sagte Morgenstern zu Fiona und nahm grußlos ab.

»Ist hier der Kriminalkommissar?«, fragte eine Frauenstimme.

»Kriminaloberkommissar, wenn man's ganz genau nimmt, ja, hier ist Morgenstern.«

»Hier spricht Heiß, Heiß Philomena. Die Mutter vom Heiß Franz-Xaver, vom Schäfer aus Pollenfeld. Sie waren doch bei uns daheim, gell? Das waren doch Sie, mit Ihrem Kollegen?«

»Stimmt genau, Frau Heiß. Ich war zusammen mit Oberkommissar Hecht bei Ihnen. Was gibt's denn?«

Die Frau druckste eine Weile herum. Es gab keinen Zweifel, dass es um eine Information ging, die ihr schwer über die Lippen kam. »Ja, ich weiß jetzt gar nicht recht, wie ich Ihnen das sagen soll. Ich hätte es Ihnen schon bei Ihrem Besuch sagen sollen, aber das war mir so peinlich, dass ich es nicht über mich gebracht habe. Und Ihr Kollege, wie heißt er gleich wieder …?«

»Hecht, Peter Hecht.«

»… Ihr Kollege, der macht so einen korrekten Eindruck, so

rechtschaffen …«, sie druckste herum, »dass ich mich vor ihm geschämt hätte.«

»Und vor mir müssen Sie sich nicht schämen?«, fragte Morgenstern, während er aufstand und ins Schlafzimmer ging, um dort weiterzutelefonieren. So, wie sich dieses Gespräch anließ, musste die alte Frau Heiß wirklich nicht wissen, dass gerade seine Frau nebst den beiden unmündigen Kindern gespannt die Ohren spitzte.

»Sie, Sie scheinen mir ein bisschen legerer zu sein«, sagte Philomena Heiß schließlich. »Sie kommen mir vor wie ein Mann, mit dem man offen reden kann.«

»Mag sein.« Morgenstern fühlte sich geschmeichelt. »Also, was haben Sie denn auf dem Herzen?« Die Frau war etwa achtzig, fünfundachtzig Jahre. Verhärmt. Ganz allein. Wofür mochte sich eine solche Frau schämen? Und zwar über den Tod ihres einzigen Sohnes hinaus. Konnte ihr jetzt nicht ohnehin alles gleichgültig sein?

Ein tiefes Seufzen kam aus dem Handy. »Es ist so. Mein Franz-Xaver, der Xaver, war … wie soll ich das jetzt sagen? … Er hat es mit den Frauen nicht so gehabt.«

»Frau Heiß, das wissen wir ja schon. Er war ein Junggeselle. Wie sagt man da: Er hat halt keine Zeit zum Heiraten gehabt.«

Erneutes Seufzen aus dem Hörer. »Nein, so war das nicht. Er hat sich nicht für Frauen interessiert. Eigentlich noch nie. Der Xaver, mein Xaver, der war …« Es folgte eine lange Pause. »Der Xaver war ein Hundertfünfundsiebziger.«

»Ein was?« Mike Morgenstern verstand nur Bahnhof. »Was soll denn das sein?«

»Ein Hundertfünfundsiebziger halt, einer, der mit Männern rummacht. Ein Schwuler. Ein warmer Bruder.« Die alte Frau seufzte erneut. »So, jetzt wissen Sie es! Jetzt ist es heraus. Aber wahrscheinlich hätten Sie das über kurz oder lang sowieso herausgefunden.«

»Ihr Sohn war also homosexuell«, fasste Morgenstern zusammen.

»Schwul«, sagte die Mutter bekümmert, und dieses kleine Adjektiv klang aus ihrem Mund tatsächlich unanständig. Ein Unwort, ein Begriff, den eine Dame, und sei sie auch eine einfache Bäuerin, unter normalen Umständen nicht in den Mund nehmen würde. Es war kein Wort, das man im aktiven Wortschatz hatte, es sei denn, man war ein pubertierender Jugendlicher auf dem Pausenhof auf der Suche nach einem möglichst deftigen, schmerzhaften Schimpfwort.

»Sie haben gerade diesen Begriff genannt, ein ›Hundertfünfundsiebziger‹. Ich kenne das nicht. Was bedeutet das?«, fragte Morgenstern nach.

»Müssen Sie bei der Kriminalpolizei keine Paragrafen lernen?«, fragte Philomena Heiß zurück.

»Eigentlich schon«, räumte Morgenstern ein und begann prompt, in den hinteren, etwas entlegeneren Archivregalen seines Gehirns nach einem Paragrafen mit der Nummer 175 zu suchen. Vergeblich.

»Der Paragraf 175 steht im Strafgesetzbuch, genauer gesagt, da ist er gestanden. Und er verbietet, dass Männer mit anderen Männern Kontakt haben, Sie wissen schon, wie ich das meine. Da ist eine Zuchthausstrafe drauf gestanden, wenn da einer erwischt worden ist. Und deswegen hat man die Schwulen Hundertfünfundsiebziger genannt. Manche sagen auch Hinterlader dazu. Das ist alles nicht schön.«

»Aber das ist doch schon eine Ewigkeit her«, gab Morgenstern zu bedenken. Er hatte mittlerweile auf dem ungemachten, zerwühlten Ehebett Platz genommen. Und unwillkürlich hatte er das Bild vor Augen, wie sich in diesen Federbetten zwei behaarte Männer eng umschlungen balgten. Er schloss die Augen, um die Vision zu vertreiben. Dass er nun den Schäfer vor sich sah, wie er da am Neuen Weg in seinem Blut gelegen hatte, machte es nicht besser.

»Eine Ewigkeit?«, fragte Philomena Heiß zurück. »Nein, der 175er hat noch bis in die neunziger Jahre gegolten. Der ist erst irgendwann nach der deutschen Wiedervereinigung abgeschafft worden. Ich weiß noch gut, wie der Xaver das in der Zeitung gelesen hat. Da ist er in unseren Keller gegangen und hat eine Flasche Sekt geholt. Zum Frühstück! Das müssen Sie sich einmal vorstellen. Noch vor dem Kaffee hat er ein Glas Sekt getrunken.

Und ich habe mittrinken müssen. Ich kann mich noch genau erinnern. Das war ein Krimsekt. Den hat der Xaver ein paar Tage zuvor bei der Christbaumverlosung beim Feuerwehrverein gewonnen. Am zweiten Weihnachtsfeiertag, am Stephanstag.«

Morgenstern zog sich die Bettdecke über die Knie. Das schien ein langes Telefonat zu werden. Er entdeckte auf dem Nachtkästchen einen Kugelschreiber und einen Jerry-Cotton-Roman und begann, sich an den Seitenrändern des Groschenheftes Notizen zu machen. »§ 175« schrieb er hin, um seinem Gedächtnis später auf die Sprünge helfen zu können. Und: »Krimsekt«.

»Hatte Ihr Sohn denn aktuell Kontakt zu einem Mann? Oder zu Männern überhaupt?«, fragte Morgenstern. »Hat er einen Freund gehabt? Hat er sich regelmäßig mit jemandem getroffen?«

Wieder kam aus der Leitung ein langes Seufzen. »Ich weiß es nicht«, sagte die Mutter schließlich. »Etwas Festes hat es da meines Wissens nicht gegeben. Das wäre bei uns in Pollenfeld auch gar nicht gegangen. Völlig unmöglich.«

»Wegen dem Paragrafen?«

»Nein, nicht bloß als der 175er noch gegolten hat. Das ist hinterher bei uns auf dem Dorf auch nicht besser geworden. Da hat der Xaver seinen Ruf schon weggehabt. Das wäre undenkbar gewesen, dass da einer bei uns ein und aus gegangen wäre. Mit Ausnahme von unseren Helfern natürlich. Aber mit denen ist da unter Garantie nichts gelaufen.«

Morgenstern hörte im Flur die Rufe seiner beiden Buben, die sich in die Grundschule verabschiedeten. Die Wohnungstür fiel krachend ins Schloss. Ihm wurde mit einem Mal klar, wie einsam der Schäfer Xaver Heiß gewesen sein musste. Ein Mann, der auf dem Dorf lebte, allein mit seiner Mutter. Ohne Frau. Ohne Kinder. Erkennbar schwul. Aber ohne Möglichkeit, dies auszuleben. Moment mal: erkennbar?

»Sagen Sie mal, Frau Heiß. Man hat also im Dorf gewusst, dass Ihr Sohn schwul war? Oder war das bloß so ein dummes Gerücht, das die Runde gemacht hat? So eine Latrinenparole?«

»Nein, Herr Morgenstern. Das hat man schon gewusst. Alle haben es gewusst.«

»Wieso? Er wird wohl nicht damit hausieren gegangen sein.«

»Bestimmt nicht. Er hat nie mit jemandem darüber geredet. Aber man hat es gewusst. Quasi amtlich. Seit der Xaver einmal kurz in Jugendhaft gewesen ist. Das war nicht lange. Bloß ein paar Wochen. Da ist er gerade achtzehn Jahre alt gewesen. Und seitdem war das ortsbekannt. Was für eine Schande!«

»Weswegen ist er denn eingesessen?«, fragte Morgenstern arglos nach und wunderte sich, dass er davon noch nicht erfahren hatte. Der Staatsanwalt hätte ihn doch gewiss auf eine Vorstrafe hingewiesen. Seltsam.

Philomena Heiß lachte schmerzhaft auf. »Ich hätte gedacht, dass Sie schneller von Begriff sind, Herr Kommissar. Worüber reden wir denn schon die ganze Zeit? Der Xaver ist wegen dem Paragraf 175 eingesessen. Damals, Anfang der siebziger Jahre. Der Xaver ist einer von den Allerletzten gewesen, auf die der Paragraf noch angewendet worden ist. Wegen Unzucht mit einem anderen Mann und so. Und danach hat es jeder bei uns gewusst. Drum ist er dann auch Schäfer geworden. Da war er sein eigener Herr, da hat er seine Ruhe gehabt.«

Es blieb lange ruhig in der Leitung. Morgenstern versuchte, sich ein Bild von diesem Schäfer zu machen, der in jeder Hinsicht am Rande des Dorfes gelebt hatte. Im Streit mit jedem, der ihm zu nahe kam, der bewusst oder unbewusst seine einsamen Wege störte. Und der sich Zeitungsfotos von George Clooney in sein Wohnmobil hängte.

Die Mutter räusperte sich. »Also, er hat schon Kontakte gehabt. Deswegen rufe ich an. Er ist manchmal nach Ingolstadt gefahren oder nach Nürnberg. Abends, mit seinem Wohnmobil. Da hat er sich zuvor fein gemacht. War in der Badewanne, hat sich den ganzen Stallgeruch weggeschrubbt und dann Kölnischwasser aufgespritzt. Und dann hat er ein rotes Sakko angezogen. Und eine gute weiße Stoffhose.«

»Er ist in Clubs gegangen?«, fragte Morgenstern.

»Ich weiß nicht, was ein Club ist«, sagte die Mutter ehrlich. »Er hat immer bloß gesagt, dass er am nächsten Morgen zuverlässig wieder da ist. Und das hat er auch immer eingehalten.«

Morgenstern gruselte bei dem Gedanken, dass er auf der Suche nach Informationen über einen Herrn im roten Sakko, der eine Pitralon-Duftwolke hinter sich hergezogen hatte, zusammen mit seinem Kollegen Hecht die Nürnberger Gay-Bars abklappern müsste. Wie sie älteren Männern und windigen heroinsüchtigen Stricherbürschchen ein Foto von Franz-Xaver Heiß unter die Nase halten müssten.

Vielleicht ließ sich diese Aufgabe ja delegieren, dachte er. Im Optimalfall an zwei junge Kolleginnen, die bei einer derartigen Recherche erst gar nicht in kompromittierende Situationen geraten könnten. Morgenstern fühlte tatsächlich ein flaues Gefühl im Magen. Sollten ihm doch diese Männer mit ihren Bedürfnissen den Buckel runterrutschen …

Er hatte sich bislang nie ernsthaft mit dem Thema Homosexualität auseinandergesetzt, sondern sich – zumindest in der Theorie – in dieser Frage für bayerisch-liberal gehalten, ganz nach dem gönnerhaften Motto »Leben und leben lassen«. Jetzt, wo er sich konkret damit beschäftigen musste, war er nur peinlich berührt. Vor seinem geistigen Auge erschienen ein lederbekleideter, schnauzbärtiger Mann mit Schirmmütze und das gesamte übrige Ensemble der Village People beim Absingen der Schwulen-Hymne »YMCA«. Dass der Schäfer Franz-Xaver Heiß aus Pollenfeld definitiv nicht in dieses Bild passte, spielte keine Rolle.

»Glauben Sie, dass Ihr Sohn von irgendjemandem aus diesem …«, er suchte nach einem passenden Begriff, »von jemandem aus diesem Milieu getötet worden ist, Frau Heiß?«

»Genau. Das kann ich mir vorstellen«, sagte Philomena Heiß. »Deswegen rufe ich Sie an.«

»Wir kümmern uns drum«, versprach Morgenstern. Dann legte er auf.

Er suchte nach Fiona, fand sie unter der Dusche und wurde hochkant aus dem Badezimmer geworfen, als er versuchte, sich in einem spontanen Testosteron-Anfall zu ihr in die Kabine zu drängen. »Sag mal, was ist denn in dich gefahren!«

»Gar nichts. Ich dachte bloß, wir könnten mal kurz –«

»Raus, aber dalli!«

***

»Schwul?«, fragte Peter Hecht ratlos zurück, als er eine Stunde später von Mike Morgenstern im Polizeipräsidium in Ingolstadt über dessen neueste Erkenntnisse informiert worden war. Hecht war unpassenderweise gerade dabei, auf seinem Schreibtisch eine Kiste frisch geernteten Spargel mit Hilfe einer alten Briefwaage, die er sich für die Dauer der Saison von der Poststelle des Präsidiums ausgeliehen hatte, kiloweise zu portionieren.

Die liebevolle Art und Weise, wie er die länglichen weißen Stangen mit den charakteristischen Spitzen in den Händen wog, kam Morgenstern obszön vor, und er fragte sich, ob seinem Kollegen das nicht bewusst war.

»Der Xaver Heiß soll schwul gewesen sein? Und wenn schon. Seit wann ist das verboten?«

»Frag lieber, seit wann das nicht mehr verboten ist«, gab Morgenstern zurück. »Ich habe nachgeschaut. Erst seit 1994 ist der Paragraf 175 gestrichen. Und Xaver Heiß hatte tatsächlich mal deswegen Jugendarrest. Nicht der Rede wert, ist auch längst aus seiner Akte gestrichen. Wenn es die Mutter nicht erzählt hätte, wären wir wohl nie drauf gestoßen.«

Er verfolgte, wie Hecht den Spargel sorgfältig in knisternde weiße Plastiktüten füllte. »Könntest du bitte mal mit deinem Spargel aufhören?«, sagte er gereizt.

»Das geht doch ganz locker nebenher«, gab Hecht zurück und hielt in seiner Sortierarbeit inne. »Was stört dich denn daran?«

»Was mich daran stört? Ich kann nicht über einen schwulen Menschen reden, wenn hier jemand andauernd mit so blassen …« Morgernstern zauderte, fuhr dann aber fort, »wenn du hier andauernd mit diesem Gemüse hantierst, das ausschaut wie ein Dingsbums.«

»Geht's dir noch gut?«, fragte Hecht. Er nahm sich ein besonders wohlgeratenes, dickes, gerades Spargelexemplar vor und hielt es Morgenstern direkt vor die Nase. »Du bist bestimmt nicht der Erste, der Spargel und Erotik auf einen gemeinsamen Nenner bringt. Unser Spargelmuseum in Schrobenhausen hat dazu ein paar hübsche künstlerische Exponate. Aber deswegen muss man wirklich keine Zustände bekommen.«

Er sah Morgenstern tief in die Augen. »Sag bloß, du hast ein Problem damit, wenn jemand andersrum ist? Ob Mann oder Frau. Ausgerechnet du, der immer so cool tut.«

»Ja ... äh ... nein.« Morgenstern kam ins Stottern und wurde gleichzeitig rot dabei. »Ich habe doch nichts gegen Schwule, nie im Leben. Ich bin da ganz tolerant. Solange sie mir nicht auf die Pelle rücken.«

»Dann ist ja gut«, sagte Hecht leichthin und wog die letzte Kilotüte Spargel ab. Morgenstern hatte das Gefühl, dass Hecht den kleinen Finger dabei besonders aufreizend abspreizte, als wolle er sich über die Verklemmtheiten des Kollegen lustig machen. Er überlegte, was den biederen Hecht derart provoziert hatte. Der Generalangriff auf den hochverehrten Spargel? Oder gab es da einen tieferen Grund?

»Falls du übrigens ein Kilo haben willst ...«, sagte Hecht und hielt Morgenstern die letzte Tüte hin. »Fiona würde sich bestimmt freuen.«

»Nun gib schon her, damit endlich Frieden ist«, sagte Morgenstern und kramte nach seinem Geldbeutel, um mit seinen Klimpermünzen sieben Euro fünfzig zusammenzukratzen. Die Tüte steckte er in die unterste Schreibtischschublade – wo er sie übrigens erst eine Woche später wieder entdecken sollte. »Wie lange geht das gleich wieder mit diesem Spargel?«

»24. Juni, Johannistag. Das ist definitiv die Deadline.«

»Deadline«, echote Morgenstern. »Klingt in Zusammenhang mit Gemüse irgendwie sonderbar. Todeslinie.«

»Wir meinen's auch ernst damit im Schrobenhausener Land«, stellte Hecht klar. »Da verstehen wir keinen Spaß.«

Es klopfte ein einziges Mal, die Bürotür flog auf, und unangekündigt kam Kriminaldirektor Adam Schneidt herein. »Meine Herren, wie schaut's aus mit unserem Fall?«, fragte er in seinem üblichen schnarrenden Tonfall. »Aha, und der Kollege Hecht hat wieder Spargel mitgebracht. Da dürfen Sie mir gleich ein Kilo zurechtmachen.«

»Gerne doch«, flötete Hecht geflissentlich. »Ich bring's Ihnen gleich in Ihr Büro.«

»Was den Fall angeht, den Schäfer Heiß, ist die Lage etwas

verworren«, gestand Morgenstern und schilderte die neuesten Erkenntnisse.

»Hochinteressant«, sagte Schneidt. »Gehen Sie der Sache mal nach. Vielleicht steckt so eine Eifersuchtsgeschichte dahinter. Da würde nach meiner Erfahrung die Brutalität gut dazu passen. Eine durchgeschnittene Kehle, das ist doch wirklich nicht normal.«

»Was ist schon normal an einem Mord?«, fragte Morgenstern philosophisch zurück.

»Lassen Sie jedenfalls seinen Wagen, dieses Wohnmobil, genau untersuchen«, verlangte Schneidt. »Auch auf Spermaspuren. Wer weiß, ob wir da einen Zufallstreffer landen können. Wir müssen die Sache jedenfalls schleunigst vom Tisch bekommen, haben Sie mich verstanden?«

Morgenstern nickte. »Der Heimatminister kommt am Samstag nach Mörnsheim, stimmt's?«

»Sie können eins und eins zusammenzählen, das gefällt mir an Ihnen, Morgenstern«, sagte Schneidt. »Ich habe schon ein paar diskrete Anrufe deswegen bekommen. Vom Landrat und vom Mörnsheimer Bürgermeister. Und auch schon aus dem Ministerium. Ein schieres Wunder, dass der Minister noch nicht selbst angerufen hat, aber das kommt bestimmt auch noch, wenn wir nicht bald ein Ergebnis liefern können.«

»Wir haben da noch eine interessante Spur«, sagte Morgenstern und erläuterte die am Wohnmobil aufgesprühte Hanfpflanze und die rasche Ermittlung der verantwortlichen Studentin.

»Knöpfen Sie sich die Dame vor«, schnarrte Schneidt. »So schnell wie möglich.« Und rauschte davon.

Kurz darauf saßen Morgenstern und Hecht grübelnd bei bitterem Kaffee beziehungsweise einer Tasse Kamillentee zusammen. Morgenstern dachte an Philomena Heiß, die unglückliche alte Mutter, die nun allein in Pollenfeld saß und nach dem Tod ihres Sohnes wohl nichts anderes mehr tun konnte, als einsam auf ihren eigenen Tod zu warten. Die Schafherde würde sie sicher bald verkaufen, und die allermeisten Tiere würden dann den Weg zum Schlachthof antreten. Was wollte jemand mit vierhundert Mutterschafen anfangen? Alle Schäfer im weiten Umkreis hatten ihre eigenen großen Herden, die sie nicht so ohne Weiteres aufstocken konnten.

Die rabiaten türkischen Aufkäufer kamen ihm in den Sinn, die Männer mit dem weißen Lieferwagen mit Ingolstädter Kennzeichen. Die würden wahrscheinlich in der Lage sein, eine ganze Schafherde weiterzuverkaufen. Die wussten sicher, wie man außer jungem Lammfleisch auch das Fleisch von alten Schafen losschlagen konnte. »Ich denke, wir sollten mal bei diesem Moussadi an der Manchinger Straße vorbeischauen«, schlug er vor. »Wenn ich da so an die Kundschaft unseres Schäfers denke.«

Hecht blätterte in seinen Notizen und suchte nach der genauen Adresse. »Ibrahim Moussadi, islamischer Verein«, sagte er. »Der Bartträger mit dem Lieferwagen. Wenn wir Glück haben, ist er gerade im Vereinsheim. Bin gespannt, was er inzwischen mit dem lebenden Schaf angestellt hat.«

Die Adresse war leicht zu finden. Das Gewerbegebiet lag auf der südlichen Donauseite. Entlang der Manchinger Straße erstreckten sich vom Herrnbräu-Firmengelände bis zur Media-Markt-Zentrale diverse Unternehmen und Einkaufsmärkte. In zweiter Reihe wurde es allerdings rasch etwas glanzloser, was sich auch daran erkennen ließ, dass etliche Rotlicht-Etablissements mit blinkender Neonwerbung um Kundschaft buhlten. Und hier hatte auch der türkisch-islamische Verein seinen Sitz, in einem Flachbau, der vor einigen Jahren offensichtlich noch eine Autowerkstatt beherbergt hatte.

Das Gelände war mit einem altersschwachen Maschendrahtzaun, gekrönt von rostigem Stacheldraht, gesichert. Ein Rolltor versperrte den Zugang. Im Hof standen einige wenige Autos, darunter auch der schmutzig weiße Sprinter. Am Zaun befestigt war ein in Klarsichtfolie gestecktes Pappschild mit von der Feuchtigkeit verwaschener Schrift. Zweisprachig, sowohl türkisch als auch arabisch, soweit Morgenstern das erkennen konnte.

»Die machen sich anscheinend nicht viel aus Werbung«, sagte er.

»Sieht so aus, als ob sie nicht gerade auf Besucher warten«, bestätigte Hecht. »Und schon gar nicht auf Ungläubige wie uns beide.« Er entdeckte nach einigem Suchen eine Klingel, die an einer der betonierten Zaunsäulen angebracht war, und drückte einmal. Kurz danach noch ein zweites, dann ein drittes Mal. Als sie beide schon befürchteten, umsonst hergekommen zu sein, öffnete sich eine Tür, die in das ehemalige Werkstatt-Tor eingelassen war. Ein Mann im braunen Kaftan, mit Rauschebart und weißem gehäkelten Mützchen, kam heraus. Unverkennbar: der Schafaufkäufer.

»Wollen Sie zu uns?«, rief er, und es hörte sich so an, als sei man in diesem Anwesen Überraschungsbesuche von Fremden nicht gewohnt.

»Wir sind von der Polizei«, rief Morgenstern zurück. »Sind Sie Ibrahim Moussadi?«

Der Mann nickte und kam dann mit kurzen Trippelschritten zum Hoftor. Mit einem kräftigen Schubs öffnete er es so weit, dass die beiden Besucher hindurchschlüpfen konnten. »Die Polizei«, sagte er in gutem Deutsch. »Darf ich Ihre Ausweise sehen?«

Die Kommissare zückten ihre Geldbeutel mit den Dokumenten, Moussadi warf aber nur einen kurzen Blick darauf. »Um was geht es?«, fragte er unfreundlich. »Habe ich Sie beide nicht erst gesehen?« Er überlegte kurz. »Ja, ich habe Sie gesehen. In Pollenfeld, beim Schäfer.«

»Genau darum geht es«, sagte Morgenstern. »Wir würden uns gerne mit Ihnen über den Schäfer Franz-Xaver Heiß unterhalten. Sie wissen, dass er tot ist?«

Moussadi nickte. »Folgen Sie mir bitte.«

Das Gebäude war, wie sich nun zeigte, nur noch von außen eine Werkstatt. Im Inneren war der zentrale Raum komplett umgestaltet worden. Es gab gleich hinter dem ehemaligen Werkstatt-Tor einen Vorraum mit Schuhregalen und einigen Stühlen sowie einem Fernsehgerät und Postern mit arabischer Schrift. Daneben war mit Gipskartonwänden ein provisorisches Büro eingerichtet worden. Daran schloss sich ein mit dicken roten Teppichen ausgelegter Gebetsraum an, wie Morgenstern durch die geöffnete Tür erkennen konnte.

»Das ist hier eine Moschee?«, fragte er erstaunt.
»Ja«, sagte Moussadi.
»Und hier sitzt der türkisch-islamische Verein?«
»Wir sind der Islamische Brüderkreis Ingolstadt, ein neuer Verein, ganz klein«, erwiderte Moussadi. Und mit Daumen und Zeigefinger zeigte er, wie klein diese Organisation im Vergleich zur großen türkischen Gemeinde der Großstadt Ingolstadt sei, die im Nordosten der Stadt Bayerns größte Moschee besaß, ein prachtvolles Gebäude im osmanischen Stil mit zwei Minaretten. Der Kontrast zwischen jenem stolz-repräsentativen Bauwerk und diesem in einer Werkstatt versteckten Gebetsraum konnte kaum krasser ausfallen.
»Wie viele Mitglieder haben Sie?«
»Vielleicht dreißig. Wir zählen nur die Männer.«
Hecht und Morgenstern sahen sich an. Beiden war klar, dass das eine dieser Hinterhofmoscheen sein musste, von denen in den vergangenen Jahren in den Medien immer wieder die Rede gewesen war. Einer der Orte, an denen sich kleine, verschworene Gemeinschaften trafen, zum Gebet, aber auch zu politischer Agitation. Der Verfassungsschutz überwachte manche dieser Vereine, hie und da war auch einer von ihnen verboten worden, wenn bekannt geworden war, dass beim Freitagsgebet gegen Andersgläubige oder die Demokratie gehetzt wurde.
Hecht reagierte spontan. »Sagen Sie, Herr Moussadi: Vor ein paar Jahren ist hier in Ingolstadt ein türkisch-islamischer Verein verboten worden. Ich erinnere mich noch, dass alles Eigentum beschlagnahmt wurde. Kennen Sie die Leute?«
»Ich glaube nicht, dass ich Ihnen dazu jetzt Auskunft geben muss«, sagte Moussadi. »Außerdem möchte ich Ihnen sagen: Wir haben in Deutschland Religionsfreiheit. Und wir halten uns hier an das Gesetz. Wir sind gesetzestreue Bürger.«
Jetzt erinnerte sich auch Morgenstern. Er hatte von der damaligen Großaktion gelesen, während er noch in Nürnberg tätig gewesen war, aber das Vereinsverbot durch den bayerischen Innenminister hatte landesweit Schlagzeilen gemacht. Im Laufe der letzten Jahre hatte sich die Stimmung im Lande gegen radikale Islamisten weiter verschärft. In den entsprechenden Vereinen

war man bestimmt Besuch von Polizei und Verfassungsschützern gewohnt und entsprechend vorsichtig geworden.

»Seit wann kannten Sie Herrn Heiß, den Schäfer?«, fragte Morgenstern.

Der Mann im Kaftan legte die Hand nachdenklich ans bärtige Kinn. »Ungefähr seit fünfzehn Jahren. Übrigens: Nehmen Sie doch Platz. Möchten Sie einen Tee?«

Die Männer nahmen auf drei schlichten Gartenstühlen vor einem kleinen eisernen Kaffeehaustisch Platz, Moussadi rief kurz etwas auf Türkisch in Richtung Gebetsraum, und im Nu stand ein etwa dreizehnjähriger Junge mit einem Kupfertablett vor ihnen, darauf drei dampfende Tassen und eine kleine Schale mit trockenen Keksen.

»Ali, mein Sohn«, sagte Moussadi.

Morgenstern warf einen vielsagenden Blick auf seine Uhr, verkniff sich aber die nur konsequente Frage, ob der Junge jetzt nicht eigentlich in der Schule sein müsste, anstatt hier seinem Vater zur Hand zu gehen. Moussadi sah nicht aus wie ein Mann, der viel von den Bildungs- und vor allem Integrationsoffensiven des bayerischen Kultusministeriums hielt.

»Sie haben mich nach diesem Schäfer gefragt. Wir kaufen unser Fleisch schon seit vielen Jahren bei ihm. Er hat gute Tiere, und er macht uns einen guten Preis. Wir sind Geschäftspartner.«

»Sie kaufen die ganzen Tiere?«, fragte Morgenstern.

»Ja, und wir verteilen sie dann hier an unsere Mitglieder. Manchmal essen wir auch alle gemeinsam. Im Sommer braten wir schon mal ein ganzes Schaf am Grill, draußen im Hof.«

»Klingt idyllisch«, sagte Morgenstern mit leichter Ironie.

»Hatten Sie oder ein anderer aus Ihrem Verein jemals Streit mit Herrn Heiß?«, bohrte Hecht nach.

»Streit? Warum sollten wir Streit haben? Wir sind friedliebende Menschen. Das habe ich Ihnen doch schon gesagt. Wir wollen ein Leben führen, das Allah wohlgefällt.«

Morgenstern nahm einen Schluck von dem nach seinem Geschmack viel zu bitteren schwarzen Tee, den auch mehrere Stücke Würfelzucker nicht mehr retten konnten.

»Wir haben in Pollenfeld gesehen, dass Sie mit dem Bulgaren

gestritten haben. Mit dem Helfer. Es ging da um dieses lebende Schaf. Also tun Sie nicht so, als ob es niemals Ärger geben würde.«

»Ach das«, sagte Moussadi gedehnt. »Das war gar nichts.« Er schob sich einen der Kekse in den Mund und kaute langsam und systematisch, vielleicht, um Zeit zum Nachdenken zu gewinnen.

»Er wollte uns das lebende Schaf nicht geben. Aber das war so ausgemacht, mit dem Schäfer. Wir kaufen drei geschlachtete Schafe, und ein Schaf nehmen wir lebend mit und schlachten es später selbst.«

»Das ist aber ungewöhnlich«, stellte Morgenstern fest.

»Das stimmt«, räumte der Bärtige ein. Mit einem milden Lächeln fügte er hinzu: »Ich hätte es Ihnen nicht gesagt, wenn Sie mich nicht danach gefragt hätten. Aber gegenüber der Polizei muss man ehrlich sein. Es gibt hier in Deutschland ein Sprichwort: ›Lügen haben kurze Beine.‹«

Morgenstern war überrascht, wie gut Moussadis Sprachkenntnisse waren. Dieser Mann war offensichtlich in Deutschland aufgewachsen, war vielleicht sogar hier als Sohn eines der ersten türkischen Gastarbeiter geboren, die sich in den 1960er Jahren von der Ingolstädter Automobilfabrik hatten anwerben lassen. Die sprachliche Integration, so folgerte Morgenstern, musste mit der kulturellen nicht Hand in Hand gehen.

»Schäfer Heiß war der Einzige, der auch lebende Schafe verkauft und nicht nachgefragt hat, was wir mit ihnen machen.«

»Sie schächten diese Schafe?«, fragte Hecht. »Sie töten sie, ohne dass Sie sie vorher betäuben?«

»Sie kennen sich gut aus«, sagte Moussadi. »Wir können das leider nicht mit allen Schafen so machen, obwohl das der Koran vorschreibt. Aber mit einzelnen Tieren tun wir das.«

»Keine Betäubung?«, fragte Hecht. »Und Xaver Heiß hat davon gewusst?«

»Heiß will Schafe verkaufen. Und wir wollen Schafe kaufen. Wo ist das Problem?«

Hecht hob die Arme zum Himmel. »Es ist bei uns verboten. Das ist gegen den Tierschutz. Das ist gegen das Gesetz. Damit kann der Schäfer große Probleme bekommen. Und Sie auch.«

»Wir haben auch unser eigenes Gesetz«, sagte Moussadi. »Und das richtet sich nach dem Koran. Wir wollen ein Schaf so töten wie unsere Väter und Vorväter.«

»Mitten in Bayern«, sagte Morgenstern. Ihm kam ein Verdacht. »Und Xaver Heiß, der Schäfer, hatte das seit Jahren mitgemacht, aber dann ist ihm die Sache zu heiß geworden, stimmt's? Er hat ihnen keine lebenden Schafe mehr verkaufen wollen. War das so? Er hat befürchtet, dass er Ärger mit dem Landratsamt bekommt, mit dem Amtstierarzt. Oder mit den Tierschützern.«

Moussadis abschätziger Blick signalisierte ihm, dass er mit seiner Spekulation richtiglag.

»Sie haben mit ihm wegen der lebenden Tiere gestritten«, setzte Hecht nach. »Wann war das?«

»Vor zwei Wochen, ungefähr vor zwei Wochen«, knurrte Moussadi. »Ich habe mit ihm telefoniert wegen unserer nächsten Bestellung. Und er hat gesagt, dass wir nie wieder ein lebendes Schaf von ihm bekommen. Ich weiß nicht, warum. Aber man konnte mit ihm nicht verhandeln. Das war schlecht. Ganz schlecht. Ich habe ihm dann das Geld überwiesen für drei geschlachtete Schafe und für ein lebendes, so wie immer.«

»Wie hat er reagiert?«

»Er hat mich angerufen, zu Hause, und hat mich beschimpft.«

Moussadi lehnte sich ohne Not weit aus dem Fenster. Für Morgenstern war deutlich, dass der Mann die Wahrheit sagte. »Was genau hat er Ihnen gesagt?«

»Das werde ich Ihnen nicht erzählen. Er hat mich schwer beleidigt.«

Damit war klar, dass Franz-Xaver Heiß, der für seine Streitbarkeit und Rechthaberei berüchtigte Schäfer von Pollenfeld, sich einen gefährlichen Gegner gemacht hatte. Wer einen Mann wie Moussadi massiv persönlich angriff – wenn auch »nur« verbal –, der musste mit Konsequenzen rechnen, die über eine verbale Reaktion deutlich hinausgingen.

Alle drei Teetassen waren inzwischen leer, im Gebetsraum summte ein Staubsauger. Eine einzelne Fliege brummte wieder und wieder gegen eine Glasscheibe. Draußen, irgendwo im Hintergrund, war ein klägliches Geräusch zu hören. Ein Blöken.

Morgenstern lauschte. Tatsächlich. Erneut blökte es irgendwo, anscheinend hinter der Halle, das Geräusch war unverkennbar, zu oft hatte er es in den vergangenen Tagen gehört. Auch Moussadi hörte das Tier.

»Das Schaf aus Pollenfeld? Es lebt immer noch?«, fragte Morgenstern ungläubig.

Moussadi nickte. »Kommen Sie mit«, sagte er.

Sie gingen nach draußen und umrundeten das Gebäude. Auf der Rückseite, zwischen Gebüsch und Schrott, stand das rostige, räderlose Wrack eines uralten Audi 80. Und darin, mit einem baumelnden Strick um den Hals, stand in unfassbarer Trostlosigkeit ein Schaf und blökte sich die Angst aus dem Leib. Moussadis Sohn Ali, der eben noch gestaubsaugt hatte, tauchte wie aus dem Nichts auf. Der Vater sah ihm in die Augen, flüsterte ihm dann etwas zu, woraufhin der Junge wieder verschwand.

»Wie wollten Sie mit Franz-Xaver Heiß umgehen?«, fragte Morgenstern, und Peter Hecht zog bereits umständlich sein Notizbuch aus der Tasche, um die Antwort zu protokollieren. »Er hat Sie tödlich beleidigt. Haben Sie den Schäfer daraufhin bedroht? Sprechen Sie!«

»Nein«, sagte Moussadi. »Ich habe ihn auch nicht umgebracht. Auch wenn er es verdient gehabt hätte. Wenn ich es aber getan hätte, dann wäre ich schon längst nicht mehr hier, sondern in Syrien oder im Libanon. Ich habe hier in Ingolstadt eine Aufgabe, ich habe Menschen, für die ich verantwortlich bin. Ich werde mich nicht von einem Schäfer provozieren lassen, von einem Ungläubigen.«

»Wo waren Sie am Sonntagmorgen?« Hecht war es, der die unvermeidliche Frage nach dem Alibi stellte.

»Meine Frau wird es Ihnen sagen können. Ich war hier in Ingolstadt, zu Hause, in meinem Bett.«

In diesem Moment kam Ali Moussadi, der Schulschwänzer, zurück. In der Hand hielt er – Morgenstern durchfuhr ein heiliger Schrecken – ein langes Küchenmesser mit breiter Klinge und schwarzem Griff.

»Was haben Sie vor, Moussadi?«, fragte Morgenstern mit nicht mehr ganz fester Stimme, und ihm wurde bewusst, dass weder er selbst noch Peter Hecht ihre Dienstwaffe dabeihatten, eine Nachlässigkeit, die ihnen schon mehr als einmal gefährlich geworden war.

»Das werden Sie gleich sehen«, sagte Moussadi langsam und ließ sich vom Jungen das Messer geben.

»Machen Sie keinen Fehler!«, warnte nun auch Hecht.

»Keine Angst, meine Herren«, sagte Moussadi, und in aller Ruhe wandte er sich dem verrosteten Audi 80 zu, in dem immer noch das Pollenfelder Schaf blökte. Er öffnete die Fahrertür, packte mit der linken Hand den Strick und zog das Tier daran heraus ins Freie.

Das Schaf wurde zu Morgensterns Überraschung mit einem Mal still. Und ihm fiel das Prophetenzitat ein, das er von Manfred Huber bei der Polizeiinspektion Eichstätt erst kürzlich gehört hatte: »Wie ein Lamm, das zur Schlachtbank geführt wird, tat er seinen Mund nicht auf, wie ein Schaf, das vor seinem Scherer verstummt.« Moussadi warf noch einmal einen kurzen Blick auf die beiden Kommissare. »Sie haben also ein Problem damit, dass wir hier lebende Schafe haben. Habe ich Sie richtig verstanden?«

Die Ermittler schwiegen ratlos.

»Das können wir ändern«, sagte der Mann mit dem Messer. Dann warf er mit einer fließenden Bewegung das vor Furcht starre Schaf auf den Rücken, kniete sich mit seinem ganzen Gewicht auf den Bauch des Tieres und schnitt ihm mit einem raschen, schnellen, tiefen Schnitt die Halsschlagader durch.

Die beiden Kommissare verfolgten entsetzt, wie das Schaf nun wild zappelte, in großen Stößen quoll das Blut aus der langen, tödlichen Wunde, und in kürzester Zeit hatte sich neben dem Tier eine riesige, tiefrot schimmernde Lache gebildet. Moussadi kniete noch immer auf dem Bauch des Schafes und verfolgte, wie die Lebensgeister des Tieres nach und nach schwanden, bis das Blut nur noch als langsam fließendes Rinnsal auf den grasigen Boden des Hinterhofs sickerte. Erst jetzt legte der Mann das Messer zur Seite und richtete sich umständlich auf.

Der Junge, der schweigend danebengestanden und die Szene mit großen braunen Augen verfolgt hatte, ging ins Gebäude zurück. Morgenstern hatte Gänsehaut am ganzen Körper, seine Knie waren weich. Er hatte zwar schon manche schlimm zugerichtete Leiche gesehen. Aber noch nie hatte er, der Großstädter aus Nürnberg, einem Geschöpf so hautnah beim Sterben zugesehen.

Er blickte zu seinem Kollegen Hecht. Auch der schien schwer beeindruckt von Moussadis Demonstration. Aber er fing sich rasch wieder. Gut möglich, dass Hecht, der regelmäßig zum Spargelhof seiner Schwester kam, schon hie und da das rustikale Schlachten eines Huhns miterlebt hatte: Hackstock, Hackebeil, panisches Gackern – und dann war's geschehen, immer vorausgesetzt, die Bäuerin hielt das nun kopflose Huhn weiterhin fest. Andernfalls flatterte es, angetrieben von allen animalischen Reflexen, wild durch die Luft, bis irgendwann auch hier Ruhe einkehrte.

So war es denn auch Hecht, der, nachdem er tief Luft geholt hatte, die entscheidende Frage stellte: »Was wollten Sie uns damit zeigen, Herr Moussadi?«

Moussadi zuckte kurz mit den Schultern. »Schafe sind zum Schlachten da. Und ich schlachte sie auf meine Weise. Das ist ein freies Land.«

»Aber nicht für Schafe«, sagte Morgenstern trocken.

»Wenn Sie wollen, können Sie mich anzeigen. Das macht mir nichts aus. Ich kenne die Tarife: Letztes Mal hat es mich dreihundert Euro gekostet.«

Um seine Geringschätzung gegenüber den Möglichkeiten der deutschen Justiz zu unterstreichen, spuckte er auf den Boden, auf eine dort herumliegende uralte Radkappe. »Und wenn Sie mich jetzt entschuldigen würden. Ich habe zu tun.« Er deutete auf seinen Sohn, der gerade mit mehreren großen Plastikschüsseln aus der Werkstatt zurückkehrte, bereit, das Schaf zusammen mit dem Vater in Portionen zu zerlegen.

»Das können wir uns doch nicht einfach so bieten lassen«, flüsterte Hecht Morgenstern zu. »Der führt uns beide hier vor! Sollen wir ihn mit ins Präsidium nehmen?«

Morgenstern schüttelte den Kopf und sah nachdenklich auf den Jungen, dann auf die Radkappe, auf der unappetitlich Moussadis Lama-Spucke glänzte. »So«, sagte er, bückte sich und nahm die Radkappe an sich. »Das nehme ich jetzt einfach mal mit. Wir lassen als Erstes einen genetischen Fingerabdruck machen. Da erspare ich mir gleich das ganze Trara mit den Wattestäbchen.«

Er nahm den Jungen an der Schulter. »Und du kommst jetzt dahin, wo du um diese Uhrzeit hingehörst: Wir bringen dich in deine Schule. Und dann wollen wir mal sehen, von wem dein Papa schneller zu hören bekommt: von uns oder vom städtischen Jugendamt.«

Hecht, Morgenstern und Ali Moussadi gingen zum Auto. Auf halber Strecke drehte sich Morgenstern noch einmal zu Ibrahim Moussadi um, dessen Gesichtsausdruck zwischen Wut und Überraschung schwankte. Zu seinen Füßen lag das tote Schaf.

Morgenstern stellte sich breitbeinig auf und wirkte mit seinen Cowboystiefeln und seiner Jeansjacke wie ein Mann, der nach einer üblen Demütigung noch eine Rechnung offen hat.

»Das ist Bayern!«, rief er und streckte den Arm mit geballter Faust in die Luft.

Ali Moussadi saß lange Zeit schweigend auf dem Rücksitz des Dienst-Audis mit dem charakteristischen Autokennzeichen. »Mittelschule an der Herschelstraße«, hatte er beim Einsteigen genuschelt. Erst als sie das Auto direkt vor der Schule am Lehrerparkplatz abstellten, wandten sich die beiden Oberkommissare ihm zu. »Welche Klasse bist du?«

»8 f.«

Gemeinsam gingen sie ins Schulhaus. »Schlachtet dein Vater oft seine Schafe auf diese Weise?«, fragte Morgenstern.

»Nein«, sagte der Junge. »Er macht das nicht gerne. Er findet es grausam, es ekelt ihn davor.«

»Aha, dann ist er also für uns heute über seinen Schatten gesprungen«, sagte Morgenstern. »Aber wer tötet sonst so ein Schaf bei euch?«

Der Junge sah dem Ermittler direkt in die Augen. »Ich.«

***

Im Polizeipräsidium telefonierte Morgenstern mit dem Jugendamt, dann brachte er gemeinsam mit Hecht die Radkappe ins Labor. »Wunderbares Material«, freute sich der zuständige Techniker, der versprach, die Probe rasch nach München zur DNA-Analyse weiterzuleiten, mit höchster Dringlichkeit.

Als sie ins Büro zurückkehrten, lag auf Morgensterns Schreibtisch ein großes braunes Kuvert – der Bericht der Rechtsmedizin in München. Hastig riss er den Brief auf: Heiß war mit einem langen, sehr scharfen Messer ermordet worden. Durch einen einzigen, präzise geführten Schnitt. Nichts, was sie nicht schon beim ersten Augenschein selbst gesehen hatten. Am Hinterkopf war eine Beule festgestellt worden, die anscheinend von einem Sturz herrührte. Am Bauch hatten sich zwei kleine Blutergüsse finden lassen. Eine Rippe war gebrochen.

»Es muss also einen Kampf gegeben haben«, folgerte Morgenstern. »Der Schäfer ist angegriffen worden, hat ein paar Stöße abbekommen und ist dann nach hinten gestürzt.«

Und die angeknackste Rippe? Morgenstern dachte unwillkürlich an die Art und Weise, wie Ibrahim Moussadi das Schaf überwältigt hatte. Er hatte sich mit seinem ganzen Gewicht auf das liegende Schaf gekniet, um es unter Kontrolle zu halten. Es war durchaus möglich, dass dabei eine Rippe zu Schaden kam. Und dann folgte der tödliche Schnitt. Heiß' Leiche hatte direkt neben einer der Holzbänke für Spaziergänger am Neuen Weg gelegen. Der Schäfer hatte sich vielleicht für ein Weilchen auf die Bank gesetzt.

»Der Angreifer hat den arglosen Mann überrascht«, meinte Hecht. »Trotzdem ist es zu einem kurzen Kampf gekommen.«

Morgenstern wedelte mit dem Gutachten. »Leider haben sie unter den Fingernägeln des Schäfers nichts gefunden außer ein bisschen Erde und Wollfett von den Schafen. Keine Hautreste vom Angreifer.«

»Möglicherweise hat einer der beiden Herdenhunde den Täter angegriffen«, überlegte Hecht. »Die sind auf Verteidigung programmiert. Die haben das in den Genen. Die können nicht einfach zulassen, dass so ein Angreifer ohne einen Kratzer davonkommt.«

»Wir hatten schon einmal einen Fall, bei dem der Mörder vom Hund gebissen worden ist«, erinnerte Morgenstern den Kollegen. »So ein Glück hat man als Ermittler kein zweites Mal. Nein, ich habe die Hunde ja selbst erlebt. Die waren völlig durcheinander, und ich habe mich zu Tode erschreckt. Aber angriffslustig waren die nicht. Ihr Chef war tot – und den Drang nach Rache gibt es, soweit ich weiß, bloß bei den Menschen.«

»Da irrst du dich. Bei den Elefanten auch«, sagte Hecht. »Und die haben noch dazu ein besonders langes Gedächtnis.«

SIEBEN

Der Anruf des Hausmeisters aus dem Eichstätter Wohnheim kam um halb zwölf. »Frau Remmele ist zu Hause.«

In aller Eile fuhren die Kommissare nach Eichstätt. Es war gerade zwölf Uhr, als sie ankamen, und sie waren in Sorge, dass die Studentin schon wieder unterwegs sein könnte. Vielleicht, so ihre Befürchtung, war sie gerade in irgendeiner Vorlesung an der Universität, oder sie saß beim Mittagessen in der Mensa. Doch sie lagen falsch.

Als Morgenstern zuerst an der Zimmertür läutete und dann auch noch der Vollständigkeit halber resolut ans Türblatt klopfte, meldete sich von innen eine piepsige Stimme. »Meine Güte, ich komme ja schon.« Drinnen war ein Rascheln und Kichern zu hören, dann öffnete sich die Tür, und vor ihnen stand, nur mit einem weißen Bademantel bekleidet, die Hausherrin. Überrascht und skeptisch musterte sie die beiden Besucher und konnte sich anscheinend keinen Reim auf sie machen.

Morgenstern stellte in alter Vertretermanier rasch einen Fuß in die Tür, Hecht präsentierte seinen Dienstausweis. »Sind Sie Saskia Remmele?«, fragte er in offiziellem Ton. »Wir sind von der Kriminalpolizei in Ingolstadt und haben ein paar Fragen an Sie. Können wir reinkommen?«

»Kriminalpolizei?« Die große, dünne rothaarige Frau wurde, sofern das möglich war, noch ein wenig blasser als ohnehin schon. »Das ist momentan ganz schlecht. Ich habe grade Besuch.«

»Dann schicken Sie ihn bitte weg«, sagte Morgenstern. »Es ist dringend.«

»Ich geh ja schon«, hörten sie von drinnen eine Frauenstimme.

Morgenstern versuchte, einen Blick ins Apartment zu erhaschen, aber Remmele versperrte ihm bewusst die Sicht. Trotzdem konnte er erahnen und hören, dass eine junge Frau in aller Eile aus dem Bett stieg und ihre in der winzigen Wohnung herumliegenden Kleidungsstücke zusammensuchte.

Es dauerte quälende zwei Minuten, bis die Besucherin ihre

Siebensachen einschließlich Smartphone beisammenhatte. Eine unscheinbare junge Frau in Jeans und T-Shirt mit kurzen blonden Stoppelhaaren kam heraus und errötete. *»Bonjour«*, murmelte sie und suchte dann das Weite.

»Guten Tag«, wiederholten Hecht und Morgenstern wie zwei gut trainierte Simultanübersetzer. »Wer war denn das?«, fragte Morgenstern.

»Das war Marie, meine Freundin«, erklärte Remmele. »Sie macht hier an der Uni ihren Master in Europastudien und kommt aus Frankreich, aus Rennes. Da ist eine Partneruniversität.«

»Ihre Freundin«, wiederholte Morgenstern mit einem machomäßigen Unterton, für den er sich noch in derselben Sekunde auf die Zunge biss.

»Ja, meine Freundin«, stellte Remmele klar. »Da müssen Sie gar nicht so komisch schauen. Und jetzt sagen Sie mir bitte, was Sie von mir wollen.«

»Sagt Ihnen der Name Franz-Xaver Heiß etwas?« Hecht hatte sein Notizbuch aus der Tasche gezogen.

Die Frau zögerte. »Im Moment nicht. Wer soll das sein?«

»Ein Schäfer«, sagte Morgenstern. »Der Schäfer, der gleich hier oben über der Stadt seine Herde weiden lässt. Der Schäfer aus Pollenfeld. Franz-Xaver Heiß.«

Die Frau wurde noch blasser. »Das ist der Schäfer, der umgebracht worden ist«, piepste sie.

Morgenstern wunderte sich, wie wenig bei dieser Frau Körper und Stimme zusammenpassten. Sie wirkte eigentlich selbstbewusst und beherrscht, hatte aber die Stimme eines Mäuschens. Micky Maus ließ grüßen – oder in diesem Falle eher Minnie Maus.

»Kommen Sie rein«, sagte sie nach kurzem Nachdenken. Der Flur vor den Apartments schien ihr für so ein Thema nicht mehr diskret genug, zwei Mitbewohnerinnen hatten sich schon schwatzend an den Kriminalbeamten vorbeidrängen müssen.

»Wie kommen Sie ausgerechnet auf mich?«, fragte Saskia Remmele, nachdem sich die beiden Besucher auf die Kante des zerwühlten Bettes gesetzt hatten. Remmele hatte sich noch rasch im Bad umgezogen und saß ihnen nun in einem luftigen, geblümten Sommerkleid auf ihrem Schreibtischstuhl gegenüber. Morgenstern erkannte eine Tätowierung am schmalen Oberarm. »Was haben Sie denn da an Ihrem Arm?«, fragte er neugierig.

»Ein Tattoo«, sagte sie kurz.

»Das sehe ich auch. Aber was bedeutet es? Sind das chinesische Schriftzeichen?«

»Japanische. Es bedeutet ›Für immer vegan‹.« Sie blickte Morgenstern herausfordernd an. »Ich esse kein Fleisch. Die Tiere sind unsere Brüder und Schwestern. Sie sind keine Objekte, sondern nichtmenschliche Individuen.«

»Aha«, sagte Morgenstern. »Und Sie tragen diese Botschaft jetzt für immer am Körper. Ist allerdings blöd, wenn's auf Japanisch ist. Das können hier in Eichstätt relativ wenige Leute lesen. Zum Glück«, fügte er hinzu, »das hätte uns noch gefehlt, dass die Japaner das Altmühltal entdecken und wie in Rothenburg oder Schloss Neuschwanstein in ganzen Busladungen kommen.«

»Es ist ein Statement nur für mich. Damit ich es nicht vergesse. Ich werde nie wieder Tiere essen.«

»Das ist momentan ziemlich in«, sagte Morgenstern. »Wir können uns ja in fünf Jahren noch mal sprechen.«

»Weswegen wir eigentlich hier sind«, schaltete sich Hecht ein, dem das Gespräch nun doch zu sehr ins Grundsätzliche abdriftete, »es gibt hier in der Stadt ein Graffito mit einem Hanfblatt. Wir müssen gar nicht um den heißen Brei herumreden: Wir wissen, dass Sie dahinterstecken.« Er stand auf, öffnete beiläufig die Schranktür, und ehe die Studentin wütende Einwände erheben konnte, zog er das Corpus Delicti zwischen den Unterhemden hervor. Die grün gesprenkelte Pappschablone.

»Legalize it!«, sagte er und ließ den Karton zwischen spitzen Fingern vor Saskia Remmeles Nase baumeln.

»Wo… woher wissen Sie das?«, stotterte die junge Frau.

»Ach, wir haben so unsere Quellen. Aber das ist, glaube ich, im Moment nicht das Entscheidende. Sie wissen, worauf wir hinauswollen? Wir sind definitiv nicht vom Drogendezernat, und mir ist es ehrlich gesagt egal, ob bei uns in Bayern eines Tages das Gras nicht nur von den Kühen gefressen, sondern auch von den Menschen geraucht wird. Wir ermitteln im Mordfall Xaver

Heiß. Und jetzt dürfen Sie genau ein Mal raten, warum wir uns in diesem Zusammenhang für diese Schablone interessieren.«

»Und natürlich interessieren wir uns für Sie«, fügte Morgenstern an. »Diese Schablone ist doch Ihre Bastelarbeit, nicht wahr?«

Saskia Remmele zögerte kurz, schien zu überlegen, ob sie schlicht leugnen sollte, dass sie mit diesen Graffiti etwas zu tun hatte. Es war ihr anzusehen, dass sie mit sich rang.

»Erzählen Sie uns bitte nicht, dass Sie nicht wissen, wie das Ding hier zwischen Ihre Klamotten kommt«, empfahl Morgenstern. »Die Schablone ist mit Sicherheit übersät von Ihren Fingerabdrücken, wahrscheinlich liegen hier auch ein paar Kleidungsstücke herum, die im Eifer des Gefechts ein bisschen grünes Farbspray abbekommen haben. Wir können auch gerne nach Sprühdosen suchen. Machen Sie es uns also nicht zu schwer.«

Saskia Remmele seufzte schwer und verschränkte die Arme über der Brust, als würde sie mit einem Mal frieren, eine Geste, die sie zerbrechlich wirken ließ. Morgenstern stand auf und zog die dichten weißen Vorhänge vor dem Fenster auf, um die Sonne hereinzulassen.

»Wieso haben Sie das Wohnmobil von Xaver Heiß besprüht? Das hat doch da droben in der Pampa so gut wie keine Öffentlichkeitswirkung. Das müssen Sie uns erklären. Und alles andere auch. Hatten Sie Streit mit dem Schäfer?«

Remmele schluckte, atmete einmal tief durch und begann zu erzählen. Sie rauche gemeinsam mit zwei Freundinnen hie und da einen Joint, das sei ganz normal, das machten doch alle, nicht wahr? Und es sei doch höchste Zeit, dass das auch im Altmühltal nicht mehr kriminalisiert werde.

»Im Bierzelt dürfen sich alle besaufen, bis sie nicht mehr stehen können. Da ist das Folklore. Aber sobald einer am Joint zieht, kommt die Polizei. Das ist doch nicht logisch«, ereiferte sie sich. Und das habe man mittels Graffiti auch in der Stadt kundtun wollen. Vor einiger Zeit habe das Trio dann beschlossen, auf eigene Faust Marihuana zu pflanzen, bloß für den Eigenbedarf. Als geeigneten, unauffälligen Ort hatte eine von ihnen die alte Haselnussplantage am Neuen Weg ausgekundschaftet: beste

Südseite, wenig Schatten. »Fast wie ein Weinberg. Eichstätter Gras – von der Sonne verwöhnt.«

Es habe sich gezeigt, dass die Spaziergänger und Jogger keinerlei Verdacht schöpften, wenn ab und an jemand abseits der wenigen Fußpfade durch den Steilhang stromerte. Und die Pflanzen seien auch prächtig gediehen. Man habe eigens kleine Gruben für sie ausgehoben, aufgefüllt mit bester Blumenerde. »Wir haben einen ganzen Plastiksack Erde hochgetragen. Vom Obi.«

Morgenstern stellte sich vor, wie das magere Mädchen diesen Sack mühsam ins Gelände geschleppt hatte, ein kurioser Gedanke.

»Wir haben zuvor auch hier im Wohnheim schon ein bisschen gegärtnert, zusammen mit dem Hausmeister«, erklärte Remmele weiter. »So sind wir eigentlich erst auf die Idee mit unserer eigenen kleinen Plantage gekommen.«

»Und dann?«, fragte Morgenstern ungeduldig.

»Unsere Pflanzen waren schon fast einen Meter hoch. Man hätte sogar schon ernten können. Und wir waren sicher, dass noch keiner etwas bemerkt hatte. Dann kam auf einmal der Schäfer. Ausgerechnet dieser Schäfer. Wir haben es erst am zweiten Tag entdeckt, da war es schon zu spät. Die Schafe und vor allem die Ziegen haben alles ratzekahl weggefressen. Die ganze Arbeit für die Katz. Wir hatten sogar Wasser zum Gießen auf den Berg getragen. In Plastikflaschen, mit dem Rucksack.«

»Und wie ging es dann weiter?«, wollte Hecht wissen.

Die junge Frau kramte in einer Handtasche auf ihrem Schreibtisch nach einer Schachtel Marlboro und einem Feuerzeug, zündete sich mit zitternden Händen eine Zigarette an und tat einen tiefen Zug.

»Wir waren vielleicht sauer, das können Sie sich denken. Wir sind am Abend hier in meiner Bude gesessen und haben geraucht – und natürlich nicht das hier«, sie deutete auf ihre Marlboro. »Dann bin ich noch in der Nacht auf den Berg hochgegangen, mit meiner Spraydose und der Schablone. Ich wusste, wo das Wohnmobil vom Schäfer steht, und habe der Karre ein paar Hanfblätter verpasst. Das war's dann. Dass der Schäfer tot ist, habe ich erst aus der Zeitung erfahren. Eher durch Zufall. Die wird hier gleich nebenan in der Sparkassenpassage jeden Tag öffentlich ausgehängt, und da gucke ich manchmal drauf.«

Remmele lehnte sich auf ihrem Stuhl zurück und nahm wieder einen Zug. »Und jetzt glauben Sie, dass ich etwas mit dem Tod von diesem Mann zu tun habe, oder?«

»Ja«, sagte Morgenstern. »Das würden Sie an unserer Stelle wohl auch tun. Ist doch ein ziemlicher Zufall, finden Sie nicht? Der Schäfer hatte übrigens gleich Anzeige gegen unbekannt erstattet. Ihr Glück, denn das bedeutet, dass er sie nicht in flagranti beim Sprayen erwischt hat. Aber das muss nichts heißen. Wer weiß, was Ihnen ein paar Tage später im Drogenrausch noch für weitere Rachegedanken gekommen sind.«

Morgenstern musste sich allerdings selbst eingestehen, dass er keine rechte Vorstellung davon hatte, ob ein paar Züge an einem Joint tödliche Aggressionen auslösen konnten. Soweit er wusste, führte Marihuana eher zu Glücksgefühlen, verbunden mit Anwandlungen von kaum erträglicher Albernheit. Da war ein kaltblütiger Mord eher nicht vorgesehen. Die Sache blieb rätselhaft.

Hecht blickte von seinem Notizblock auf. »Mir ist da etwas aufgefallen: Sie kannten den Schäfer vorher schon, wenn ich Sie richtig verstanden habe.«

»Wie kommen Sie darauf?«, fragte Remmele zurück.

»Sie sagten vorhin«, Hecht studierte seine Mitschrift, »›ausgerechnet dieser Schäfer‹. Was haben Sie damit gemeint?«

»Habe ich das gesagt?«, fragte Remmele.

»Eindeutig«, bestätigte Protokollführer Hecht und tippte auf die entsprechende Steno-Notiz.

Morgenstern musste immer wieder staunen, wie perfekt Hecht diese verstaubte Kurzschrift beherrschte und wie gute Dienste sie ihm leistete, auch wenn die Schriftzeichen für Außenstehende so kryptisch blieben wie altägyptische Hieroglyphen. Er selbst musste wie die meisten anderen Kollegen auf Tonbandmitschnitte setzen, wenn er Hecht nicht dabeihatte, mit dem Ergebnis, dass er die Protokolle bei Bedarf komplett durchhören musste, wenn er ein entscheidendes Zitat brauchte.

Auch das war ein Grund, warum er gern mit dem oft unglaublich altmodisch wirkenden Peter Hecht zusammenarbeitete.

»Woher haben Sie Xaver Heiß gekannt?«, bohrte Morgenstern nach, und dabei fielen ihm wieder die japanischen Schriftzeichen am Arm der Studentin auf. »Für immer vegan«, murmelte er. »Sie essen aus Prinzip keine Tiere, und Sie wollen grundsätzlich nicht, dass Tiere getötet werden, so etwas in der Art haben Sie vorhin gesagt.«

»Worauf wollen Sie hinaus?«

»Herr Heiß hat mit einer ganzen Reihe von Leuten Ärger gehabt. Und wie wir festgestellt haben, hat es auch eine Anzeige gegen ihn wegen Tierquälerei gegeben. Von ASA. Sagt Ihnen das etwas?«

Saskia Remmele stand auf und holte aus einer Umhängetasche aus lindgrünem Filz einen silbernen Laptop heraus. Sie klappte ihn auf und fuhr das Programm hoch. »Ich werde Ihnen jetzt mal was zeigen«, sagte sie.

Morgenstern und Hecht standen auf und rückten näher an sie heran. Remmele tippte ein paar Buchstaben ein, und schon baute sich auf dem Bildschirm die Homepage der deutschen Sektion von ASA auf. »Schauen Sie sich das ganz genau an, es dauert nur eine Minute«, sagte sie und deutete auf ein Fenster im Bildschirm, das für die Wiedergabe eines Videofilms bereitstand, in der Mitte ein kleiner weißer Pfeil. Darüber stand: »60 Sekunden, die Ihr Leben verändern werden«. Die Studentin klickte den Pfeil an, und der Minuten-Film startete.

Was kam, war ein Feuerwerk grausamer, dicht an dicht geschnittener Videoclips von geschundenen, gequälten Tieren, von grausamen Menschen, von Metzgern und Viehtreibern, von Blut und Wunden, Schmerz und Entsetzen. Morgenstern sah sich nur die ersten zwanzig Sekunden an, dann hatte er genug. Er schloss die Augen und wartete, bis der Spuk, diese Tier-Apokalypse, vorüber war.

»Was sagen Sie nun?«, fragte die Studentin mit missionarischem Eifer.

Morgenstern war nicht in Stimmung für tiefschürfende Auseinandersetzungen, nicht nach dem, was er heute schon im Hinterhof von Ibrahim Moussadi erlebt hatte. »Ein übles Propaganda-Machwerk«, sagte er. »Und bei denen machen Sie mit?«

»Genau«, sagte die junge Frau, und wenn es selbstbewusst und trotzig klingen sollte, so hörte es sich wegen der Piepsstimme irgendwie pubertär an – was es nach Morgensterns Einschätzung auch war.

Sie nahm aus einer Eineinhalb-Liter-Flasche Mineralwasser einen großen Schluck. Dann setzte sie zu einem Grundsatzreferat an: Sie schwadronierte kurz über »grausame Gefangenhaltung, Verstümmelung und Tötung« von unschuldigen Tieren – sie habe erst in diesem Frühjahr mit Gleichgesinnten auf der Grünen Woche in Berlin gegen Tierhaltung in jeder Form demonstriert, und zwar ausdrücklich auch gegen Biobauernhöfe und ähnliche Betriebe, denn auch dort werde am Ende das »nichtmenschliche Lebewesen« seiner Würde beraubt, missbraucht und ermordet.

Morgenstern unterbrach sie energisch. »Der Einzige, der hier im Sinne der deutschen Rechtsprechung ermordet worden ist, ist Franz-Xaver Heiß aus Pollenfeld, und deswegen sind wir hier. Sie haben sein Wohnmobil besprüht. Und es gibt heimliche Filmaufnahmen vom Schafstall von Herrn Heiß, aus dem vergangenen Winter. Haben Sie, Frau Remmele, diese Filmaufnahmen gemacht und an ASA weitergeleitet? Ja oder nein?«

»Ich weiß nicht, ob ich Ihnen das sagen muss.«

»Wenn Sie nicht mitmachen, können wir auch Ihren Laptop kassieren und ihn mal gründlich unter die Lupe nehmen lassen. Ich bin sicher, dass wir da interessante Dinge finden. Die Aufnahmen bei Heiß würden schon mal den Tatbestand des Hausfriedensbruchs erfüllen, das ist Ihnen doch wohl klar? Wenn Sie wollen, können wir unser Gespräch also jederzeit ins Polizeipräsidium nach Ingolstadt verlagern.«

»Nein, warten Sie«, sagte Remmele eilig. Morgensterns verbale Daumenschrauben taten rascher als erwartet ihre Wirkung. »Diese Anzeige hat die ASA-Zentrale erstattet. Aber das Video habe ich gemacht. Im letzten Dezember, Anfang des Monats. Das war die Zeit, als hier in Eichstätt Adventsmarkt am Domplatz war, und da hatten sie neben dem Kriegerdenkmal einen kleinen Pferch mit einem Mutterschaf und zwei kleinen Lämmern.«

»Ich erinnere mich«, sagte Morgenstern. »Meine beiden Kinder haben die Lämmer gestreichelt und ihnen Heubüschel zum Fressen hingestreckt. Die waren ganz begeistert.«

»Begeistert!« Die junge Frau schüttelte den Kopf. »Die armen Tiere sind vorgeführt worden, erniedrigt. Ihrer Würde beraubt.«

»Das hatten wir schon«, sagte Morgenstern. »Außerdem waren es, soweit ich mich erinnern kann, keine Schafe aus Pollenfeld, die waren nicht vom Heiß.«

»Die armen Mutterschafe«, legte die Tierschützerin nach. »Die werden von den Schäfern zu Gebärmaschinen degradiert. Sobald sie ein Lamm geboren haben, werden sie sofort wieder geschwängert. Das kann man doch nicht hinnehmen.«

»Gebärmaschinen? Sie glauben wohl alles, was ihnen irgendwelche Tierschutzgurus vorbeten?«, fragte Morgenstern. »Den Schafen hier im Altmühltal könnte es gar nicht besser gehen.«

Remmele blieb hartnäckig. »Sie sagen, dass Ihre Kinder die süßen Lämmchen gestreichelt haben. Haben Sie ihnen dann auch nebendran, nur drei Meter weiter, den Brotzeitstand mit den Lammbratwürsten gezeigt? Haben Sie das? Haben Sie den Kindern erklärt, was diesen Lämmchen bevorsteht? Die machen Lammsalami aus ihnen und Bratwürste. Haben Sie den Kindern vielleicht gleich an Ort und Stelle eine Lammbratwurstsemmel spendiert?« Sie imitierte den Ton eines fürsorglichen Vaters: »Kinder, schaut mal, was ich da Leckeres habe! Hmmmmmm.«

»Schon gut, schon gut«, sagte Hecht, ehe Morgenstern auf die Palme gehen konnte. »Jedenfalls hat es auf dem Adventsmarkt zu ›Kling, Glöckchen, klingelingeling‹ bei Ihnen geklingelt. Wie sind Sie ausgerechnet auf den Schäfer Heiß gekommen?«

»Ich habe im Internet nachgeguckt. Da stehen sie ja alle drin, diese Schäfer mit ihrer Kampagne vom ›Altmühltaler Lamm‹. ›Das Leckerste, was man aus Landschaftsschutz machen kann …‹ Lecker! Wenn ich das schon höre. Das ist einfach unmöglich. Lecker? Das geht gar nicht.«

»Und dann sind Sie rauf nach Pollenfeld«, sagte Morgenstern.

»Und wenn schon. Ich schäme mich nicht dafür. Ich bin

Aktivistin. Ich habe da oben gefilmt, durchs Fenster. Die armen Tiere. Dicht aneinandergedrängt.«

»So macht man das in einer Herde«, sagte Morgenstern. »Die Untersuchung durch den Amtstierarzt und die Polizei hat jedenfalls keine besonderen Verstöße gezeigt. Da sind Sie mit Ihrer Tierliebe ein bisschen danebengelegen. Mir scheint jedenfalls, dass Sie sich in den vergangenen Monaten auf unseren armen Herrn Heiß eingeschossen haben. Erst stellen Sie ihn bei ASA an den Pranger, dann besprühen Sie seinen Schäferwagen. Und irgendwann läuft die ganze Sache aus dem Ruder, und es kommt zur Katastrophe. War es vielleicht so? Vom friedlichen Adventsmarkt bis zum tödlichen Finale.«

Das rothaarige Mädchen schüttelte den Kopf. »So war's nicht. Und jetzt brauche ich Hilfe. Kann ich kurz mit meinen Eltern telefonieren?«

»Bitte schön«, sagte Morgenstern generös. »Holen Sie sich ruhig Rat.«

Mit zitternden Händen nahm sie ihr Smartphone und drückte eine Taste. Die Zeit, bis die Leitung stand, nutzte Hecht für eine kurze Frage. »Ihre Eltern wohnen in Augsburg? Was machen sie denn so, beruflich?«

Saskia Remmele zögerte, am anderen Ende ging noch niemand ran.

»Fleischwerk Remmele GmbH. Kennt fast jeder. Eine der größten Metzgereien in Bayern. Aber ich habe mich voll und ganz davon emanzipiert.«

Morgenstern schaute Hecht bedeutungsschwer an. »Ich hab's immer schon gewusst, dass der berühmte Spontispruch dicht an der Wahrheit ist: ›Die schärfsten Kritiker der Elche – waren früher selber welche.‹«

»Nie gehört«, sagte Hecht erwartungsgemäß.

Dann meldete sich am anderen Ende der Leitung Max Remmele, Saskias Vater. Er hörte sich an, in welcher Notlage seine Tochter steckte, ließ sich dann Mike Morgenstern geben und sagte: »Ich verbürge mich für meine Tochter.«

»Ja und?«, fragte Morgenstern zurück. »Die Frau ist volljährig. Und sie ist verdächtig.«

»Wenn Sie weiter mit ihr sprechen wollen, braucht sie einen Anwalt«, sagte Max Remmele, der berufsbedingt möglicherweise mit solchen Dingen Erfahrung hatte.

»Ach, Herr Remmele, das meiste wissen wir schon. Graffitisprayen, Anbau von Cannabis, Hausfriedensbruch bei einem Mann, der später ermordet wird. Ich würde empfehlen, dass wir den direkten Draht beibehalten und Sie sich da raushalten. Wenn wir hier erst einmal richtig offiziell werden, dann wird's unangenehm. Dann geht's ins Polizeipräsidium.«

Max Remmele sah das tatsächlich ein. Die Tochter hatte sich wohl mehr Hilfe erwartet, und so protestierte sie nur leicht, als Morgenstern und Hecht ihren Computer und ihr Smartphone verlangten. »Bevor Sie auf die Idee kommen, hier wie wild interessante Dinge zu löschen.«

»Dürfen Sie das überhaupt?«, fragte Saskia Remmele in einem letzten Akt des Widerspruchs.

»Ich glaube, Sie haben's immer noch nicht kapiert. Hier geht's um Mord«, sagte Morgenstern. »Und ich würde Ihnen empfehlen, sich nicht querzustellen. Sonst bringen Sie sich in Teufels Küche.« Er grinste maliziös. »Und eines kann ich Ihnen garantieren: Der Teufel ist kein Veganer.«

»Apropos Veganer – ich habe Hunger«, sagte Hecht, als sie die Studentin sich selbst überlassen hatten und auf die Straße getreten waren.

»Nichts leichter als das«, meinte Morgenstern. »Wir gehen zum Imbiss gleich drüben beim Marktplatz.«

»›Vegan‹ habe ich aber nicht im Wortsinn gemeint.«

»Da wärst du da drüben auch an der falschen Adresse.«

Morgensterns Ziel war eine jener grundsoliden bayerischen Metzgereien, die sich aus kleinen Anfängen zu einem Betrieb mit mehreren Filialen einschließlich eines im Gewerbegebiet angesiedelten Schlachthofs entwickelt hatten. Am Marktplatz befand sich im Erdgeschoss eines riesigen Bürgerhauses der wichtigste Laden des Unternehmens, eine Art Flagship-Store des Fleischerhandwerks. Und integriert in dieses florierende Geschäft war ein nicht minder florierender Imbiss mit einer

»heißen Theke«, deren kalorienträchtige Deftigkeiten jedem rechtschaffenen Ernährungsberater die Tränen der Verzweiflung in die Augen treiben konnten.

Jetzt, zur Mittagszeit, lag über dem Imbissbereich eine Dampfwolke, geschwängert vom Geruch nach Schweinebraten und Pommes frites, Currywürsten, gebackenem Fischfilet, Bratwürsten, Sauerkraut, Packerlsoße und Leberkäse. Letzterer wahlweise weiß oder rot sowie seit einiger Zeit – als Zugeständnis an den flüchtigen Zeitgeist – auch mit Chili durchsetzt. Dieser Imbiss war der Gegenpol zu allem, was der mageren Saskia Remmele heilig war, und vielleicht war er gerade deswegen jetzt die ideale Adresse für die beiden Kommissare.

Sie reihten sich in die kleine Schlange ein, die sich vor der kantinenartigen Theke gebildet hatte. Diese Institution sicherte, gemeinsam mit dem gleich in der Nachbarschaft angesiedelten Konkurrenzbetrieb, die gastronomische Grundversorgung für eine ganze Kompanie von Mittagsgästen. Vor ihnen standen Berufsschüler in der Mittagspause und Pensionisten, hungrige Handwerker, Junggesellen und alte Ehepaare vom Land, die eine Einkaufsfahrt in die Stadt nun mit einer sättigenden Mahlzeit abschließen wollten. Wer sich sein Essen nicht zum Mitnehmen in Alufolie oder Styroporschalen abpacken ließ, verzehrte es an einem von mehreren Stehtischen, um die sich wildfremde Menschen drängten, die alle eines gemeinsam hatten: einen gesunden Appetit und wenig Zeit.

»Gar nicht schlecht«, sagte Hecht schmatzend, als sie sich nach einigem Warten mit dampfenden Porzellantellern an einem der Stehtische platziert hatten. Hecht hatte sich für ein Schweineschnitzel mit Zigeunersoße nebst Pommes entschieden, Morgenstern hatte sich ein halbes Hähnchen mit einer Sternsemmel geben lassen.

»Ich weiß gar nicht, wann ich zum letzten Mal das Wort ›Zigeunersoße‹ gelesen habe«, sagte Hecht. »Das darf man heute gar nicht mehr sagen, oder?«

»Einen Mohrenkopf kannst du auch nirgendwo mehr kaufen, das heißt heute Schokokuss«, legte Morgenstern nach, während er mit fettigen Fingern das Grillhähnchen zerlegte und nebenbei in der Zeitschrift »Lukullus« blätterte, der Kundenzeitschrift des Fleischerhandwerks, die zur kostenlosen Mitnahme an den Tischchen bereitlag und der geneigten Leserschaft insbesondere eine Fülle von vermeintlich raffinierten Kochrezepten anbot, in denen gewaltige Fleischportionen die tragende Rolle spielten.

»Darf man sich hier noch dazustellen?«, fragte ein alter, hagerer Mann, der mit einem tiefen Teller dampfender Suppe, in dem ein riesiger Leberknödel thronte, von der Theke kam. Eine ebenso alte, rundliche Frau kam hinterher. Auch sie hatte sich für die Suppe entschieden. Morgenstern rückte ein wenig zur Seite, sodass sie nun das winzige Tischchen zu viert umringten.

»Mahlzeit«, sagte der Mann. »An Guadn«, nickte die Frau, und dann zerlegten beide den Knödel und begannen mit schlürfenden Geräuschen zu essen, dass es eine Freude war.

»Wir haben einen Riesenhunger«, sagte die Frau, als sie Morgensterns amüsierten Blick bemerkte. »Wir waren heute Vormittag beim Doktor, zur Blutuntersuchung, und da haben wir nüchtern kommen müssen. Das hat bis jetzt gedauert. Noch nicht einmal unseren Malzkaffee haben wir heute früh daheim trinken dürfen, und einen Hefezopf hat's auch nicht gegeben, wo doch mein Mann den immer so gerne in sein Kaffeehaferl einbrockt.«

Morgenstern nickte verständnisinnig und versuchte, sich nicht vorzustellen, wie diese Morgenmahlzeit wohl ausschauen mochte.

»Dafür schmeckt's jetzt umso besser«, sagte der Mann. »So eine Leberknödelsuppe ist schon was Gutes. Die gibt's daheim höchstens einmal am Sonntag, gell, Gisela.«

»Weil's ja so viel Arbeit macht«, rechtfertigte sich die Gattin. »Wenn man die Leber nicht ganz fein püriert, dann hat man da die Flaxen drin, die bleiben einem dauernd in den Zähnen hängen. Drum essen wir das immer, wenn wir in die Stadt herunterkommen.«

»Wo kommen Sie denn her?«, fragte Hecht leutselig.

»Vom Berg, von Pollenfeld«, sagte die Frau. »Und wenn wir zum Doktor müssen, fahren wir runter in die Stadt. Ich hab's mit der Hüfte und mit der Galle, und mein Mann muss auf seinen Blutdruck aufpassen. Gell, Hubert.«

»Das interessiert doch die Herren gar nicht«, sagte der Gatte vorwurfsvoll.

»Aber mit dem Blutdruck ist nicht zu spaßen«, beharrte Gisela und wandte sich nur umso mehr den beiden Zuhörern zu. »Da kann man nicht früh genug nachschauen lassen. Das merkt man nämlich gar nicht, dass der zu hoch ist, und mit einem Mal macht es bums, und man fällt um. Und die Prostata ist auch ein Problem, gell, Hubert. Wir waren vorhin auch noch beim Urologen.«

Morgenstern legte den Hähnchenschenkel, den er bis eben in der Hand gehalten hatte, auf seinen Teller zurück.

»Blasensteine«, flüsterte Gisela in verschwörerischem Ton.

»Jaja, schon recht«, sagte Morgenstern und sah zu Hecht, in der Hoffnung, dass dieser rasch zu Ende essen würde, damit sie das Feld räumen konnten, ehe noch weitere intime Einblicke in die Volksgesundheit der Jurabevölkerung eröffnet wurden.

Doch Hecht war – ganz im Gegenteil – hoch interessiert. »Blasensteine? Prostata? Da weiß ich was für Sie«, wandte er sich an den maladen Rentner.

Morgenstern wollte seinen Ohren nicht trauen. Seit wann litt Hecht unter einem Helfersyndrom?

»Lassen Sie sich bloß nicht irgendwelche Medikamente verschreiben, bloß weil es einmal nicht so läuft, wie Sie das gern hätten.« Hecht zwinkerte verschwörerisch – ein überdeutlicher Wink mit dem Zaunpfahl, dass es hier um eine Empfehlung von Mann zu Mann ging.

»Und was würden Sie mir raten?«, fragte Hubert.

Hecht lächelte. »Asparagus«, sagte er feierlich. Und als das betagte Ehepaar wie von ihm gewünscht nur Bahnhof verstand, übersetzte er sein Wundermittel für Harnwegsprobleme aller Art ins Deutsche. »Spargel! Sie müssen viel Spargel essen, und Sie werden sehen, wie gut Ihnen das tut. Spargel ist die beste Medizin.«

Morgenstern atmete schwer. Das war doch wirklich der Gipfel, dass sein Kollege nun sogar ein harmloses Gespräch im Metzgereiimbiss zu einer Werbeoffensive für das Schrobenhausener Wurzelwerk umfunktionierte. Jetzt begann er auch noch, ausführlich die heilsame Wirkung der selbstverständlich unglaublich schmackhaften »Königin der Gemüse« zu erläutern, und die beiden Senioren hingen an seinen Lippen.

»Sie kennen sich aber gut aus«, sagte Hubert schließlich. »Gisela, ich glaube, das sollte ich ausprobieren.«

Hecht nickte und ließ dann zu Morgensterns völliger Fassungslosigkeit die Katze aus dem Sack. Er, Hecht, kenne sich nicht etwa zufällig so gut mit Spargel aus, sondern pflege vielmehr herzlichste Beziehungen zum Spargelhof seiner Schwester in Waidhofen, und so könne er, was für ein Glück, spontan aus dem Kofferraum seines ganz in der Nähe geparkten Autos jede gewünschte Menge Spargel zum Kauf anbieten. Das Kilo für sieben Euro. »Ich mache Ihnen einen Sonderpreis.«

»Also das ist doch jetzt die Höhe …«, murmelte Morgenstern.

»Ein Kilo nehmen wir auf jeden Fall«, entschied Gisela.

»Wenn Sie ihn kochen und pürieren, können Sie ihn auch einfrieren«, schob Direktvermarkter Hecht noch einen Geheimtipp nach. »Dann können Sie das ganze Jahr über Spargelsuppe machen. Die ist übrigens auch gut für die schlanke Linie«, fügte er mit charmantem Lächeln an Gisela hinzu.

Unter diesen Vorzeichen holten sich Hubert und Gisela noch je zwei Scheiben Schweinebraten mit Kartoffelknödel. Und Morgenstern musste einsehen, dass sich das gemeinsame Mittagsmahl in die Länge ziehen würde – schließlich stand noch die Spargel-Transaktion bevor.

»Bei Ihnen in Pollenfeld war ja jetzt dieser Mord«, sagte er schließlich, um die Konversation nicht erneut in die thematischen Untiefen von Nierenkoliken und Krampfadern abgleiten zu lassen.

»Eine ganz schlimme Sache«, sagte Gisela. »Und wissen Sie was? Wir sind mit dem Xaver sogar weitschiftig verwandt.«

»Was Sie nicht sagen. Dann haben Sie ihn also gekannt?«

»Ja freilich haben wir ihn gekannt, sogar schon, wie er so ein kleiner Bub war.« Gisela hielt die Hand auf Höhe des Stehtisches, was wohl in etwa dem Erstkommunionalter entsprechen sollte. Dann wandte sie ihre Bemühungen wieder dem samten goldgelb glänzenden Kartoffelknödel zu, tunkte ein großes Stück davon in die fettbraune Soße und schob es sich in den Mund. »Ein ganz armer Kerl, der Xaver«, sagte sie kauend.

»Vor allem, weil er tot ist«, sagte Morgenstern trocken. Irgendwie hatte er momentan keinen Nerv, solcherlei dörfliche Scheinheiligkeiten zu ertragen. Es war nur zu klar, welchen katastrophalen Leumund der Schäfer in Pollenfeld und Umgebung gehabt hatte.

»Nein, ich mein das ernst«, beharrte die Frau. »Der Xaver hat es von Anfang an nicht leicht gehabt. Sein Vater, der alte Schäfer, war ein strenger Mann, der partout verlangt hat, dass der einzige Bub die Schäferei weiterführt. Aber er hat nicht gewollt. Er hat in der Gastronomie arbeiten wollen. Am liebsten in der Großstadt.«

»Dann ist er aber trotzdem Schäfer geworden«, wunderte sich Morgenstern.

»Nicht gleich. Am Anfang hat er seinen Kopf noch durchgesetzt gegen den Vater. Er ist nach München gegangen und hat da eine Ausbildung gemacht, im Hotel ›Vier Jahreszeiten‹. Ich weiß es noch gut, wie der Vater damals geschimpft hat, dass der Xaver nur Flausen im Kopf hat und dass er ihm gestohlen bleiben kann. Aber irgendwann ist der Xaver dann zurückgekommen, heim nach Pollenfeld, und hat seinem Vater mit den Schafen geholfen, und wie der Vater dann kurz darauf nach einem Schlaganfall gestorben ist, war der Xaver der Schäfer.«

Gisela säbelte an ihrem Schweinebraten. »Jetzt ist es doch fast ein bisschen zu viel«, sagte sie besorgt. »Aber den Rest lassen wir uns einpacken.«

»Im ›Vier Jahreszeiten‹ in München war er? Nobel, nobel«, warf Hecht ein.

»Unsereiner kommt da ja nicht hin, aber seine Mutter hat erzählt, dass sie einmal mit der Eisenbahn hingefahren ist und ihn besucht hat und wie er da hinter der Bar gestanden ist, mit Smoking und schwarzer Fliege, und irgendwelche sonderbaren Getränke gemixt hat. In der Küche hat er auch gelernt. So eine Ausbildung hätte er bei uns damals nirgendwo kriegen können. Damals nicht und heute wahrscheinlich auch noch nicht.«

Gisela spießte mit der Gabel ein Stück Braten auf und schaute sich um. »Und dann hat es auf einmal überall im Dorf geheißen, dass er ein Hundertfünfundsiebziger ist.«

»Ja, das habe ich auch schon gehört«, sagte Morgenstern möglichst beiläufig, um den Informationsfluss an dieser heiklen Klippe nicht zu stoppen.

»Ein Hinterlader«, sagte Hubert mit tadelndem Unterton, den Mund voll Kartoffelknödel. »Als ob es in unserer ganzen Verwandtschaft jemals einen Hinterlader gegeben hätte. Wissen Sie, wo der früher hingekommen wäre?«

Hecht und Morgenstern signalisierten Ahnungslosigkeit.

»Nach Rebdorf 'naus«, sagte Hubert abschätzig. »Zu den Odlpumpern.«

»Wie bitte?«, fragte Morgenstern.

Hubert kaute schwer an seinem Knödel, schluckte dann, bekam das Stück in die falsche Kehle und begann zu husten. Gisela klopfte ihm mit der flachen Hand auf den Rücken, bis die Notlage behoben war. Der Gatte, kurzfristig rot angelaufen, wischte sich mit einem Taschentuch den Schweiß von der Stirn. Dann setzte er seine Erläuterungen zum Verbleib von Homosexuellen in der angeblich »guten alten Zeit« fort.

»Früher wär der Xaver nach Rebdorf gekommen, wo heute die Realschule ist. Ins Arbeitshaus. Da haben sie, wie ich ein Kind war, die ganze Bagage eingesperrt, die Arbeitsscheuen und die Schwulen und was weiß ich, wen alles noch.«

»Und wieso Odlpumper?«, wollte Hecht wissen.

Hubert lächelte. »Weil die ganzen Rebdorfer Lumpen mit dem Odlfass durch Eichstätt gezogen sind und die Versitzgruben in den Häusern ausgeräumt haben. Deswegen hat man sie die ›Rebdorfer Odlpumper‹ getauft. Es gibt sogar ein lustiges Lied drüber, was die Männer alles rauspumpen aus der Odlgrube.«

Hubert fing leise zu summen und zu singen an, aber Gisela stoppte ihn. »Doch nicht jetzt beim Essen, hast denn du gar keinen Anstand!«

Hubert ließ sich in der Tat bremsen, fügte aber seinem lokalhistorischen Exkurs doch noch ein letztes Detail hinzu. »Und noch früher, in der unseligen Zeit, da wäre es natürlich mit einem wie dem Xaver ganz anders ausgegangen. Da hätten sie ihn durch den Kamin geschickt.«

Morgenstern schauderte sowohl bei der Vorstellung, was im Dritten Reich mit Menschen geschehen war, denen im Konzentrationslager der berüchtigte »Rosa Winkel« an die Jacke genäht worden war, als auch bei der Tatsache, wie ungerührt-anekdotisch Rentner Hubert die entsetzlichen Wahrheiten erzählte.

Es schien, dass auch Gisela die letzten Ausführungen ihres Gatten unangenehm waren. »So schlimm war das aber beim Xaver gar nicht. Er hat sich schon zusammengerissen. Aber er ist immer eigensinniger geworden. Ja mei, wenn man den ganzen Tag bloß mit diesen Viechern zusammen ist und nie eine Ansprache hat. Als Schäfer hat man halt viel Zeit zum Sinnieren. Ich glaube ja, dass zu viel Sinnieren ungesund ist.«

Morgenstern tippte Hecht auf die Brust. »Und dagegen hilft nicht einmal dein Spargel.«

Er überlegte, ob er das Thema der Heiß'schen Homosexualität weiterverfolgen sollte. Aber dann hätte er sich am Ende doch noch als Kriminalbeamter outen müssen, und Hubert und Gisela hätten unvermeidbar den Eindruck gewonnen, sie wären da mitten beim Brotzeitmachen von zwei hinterlistigen Kommissaren ausgehorcht worden. Und am Ende platzte noch Hechts Spargelgeschäft, mit unüberschaubaren Konsequenzen für ein gedeihliches Miteinander im Ermittlerteam …

So aber begleiteten die beiden Pollenfelder Senioren die Kommissare ganz arglos zu deren Dienstwagen in der Pedettistraße, erwarben direkt aus dem Kofferraum ganze fünf Kilo Spargel und zogen mit ihren Tüten zufrieden von dannen, begleitet von Hechts besten Wünschen für eine medizinisch und insbesondere urologisch unbeschwerte Zukunft.

ACHT

Die Eichstätter Fürstbischöfe waren Herren gewesen, die Wert auf Repräsentation legten. War ihr Herrschaftsgebiet einst auch nur von bescheidenem Umfang, so wollte man doch in Sachen Wohnqualität den großen Fürsten nicht nachstehen. Davon kündete die Residenz mitten in der Stadt, je nach Perspektive vor, hinter oder neben dem Dom gelegen. In demokratischen Zeiten hatte der Landkreis Eichstätt die noble Adresse übernommen und hier seine Verwaltungszentrale einquartiert.

Kaum irgendwo in Bayern konnte ein Landrat dermaßen barock residieren wie in Eichstätt, und das galt im Großen und Ganzen auch für die Landratsamtsbediensteten. Die Naturschutzbehörde des Landkreises war nicht im Zentralbau, sondern in einem nur unwesentlich weniger noblen Gebäude auf der anderen Straßenseite untergebracht, direkt an der Altmühl, mit Blick auf Spitalbrücke und das Heilig-Geist-Spital, ein Seniorenheim, dessen Wurzeln bis ins Mittelalter zurückreichten.

In der Altmühl paddelten jetzt, kurz nach Mittag, Kanufahrer mehr oder weniger elegant flussabwärts. Hecht und Morgenstern würdigten sie kaum eines Blickes, als sie im engen steinernen Treppenhaus in den ersten Stock des Verwaltungsgebäudes stiegen und beiläufig aus dem Fenster nach unten sahen. Im ersten Stock erwartete sie ein lichtdurchfluteter, mit Solnhofener Kalkplatten gefliester Flur, an dessen Wänden Fotos der schönsten Biotope des Landkreises Eichstätt hingen, allen voran eine Aufnahme der Gungoldinger Wacholderheide.

Michael Kempf, der Leiter der Unteren Naturschutzbehörde, hatte sein eher kleines Büro am Ende des Flurs, seine Kollegen teilten sich nebenan gemeinsam einen großen Raum, in dem ein Aquarium blubberte. Auf Kempfs Schreibtisch türmten sich Aktenordner, an der Wand hing eine riesige Karte des Naturparks Altmühltal.

»Das ist unsere Karte für die Windenergie«, erklärte Kempf nach der Begrüßung, als Hecht und Morgenstern das Ungetüm mit seinen in verschiedenen Farben schraffierten Flächen interessiert studierten. »Windkraft ist bei uns ein ganz heißes Thema. Irgendwann gibt es deswegen noch Mord und Totschlag.« Er stockte. »Blöder Satz«, sagte er entschuldigend und platzierte die beiden Gäste dann an einen winzigen Besprechungstisch.

»Haben Sie schon irgendetwas herausgefunden?«

»Wir arbeiten uns voran. Aber momentan haben wir noch nichts, mit dem wir an die Öffentlichkeit gehen könnten«, sagte Morgenstern vage. »Sie haben bestimmt auch unseren Aufruf in der Zeitung gelesen, dass sich Zeugen melden sollen. Wir warten immer noch auf den entscheidenden Treffer. Das Gleiche gilt für unser Labor.«

Bis dahin werde, Morgenstern hasste diese Formulierung, »in alle Richtungen« ermittelt. »Können Sie uns noch etwas über Herrn Heiß sagen?«, fragte er. »Damit wir uns ein besseres Bild von ihm machen können.«

Kempf nickte. Xaver Heiß sei kein einfacher Zeitgenosse gewesen. Seine Herde habe er im Wesentlichen passabel gepflegt, aber Heiß sei definitiv kein Vertreter seines Berufsstands gewesen, den man für die Imagekampagne »Altmühltaler Lamm« an vorderster Stelle hätte einsetzen können, obwohl er vom ersten Moment an dabei war. »Aber unsere Aushängeschilder, das waren immer andere.«

»Kein Vorzeigebetrieb also?«, fragte Hecht.

»Ein Grantler, ein unglücklicher Mensch«, präzisierte Kempf. »Wenn der hier bei uns im Büro aufgetaucht ist, haben alle die Hände über dem Kopf zusammengeschlagen. Die Gespräche sind dann immer an mir hängen geblieben. Er hätte auch, glaube ich, mit keinem anderen geredet als mit mir. Es ging ja meistens um irgendwelche Reklamationen, irgendwelche Auseinandersetzungen.«

»Das haben wir schon in der Polizeiinspektion gehört«, bestätigte Morgenstern.

»Wir sind aber schon mit ihm zurechtgekommen. Wir haben ihn ehrlich gesagt auch gebraucht. Man kann hier im Altmühltal nicht wählerisch sein. Es gibt bloß noch ein paar aktive Hüteschäfer, und wir sind froh um jeden, der da ist. Ich weiß noch gar nicht, wie wir die Lücke schließen sollen, wenn der Betrieb vom Heiß nicht mehr weiterläuft. Wenn Sie übrigens Kaffee wollen …«

Kempf rief kurz ins Nachbarbüro, und ein junger Referendar wurde zur Servicekraft degradiert. »Lehrjahre sind keine Herrenjahre«, kommentierte der Chef die Aufgabenverteilung fröhlich.

»Wie Sie vielleicht wissen, haben wir hier im Altmühltal riesige Flächen an den Hangflanken, die als Trockenbiotope unter Naturschutz stehen. Was da alles wächst und gedeiht – man macht sich keine Vorstellung. Seltene Orchideen, Schmetterlinge, die es sonst bloß noch in den Alpen gibt. Schon mal was vom Apollofalter gehört?«

Morgenstern verneinte, und Hecht tat wieder einmal so, als müsse er wichtige Mitschriften tätigen.

»Der Apollofalter ist sozusagen das Wahrzeichen unserer Kalkmagerrasen hier. In Deutschland ist er fast ausgestorben, aber bei uns gibt es ihn, und zwar an manchen Standorten fast massenhaft.« Kempf zeigte auf ein Poster an der Wand. »Sehen Sie, da ist er drauf.«

Morgenstern erkannte einen relativ unspektakulären Schmetterling, grau-weiß mit schwarzen und roten Tupfen, und quittierte das mit einem wenig enthusiastischen »Hmmm«.

»Wenn man aber diese Magerrasen nicht regelmäßig mit Schafen beweidet, dann wuchern sie zu, und alles wird zuerst dichte Buschlandschaft und irgendwann Wald. An manchen Stellen war's schon so weit.« Und dann erklärte Kempf, wie das Projekt »Altmühltaler Lamm« eingeführt wurde, um im gesamten Naturpark Altmühltal diese Biotope langfristig zu sichern. »Es ist eine Imagekampagne«, bekräftigte er. »Wir wollen den Leuten klarmachen, dass sie sich selbst und der schönen Landschaft etwas Gutes tun, wenn sie Lammfleisch von den Hüteschäfern hier kaufen.«

»Ich habe erst gerade in Dollnstein beim ›Parzival‹ Altmühltaler Lamm gegessen«, sagte Morgenstern nicht ohne einen gewissen Stolz, wieder einmal alles richtig gemacht zu haben.

»Das ›Parzival‹«, nickte Kempf. »Das Projekt steht und fällt natürlich damit, dass die Wirte und die Metzgereien in der Region mitmachen. Die Leute müssen erfahren, dass das eine regionale Spezialität ist. Und die Wirte müssen zeigen, was sie können. Die müssen sich kreative Rezepte einfallen lassen.«

»Es mögen aber nicht alle Lammfleisch«, gab Hecht zu bedenken. »Und wenn man Pech hat, kann so ein Schaffleisch ganz schön bockeln.«

»Die geschlachteten Tiere müssen natürlich jung sein, und man muss das Fleisch heiß essen, dann ist das wirklich köstlich. Es ist jedenfalls gelungen, dass unsere Schäfer mit dem Logo ›Altmühltaler Lamm‹ mehr Geld für ihre Lämmer bekommen. Das Altmühltaler Lamm ist inzwischen ein Markenzeichen geworden.«

»Wie der Schrobenhausener Spargel«, warf Hecht eifrig ein.

Kempf legte das Kinn in die Hand. »Ich würde etwas drum geben, wenn wir so weit wären, aber es könnte ehrlich gesagt schon noch besser laufen. Manche Wirtschaften haben leider bereits das Handtuch geworfen, denen wurde das zu aufwendig. Sie müssen wissen, dass die Wirte nur ganze Lämmer kaufen können. Sie können sich also nicht einfach die besten Teile aussuchen und bloß Lammkoteletts oder Lammschulter braten, sondern müssen sich überlegen, was man aus den weniger begehrten Stücken macht. Das macht die Sache kompliziert.«

»Was machen sie denn draus?«, wollte Hecht wissen.

»Eintopf zum Beispiel, Gulasch, Ragout, gebratene Lammleber, Lammbratwürste. Und eine echte Spezialität ist bei uns die Lammsalami geworden.«

»Klingt nach viel Arbeit«, sagte Hecht. »Da verkaufe ich doch lieber Spargel. Güteklasse eins, Güteklasse zwei, und der Rest wird zu Suppe. Damit hat sich's.«

»Da haben Sie recht«, lachte Kempf. »Manchmal denke ich mir schon, dass es leichter wäre, ein Kartoffelprojekt zu betreuen. So etwas wie ›Bamberger Hörnla‹. Das ginge leichter. Da würden die Wirte auch eher mitmachen. Ich muss zugeben, dass längst nicht so viele Gaststätten mit dabei sind, wie wir uns erhofft hatten.«

»Aber immerhin machen die Politiker mit«, sagte Morgenstern

und dachte an den bevorstehenden Besuch des Heimatministers in Mörnsheim.

Der Referendar kam mit drei Kaffeetassen, Milch und Zucker auf einem Tablett herein.

»Der Minister. Ja, das ist ein Phänomen«, stimmte Kempf zu. »Das haben wir uns am Anfang nicht träumen lassen, dass dieser Lammauftrieb im Frühjahr in Mörnsheim und der Lammabtrieb im Herbst in Böhming eines Tages so populär werden würden. Die Politiker sind ganz scharf drauf, dass sie sich zusammen mit dem Schäfer an die Spitze einer Schafherde stellen dürfen. Fehlt bloß noch, dass der Bundespräsident kommt.«

»Aber mit dem Heimatminister sind Sie jetzt auch gut bedient. Was hat er denn für ein Programm?«, fragte Morgenstern.

»In diesem Jahr ist es etwas kompliziert, weil wir zwei Termine unter einen Hut bringen müssen. Am Donnerstag und am Samstag. Der Minister kommt am Donnerstagvormittag um elf Uhr ins Altmühltal, und zwar bei Hagenacker. Da gibt es einen Festakt hoch über dem Tal an einem wunderbaren Aussichtspunkt, genau an der Grenze zwischen den Gemeinden Dollnstein und Schernfeld. Mit Blasmusik und einer Ansprache und natürlich mit vielen, vielen Schafen. Das ist aber nur für geladene Gäste, da geht es um den Abschluss unseres großen Naturschutzprojekts ›Altmühlleiten‹. Es kommen Leute vom Bundesamt für Naturschutz aus Bonn, alle Landräte aus dem Altmühltal, die örtlichen Abgeordneten von Landtag und Bundestag. Und das Fernsehen ist auch dabei – das Bayerische Fernsehen. Deswegen haben wir uns diesen Platz ausgesucht. Das gibt Bilder wie gemalt.«

Euphorisch schilderte Kempf die Lage von Hagenacker, um dann vom Besprechungstisch aufzuspringen und auf seinem Dienstcomputer nach Fotos zu suchen. Nach einigen Klicken bat er die Kommissare an seinen Schreibtisch.

»Jetzt verstehe ich, warum der Minister dahin muss«, sagte Hecht, als er das Ensemble aus Fluss und Felsenwand sah. Kempf hörte ihm gar nicht zu, sondern klickte eifrig weiter.

»Hier oben im Wald ist ein Plateau, von dem man einen traumhaften Blick weit übers Tal hat. Ich wüsste keinen besseren Ort für Filmaufnahmen. Am Samstag ist dann in Mörnsheim im

Gailachtal wie gehabt der Lammauftrieb. Da führt der Minister für die breite Öffentlichkeit eine Schafherde über die Gailach am Rathaus vorbei durchs ganze Dorf. Sie sehen also, das wird ein Großkampftag für den Naturschutz im Altmühltal.«

Morgenstern lächelte höflich. »Und der Minister trägt ein Stück Trauerflor am Ärmel, im Gedenken an Xaver Heiß.«

»Am Ärmel wohl nicht, auf dem schwarzen Schäferkittel könnte man da nichts erkennen, aber vielleicht am Stock, da binden wir sonst immer eine weiß-blaue Rautenschleife hin. Und ein kleines Blumensträußchen.«

»Sehr romantisch«, sagte Morgenstern.

»Ja, vor allem, weil ihn auch noch die Altmühltaler Lammkönigin begleitet.«

»Ach, die gibt's auch?«, fragte Morgenstern.

»Selbstverständlich«, sagte Kempf stolz. »Das haben wir von Anfang an eingeführt. Für alles gibt's heute eine Königin, vom Wein bis zur Kartoffel, und wahrscheinlich gibt es irgendwo in Deutschland sogar eine Knoblauchkönigin – das arme Mädchen. Aber als Altmühltaler Lammkönigin kann man wirklich Sympathiepunkte sammeln. Wer ein süßes kleines Lamm auf dem Arm trägt, dem liegen die Leute zu Füßen.«

»Außer man ist Xaver Heiß«, sagte Morgenstern lakonisch.

»Oder man ist Metzger«, setzte Kempf noch einen drauf und nahm nachdenklich einen Schluck Kaffee.

»Ehrlich gesagt ist die ganze Kampagne fürs Altmühltaler Lamm schon ein zweischneidiges Schwert«, räumte er ein. »Das ist ein Spagat, mit den süßen kleinen Lämmern zu werben, die man irgendwann schlachten muss, damit das alles Sinn macht.«

»Dann geht's von der idyllischen Weide im Altmühltal geradewegs in die ewigen Jagdgründe«, kommentierte Morgenstern.

Jedenfalls, so Kempf weiter, müsse man da verflixt aufpassen, dass die Lammfleischkonsumenten, mündig und aufgeklärt, wie sie heute so gern seien, sich das unvermeidliche Schicksal der Jungschafe nicht zu konkret ausmalten.

»Wir hatten schon das Vergnügen, mit einer Tierschutzaktivistin zu sprechen«, sagte Morgenstern. »Die ist dem Schäfer Heiß wegen seiner Lämmer auf die Pelle gerückt.«

»Und wer ist das?«

»Eine Hardcore-Veganerin mit familiärem Metzgerei-Hintergrund.«

»Um Himmels willen!«, sagte Kempf. »Hat die diese Anzeige gegen den Heiß zu verantworten?«

»Sie wissen davon?«

»Aber klar doch. Wir mussten der Sache nachgehen. Dabei ist doch bei uns alles sauber dokumentiert.« Er seufzte. »Wir haben den ganzen Komplex der Kontrollen und der Qualitätssicherung an eine externe Firma abgegeben, die in unregelmäßigen Abständen Stichproben macht, die Höfe besichtigt und sich die Herden anschaut. Das muss alles seine Ordnung haben. Und die kontrollieren auch, ob bei den Metzgern und bei den Wirten alles mit rechten Dingen zugeht.«

»Die dürfen da einfach rein?«

»Anders ginge es ja nicht. Wer beim Altmühltaler Lamm mitmacht, muss Kontrollen akzeptieren. Sonst verkauft am Ende jeder, was er will, und wir und die Schäfer sind mit unserem ganzen Werbeaufwand die Gelackmeierten. Was denken Sie, wie viele Bauern hier einfach im Garten ein paar Schafe stehen haben, die zwischen den Apfelbäumen das Gras kurz halten? Die würden alle gerne das Fleisch unter unserem Qualitätssiegel verkaufen.«

»Das kommt ja rein praktisch gesehen auch aus dem Altmühltal«, meinte Morgenstern.

Kempf nickte. »Schon, aber für das Lammprojekt müssen strenge Regeln eingehalten werden, und das wird überprüft. Sonst ist Polen offen.«

»Vertrauen ist gut, Kontrolle ist besser«, fügte Hecht hinzu.

»Sie verstehen mich«, stellte Kempf lobend fest. »Qualität hat ihren Preis. In jeder Hinsicht. Das gilt für alle Beteiligten.«

Morgenstern nippte an seiner Tasse. »Guter Kaffee«, sagte er. »Auf jeden Fall besser als der, den wir beide in unserem Büro aufbrühen, stimmt's, Kollege Hecht?«

»Da ist nicht viel dabei«, brummte Hecht.

Der Naturschutzbeamte, offensichtlich auch im Privatleben ökologisch orientiert, nutzte das als Steilvorlage für eine

Exkursion ins weite Themenfeld von Qualität und Preis, und Morgenstern wunderte sich kein bisschen, dass in dem nun folgenden Kurzvortrag über eine »nachhaltige Lebensweise« und den »achtsamen Umgang mit den Ressourcen« die Geißelung der angeblich auch im Herzen Bayerns weit verbreiteten »Geiz-ist-geil-Mentalität« eine zentrale Rolle spielte. Kempf, so stellte sich heraus, war in jungen Jahren sogar einmal durch Mittelamerika gereist, hatte Costa Rica und Nicaragua besucht und glaubte seither zu wissen, was einen guten von einem schlechten Kaffee unterschied. In diesem Büro jedenfalls, so sein Fazit, komme nur allererste Qualität in die Tasse.

Morgenstern dachte an die bittere Plörre, die im Polizeipräsidium oft stundenlang auf der Warmhalteplatte der Billig-Filtermaschine vor sich hin simmerte. Damit konnte man nun definitiv keinem Besucher ihres Büros eine Freude machen, zumal Hecht und Morgenstern, seit sie vor einiger Zeit zu einer Bürogemeinschaft zusammengespannt worden waren, keinerlei Ehrgeiz in den Kauf von Kaffeebohnen gesteckt hatten. Üblicherweise besorgte im Wechsel einer von ihnen im nächsten Discounter das unscheinbarste fertig gemahlene Billigprodukt, das gern auf nobel klingende Phantasienamen wie »Meistermischung« oder »Goldröstung« hörte oder schlicht und ergreifend unter der Unmarke »ja!« gehandelt wurde. Damit war nun wirklich kein Staat zu machen. Diesen Unterschied schmeckte sogar Morgenstern, wie er sich angesichts des weltverbessernden Kurzreferats eingestehen musste.

Es war schon wahr, was Kempf da über Nachhaltigkeit, Verantwortung für Mutter Natur und Qualität erzählte. Er dachte an die Lämmer von Franz-Xaver Heiß, die über die würzigen Weiden des Altmühltals zogen, an die Schäfer, die bei Hitze und Regen mit ihren Tieren im Freien standen, an die Orchideen, an denen die Schafe vielleicht hie und da knabberten, an all die seltenen Pflanzen, die nirgendwo anders mehr zu finden waren als hier in den Biotopen rund um Eichstätt.

Mehr zur Abrundung des Vortrags stellte er die Frage: »Sagen Sie mal, Herr Kempf, um auf die Lämmer zurückzukommen. Ganz ehrlich: Würde man als Experte, als echter Feinschmecker, einen Unterschied merken zwischen einem Altmühltaler Lamm auf dem Teller und einem anderen von irgendwoher?«

Er sah Kempf erwartungsvoll an, wartete auf ein empörtes Schnauben, dass sich nach all dem, was in der vergangenen halben Stunde gesprochen worden sei, diese Frage wohl verbiete. Doch da kam nichts außer langem Schweigen. Im Nachbarbüro blubberte das Aquarium, eine Uhr an der Wand tickte überraschend laut, rumpelnd fuhr ein Bus der Stadtlinie über die Spitalbrücke.

Schließlich schüttelte Kempf den Kopf. »Ich muss gestehen, dass bei vielen anderen Produkten der Unterschied mit Händen zu greifen ist, dass sie die Herkunft erschmecken können. Beim Wein zum Beispiel ist das eine Selbstverständlichkeit. Aber bei Lammfleisch ist das schwierig, und ich kann Ihnen versichern, dass ich schon viel Lammfleisch gegessen habe.«

»Das gibt's doch nicht.« Morgenstern war regelrecht erschüttert. »Das heißt also, dass man all diese Gewürze, diese seltenen Gräser und Kräuter nicht rausschmeckt?«

»Man kann es sich einbilden. Phantasie hilft immer.« Kempf lächelte bitter. »Ich erzähle Ihnen mal eine kleine Episode: Ich habe neulich, fragen Sie nicht, woher, einen Braten vom japanischen Wagyū-Rind bekommen. Schon mal gehört? Eine japanische Rinderrasse, das edelste Rindfleisch der Welt. Unglaublich schön marmoriert. Ganz langsam gewachsen. Die Tiere bekommen angeblich sogar ab und zu ein Glas Bier zu trinken, aber ich weiß nicht, ob das in diesem Fall auch so war.«

»Und?«, fragte Morgenstern.

»Meine Frau hat den Braten gemacht, wir haben Freunde eingeladen. Großes Trara. Aber keiner hat einen echten Unterschied zu unserem üblichen bayerischen Rinderbraten geschmeckt. Keiner. Ich auch nicht.«

Kempf seufzte erneut. »Und so ist das bei den Lämmern auch. Das Lammfleisch, das Sie im Supermarkt kaufen können, ist wirklich gut. Wenn das tiefgefroren aus Neuseeland kommt, ist das allerbeste Qualität. Die Kiwis haben ihre Schafe jahrein, jahraus im Freien. Dann bleibt nur noch die Frage, ob das Einfrieren der Frische schadet oder nicht. Ich persönlich habe feststellen müssen, dass ich den Unterschied nicht schmecke.«

Morgenstern schaute Hecht an. »Und du behauptest immer, du könntest den Unterschied zwischen Spargel aus Schrobenhausen und aus Abensberg schmecken. Das will ich mal sehen.«

»Da geht es ums Prinzip«, sagte Hecht trotzig.

»So ist das beim Altmühltaler Lamm auch«, griff Kempf die Vorlage dankbar auf. »Es geht erst einmal um den Naturschutz – und beim Fleisch geht's ums Prinzip.«

Morgenstern trank den letzten Schluck seiner hochpreisigen italienischen Nobelkaffeemischung aus achtzig Prozent Arabica-Bohnen und zwanzig Prozent äthiopischem, handgezupftem Hochlandlarifari. Er wischte sich mit dem Handrücken über den Mund.

»Meine bisherige Erfahrung ist: Immer wenn es ums Prinzip geht, wird's kritisch.« Sie standen auf, um sich zu verabschieden. An der Tür sagte Morgenstern: »Aber das mit dem Kaffee, das werden wir uns ernsthaft überlegen.«

***

Morgenstern schaffte es an diesem Dienstag relativ früh aus dem Büro. Fiona hatte ihn darauf eingeschworen, bei diesem herrlichen Wetter noch für eine Familienaktivität zur Verfügung zu stehen, und unverkennbar war die Drohung im Raum gestanden, andernfalls werde sie mit den Kindern eben allein losziehen und anschließend tagelang beleidigt sein. Da musste Morgenstern nicht zweimal überlegen, wessen Ungnade er gegebenenfalls besser ertragen konnte: die seiner Gattin oder die seines gestrengen Vorgesetzten Adam Schneidt.

Fiona hatte schon alles vorbereitet, als er nach Hause kam: Geplant war ein kleiner Badeausflug an einen idyllisch gelegenen Weiher »irgendwo im Nirgendwo«, wie sie sagte. Sie hatte in einem Reiseführer davon gelesen, und weil da von Burgruine und Grillstelle, Liegewiese und Kinderspielplatz die Rede war, schien ihr das angemessen – der perfekte Ort für unkomplizierte Sommerfrische. Der Bechthaler Weiher im Anlautertal.

In Erwartung einer solide aufgemauerten Grillmöglichkeit hatte Fiona reichlich Proviant in eine Kühltasche gepackt: einen

Zwölferpack eingeschweißter Nürnberger Rostbratwürste, Semmeln, eine Plastikdose mit selbst gemachtem Kartoffelsalat und eine große Wassermelone. Außerdem noch allerhand Süßigkeiten für die Kinder und als Getränke zwei große Flaschen trüben Apfelsafts und mehrere Flaschen Mineralwasser. Morgenstern steckte nach kurzem Zaudern noch zwei Flaschen Bier dazu. Da stand doch einem gemütlichen Feierabend nichts im Weg.

Die Fahrt führte zunächst vom Altmühltal auf die Jurahochfläche und nach gut zehn Kilometern Richtung Norden ab Reuth am Wald hinab ins Anlautertal. Unmittelbar bevor sich die Straße zum Dörfchen Bechthal hinabsenkte, lag auf der rechten Seite, umgeben von Magerrasen, ein Besucherparkplatz. Morgenstern stellte den Wagen ab.

Alle kletterten aus dem Landrover, um sich die Landschaft anzusehen: Tief unter ihnen lag lang gestreckt der Weiher, gespeist von der Anlauter, einem munter sprudelnden Bach. Die Anhöhe, auf der sie sich befanden, war zur Rechten von einer Burgruine gekrönt, die von hohen Fichten umgeben war. Ein Pfad führte zum Gemäuer, aber Fiona winkte ab. »Da können wir ein anderes Mal hin, heute wollen wir baden und grillen. Zum Glück ist nicht viel los«, sagte sie und deutete auf die Liegewiese. »Da haben wir freie Platzwahl.«

Ein gutes Dutzend Badegäste hatte sich mit Decken und Handtüchern auf der Nordseite des Weihers verteilt, zwischen ein paar Sitzbänken und spärlichen Bäumen. Einige Besucher planschten im Wasser, andere spielten Federball. Nur an der äußersten östlichen Ecke der Liegewiese herrschte reger Betrieb. Da waren, soweit Morgenstern das erkennen konnte, zwei Biertischgarnituren aufgestellt. »Da machen wohl die örtlichen Teenager eine kleine Party«, sagte er. »Schön, dass so etwas heutzutage noch möglich ist.«

Er erinnerte sich nur zu gut daran, dass er mit seinem Hang zu rustikalem Grillvergnügen – am besten mit offenem Feuer – schon mehrfach an deutschen wie italienischen Campingplätzen Ärger bekommen hatte. Aber hier gab es ja eigens eine Grillstelle. Wo war die eigentlich?

»Die Jungs drüben haben die Grillstelle belegt«, knurrte er

schließlich und fügte, an Fiona gewandt, die legendäre Schadensmeldung der Apollo-13-Astronauten hinzu: »Houston, wir haben ein Problem!«

»Gehen wir erst einmal baden«, entschied Fiona, »alles andere lässt sich dann schon regeln.«

Die Familie kletterte in den Landrover zurück, der Wagen rollte auf steiler, gewundener Straße durchs Dorf und dann nach rechts zum Weiher, wo entlang der Straße schon die Autos der anderen Gäste abgestellt waren.

»Schön hier«, sagte Morgenstern, als sie mit ihren Habseligkeiten unterm Arm einen Liegeplatz dicht neben diversem Kinderkletter- und Rutschgerät ausgewählt und eine große rot karierte Picknickdecke ausgebreitet hatten. Der Weiher, das war auf einen Blick zu erkennen, war künstlich angelegt worden, um den Bürgern die weite Fahrt zu den nächsten kommunalen Freibädern zu ersparen und eventuell dem spärlichen Tourismus in dieser entlegenen Ecke des Landkreises Weißenburg-Gunzenhausen auf die Sprünge zu helfen.

Bastian und Marius schlüpften im Nu in ihre Badehosen und rannten johlend auf den flachen Nichtschwimmerbereich zu, der mit einem runden Balken von den tieferen Regionen des Weihers abgetrennt war. Fiona folgte kurz danach etwas weniger euphorisch, aber mit gelassener Entschiedenheit. Schritt für Schritt watete sie in das tiefer werdende Wasser, schnaubte einige Male »Brrrrrr!«, bis sie schließlich mit dem ganzen Körper untertauchte und begann, quer durch die Schmalseite des Weihers zu schwimmen.

Blieb noch Mike Morgenstern, für den das »Brrrr« ein überdeutliches Alarmsignal war. Es war noch nicht einmal Pfingsten, die Nächte waren bis vor wenigen Tagen (die »Eisheiligen«!) noch empfindlich kalt gewesen, und die Anlauter, die den Weiher hier speiste, führte gewiss kein Thermalwasser. Morgenstern aber, das musste er sich an dieser Stelle eingestehen, war der geborene Warmduscher. Mochten andere Menschen sich auch zu Hunderten, sogar Tausenden jedes Jahr Mitte Januar beim Donauschwimmen in Neuburg in die eiskalten Fluten stürzen, für Morgenstern ging nichts über ein ordentlich beheiztes Becken. Im Eichstätter Freibad tummelte er sich denn auch mit Vorliebe im etwas besser temperierten Kinderbereich, wo er dann regelmäßig so tat, als müsse er sich um den siebenjährigen Bastian kümmern – ungeachtet der Tatsache, dass der kleine Kerl aus irgendwelchen Gründen besser schwimmen konnte als sein Vater.

Morgenstern streckte vorsichtig den rechten Fuß ins Wasser. Er hatte sich nicht geirrt. Dieser Pool hatte aus seiner Sicht dringend noch ein paar Tropentage nötig. Langsam setzte er den zweiten Fuß auf den kiesigen Untergrund. Dann stand er mit verschränkten Armen da und schaute sich das Szenario an: den Wald mit der Spitze des ruinösen Burgturms, den Magerrasenhang daneben, auf dem wie vom Fremdenverkehrsbüro bestellt gerade jetzt eine Schafherde auftauchte, seine Kinder, die sich kichernd gegenseitig bespritzten, und Fiona, deren Kopf in hundert Metern Entfernung aus dem Wasser ragte, während sie mit gleichmäßigen Armbewegungen ihre Bahnen zog. Morgenstern fröstelte.

Er blickte sich um und sah, dass die anderen Badegäste mit Interesse verfolgten, wie sich das Familienoberhaupt dieser Bewährungsprobe stellte. Er watete ein Stück weiter, bis die Oberschenkel im Wasser waren, und entschied bibbernd, dass das nun wirklich viel zu kalt für ihn war. Marius und Bastian hatten mit ihrer wilden Spritzerei aufgehört und schauten zu, wie sich ihr Vater bedächtig den Oberkörper mit Wasser besprengte, um seinen sensiblen Leib zu akklimatisieren. Morgenstern drehte sich einmal um die eigene Achse, um nach dem Publikum zu sehen. In der Ferne, bei der Party am Grillplatz, war nun Musik zu hören, das Wummern eines Bassverstärkers.

Als er sich wieder dem Wasser zuwandte, waren die Kinder verschwunden – Marius wie auch Bastian waren weg. Morgenstern, eigentlich längst einer Brille bedürftig, spähte und spähte. Aber da war nichts außer einem dicken Fisch, der übermütig aus dem Wasser sprang, um eine Fliege zu erhaschen. Er wartete noch zehn Sekunden, dann überkam ihn mit einem Mal Panik – in seinem Hirn brannte ein Feuerwerk von Schreckensvisionen ab, die alle mit gurgelnden Strudeln, grausigen

Untiefen, tödlichen Hitzschlägen und nicht zuletzt mit Steven Spielbergs »Weißem Hai« zu tun hatten, dann taumelte und tauchte er mit weit ausholenden Bewegungen auf den Punkt neben der Absperrstange zu, an dem er seine Jungs zuletzt gesehen hatte.

Drei Sekunden später tauchten die Burschen prustend vor Lachen unter der Stange auf. »Schön, dass du es auch schon reingeschafft hast«, lachte Marius.

»Viel länger hätte ich die Luft nicht mehr anhalten können«, kicherte Bastian. »Ich glaube, das ist mein neuer Tauchrekord.«

Als nach einer Viertelstunde alle abgetrocknet auf der Wiese lagen, entschied Morgenstern: »Wir müssen jetzt da rüber zur Party und den Grill mitbenutzen. Wir können unsere Bratwürste schließlich nicht roh essen.«

Wie in fünfundneunzig Prozent der deutschen Haushalte war auch bei den Morgensterns der Mann fürs Grillen zuständig, während er sonstige Kochaktivitäten vorzugsweise der Gattin überließ. Er machte sich an seiner Badetasche zu schaffen, dann zog er zur Überraschung seiner Familie seine knallrote Lieblingskochschürze heraus, die er heimlich eingepackt hatte. »Küss den Koch!« war in dicken schwarzen Lettern aufgedruckt.

Mit nichts bekleidet als nasser Badehose, Plastikschlappen und Schürze schnappte er sich die Kühlbox mit den Lebensmitteln und machte sich auf den Weg zum Grillplatz, die Familie im Schlepptau.

»Eigentlich habe ich da jetzt gar keine Lust drauf«, klagte Fiona. »Inzwischen haben die sogar einen Partypavillon aufgestellt.«

Die Musik kam aus den Lautsprechern eines Autos, das an der Absperrschranke vorbei an den Rand der Liegewiese gefahren war. »Oh Graus, volkstümliche Musik«, sagte Morgenstern. »Wie auf der Skihütte.«

Erst beim Näherkommen zeigte sich, dass es keine Teenager waren, die den Grillplatz okkupiert hatten. Nicht die Ortsgruppe Raitenbuch der »Katholischen Landjugendbewegung«, nicht die »Hüttenfreunde Reuth am Wald« und auch nicht die Jugendabteilung der »Feuerschützengesellschaft Titting«. Es waren allesamt Menschen im gesetzten Alter, und es dauerte eine Weile, bis Morgenstern klar wurde, dass er zumindest einen Teil der festlich gestimmten Truppe vage kannte.

»Das dreckige Dutzend«, murmelte er so leise, dass weder Fiona noch die Kinder ihn verstehen konnten. Es gab keinen Zweifel: Ausgerechnet hier draußen, am Bechthaler Weiher, hatten sich der Wirt und die Stammkundschaft des in Liquidation befindlichen Eichstätter Pilspubs »Der Sausackschleifer« zum gemütlichen Beisammensein unter freiem Himmel eingefunden. Als müsste diese erschütternde Feststellung auch noch musikalisch untermauert werden, klang aus den Autolautsprechern jetzt DJ Ötzi: »Anton aus Tirol«, die inoffizielle Hymne des »Sausackschleifer«.

Morgenstern hatte Fiona selbstverständlich bisher nicht gebeichtet, wo genau er in jener ominösen Nacht gestrandet war, und schon gar nicht, mit welchen Menschen er sich gegen Morgen verbrüdert oder gar verschwestert hatte. Im Nachhinein war er sich ziemlich sicher, dass da – aus streng polizeilicher Sicht – auch allerhand »Kundschaft« dabei gewesen war.

Als Eichstätter Streifenpolizist hätte er sich im »Sausackschleifer« gewiss nicht blicken zu lassen brauchen, zumal tief in der Nacht auch noch ungeniert der gesamte Laden mit wohlwollender Unterstützung des Wirts gegen das bayernweit gültige Rauchverbot in Gaststätten verstoßen hatte. Aber einen relativ neu zugezogenen Kripobeamten, der aus dubiosen Gründen von Nürnberg nach Ingolstadt versetzt worden war, kannte natürlich keiner, und so war Morgenstern, der Mann in Jeansjacke und Cowboystiefeln, mit offenen Armen aufgenommen worden. Und genau das geschah nun aufs Neue.

»Wen haben wir denn da? Der Mike kommt auch nach Bechthal!«, rief der Wirt schon von Weitem, als er die Familie im Gänsemarsch auf die Grillstelle zukommen sah.

Verdammt! Der Wirt konnte sich sogar an seinen Vornamen erinnern. Fieberhaft überlegte Morgenstern, wie er Fiona diesen Freundeskreis erklärten könnte; die ältlichen Männer in Lederwesten, die verlebten Frauen mit Hang zum Kettenrauchen, den dicklichen Wirt mit glasigen Augen, dessen mädchenhaft junge, aufgedonnerte Begleiterin im kurzen Girlie-Kleidchen. Sie alle wandten sich interessiert den Neuankömmlingen zu.

Morgenstern drehte sich – mit roten Backen – zu Fiona um und presste heraus: »Die sind alle aus einer Eichstätter Kneipe, dem ›Sausackschleifer‹. Da war ich neulich wegen einer Undercover-Ermittlung.«

Seine Stimme sollte dabei einen raunenden, geheimnisbeladenen Unterton haben, der weitere Nachfragen wegen des vorgeschriebenen Berufsgeheimnisses im Keim ersticken sollte, aber Fiona schüttelte nur den Kopf und sagte: »Du hast's schon schwer in deinem Job. Da kann man sich seine Freunde nicht aussuchen.«

»Wirklich nicht«, brummte Morgenstern, dann kam auch schon eine der angejahrten Damen auf ihn zugelaufen und drückte ihm einen dicken, feuchten, lippenstiftroten Kuss auf die Backe – und die Backe war's nur deshalb, weil Morgenstern noch geistesgegenwärtig sein Gesicht abgewandt hatte.

»Wohin bist du denn letztes Mal auf einmal verschwunden?«, fragte sie tadelnd. »Wir haben noch den ganzen Marillenschnaps ausgetrunken.« Dann schaute sie auf den Rest der Familie, und weil Morgenstern die Augen verdrehte, schien sie zu verstehen. »Hallo miteinander«, sagte die Dame.

»Guten Tag«, antwortete Fiona.

»Eigentlich wollten wir bloß fragen, ob wir den Grill mitbenutzen können«, stellte Morgenstern klar und fummelte in der Kühltasche herum. »Wir haben da nämlich eine Packung Würste.«

»Lass mal sehen, Mike.« Der Wirt griff sich die Packung, warf einen Blick aufs Etikett und lud dann die Morgensterns mit einer weit ausholenden Armbewegung ein. »Wir kochen heute richtig auf. Ihr dürft bei uns mitessen. Natürlich nur, wenn ihr wollt«, ergänzte er angesichts einer stirnrunzelnden Fiona.

»Nur keine Umstände«, entschied Fiona. »Wir grillen unsere Würste, und dann gehen wir zu unserem Platz zurück. Was gibt's denn bei Ihnen? Schweinenackensteaks?«

Sie wie auch Morgenstern erwarteten, dass die bunte Schar sich mit unzumutbaren Deftigkeiten die Bäuche vollschlagen würde, mit von Fett triefenden, gewaltigen Fleischstücken, nach deren Herkunft man lieber nicht fragte, mit mayonnaisegeschwängertem Fabrikkartoffelsalat aus dem weißen Plastikeimer und Billigwürsten der Marke »Brutzelking«. Doch sie irrten sich.

»Ist alles schon fast fertig«, sagte der Wirt stolz und zog Morgenstern zum gemauerten Grill. Auf dem tadellos gesäuberten Rost, auf einer dicken Schicht glühender Holzkohle, lag ein riesiger, sorgfältig geschnürter Rollbraten, umgeben von halbierten Kartoffeln, die einen atemberaubenden Rosmarinduft verbreiteten. Neben dem Grill waren auf einem mitgebrachten Gasherd zwei hohe Töpfe platziert.

Der »Sausackschleifer«-Chef hob nacheinander die Deckel: *»Et voilà!«* Im einen Topf lagen dicht an dicht Bündel grüner Bohnen, die mit Speckstreifen ummantelt waren. Im anderen kochte eine riesige Portion Spargel, der senkrecht ins Wasser gestellt war, dass gerade die Spitzen herausragten.

»Was ist das für ein Braten?«, fragte Fiona, die sichtlich irritiert war von dem anspruchsvollen Menü, das hier seiner Vollendung entgegenschmurgelte.

»Lammbraten«, sagte der Wirt. »Eigenhändig von mir gerollt, mit einer feinen Brät- und Kräuterfüllung. Die Kräuter habe ich selbst gesammelt.«

»Das ist doch nicht Ihr Ernst, Herr …«

»Aber nicht doch, sag einfach Roland zu mir. Ich würde vorschlagen, wir duzen uns, nachdem ich mit deinem Mike schon Brüderschaft getrunken habe. Stimmt's, Mike, oder kannst du dich nicht mehr erinnern?« Er klopfte Morgenstern freundschaftlich auf die Schulter.

Morgenstern war von Herzen froh, dass er nun zumindest den Vornamen wieder auf dem Radar hatte. »Der Roland, der hat's drauf«, sagte er anerkennend. »Ehrlich gesagt hätte ich dir das gar nicht zugetraut. Im ›Sausackschleifer‹ hat es nichts zu essen gegeben, oder?«

»Wirklich nicht«, sagte der Wirt. »Das wäre die Mühe nicht wert gewesen.«

Morgensterns Lippenstift-Verehrerin mischte sich von der Seite her ein. »Stimmt doch gar nicht. Ich kann mich noch gut erinnern, wie du mal diesen Eintopf gekocht hast. Der war saugut! Davon haben alle noch tagelang geschwärmt.«

»Lang ist's her«, sagte der Wirt und warf einen Blick in die Runde seiner Freunde, die an den überraschend fein gedeckten Biertischen dem populären Gutmann-Hefeweißbier zusprachen. »Das war damals mein selbst kreiertes ›Bayrisch Stew‹.« Er zögerte. »Also, wollt ihr jetzt mitessen oder nicht?«

»Bitte, Cowboy«, flötete der Lippenstift-Mund und drückte Morgenstern unter Hinweis auf seine »Küss den Koch«-Schürze noch einen dicken Schmatz auf die Wange.

Das gab für Morgenstern den Ausschlag zu einem eindeutigen »Nein danke«. Er pfriemelte sein Dutzend dünner, kurzer Bratwürste aus ihrer Plastikverpackung, legte sie in wirrem Haufen auf den Grillrost neben den Rollbraten und zückte eine metallene Zwickzange. Über Rolands perfekter Holzkohlenglut waren die Würste im Nu fertig gegrillt.

Morgenstern stapelte sie auf einen Pappteller und zog von dannen. Fiona und die Kinder waren schon zuvor auf Abstand gegangen – weg von Roland, weg von seinen trinkfreudigen Gästen und vor allem weit weg vom in Endlosschleife besungenen »Anton aus Tirol«.

Der Abend schien damit im Wesentlichen erledigt, denn richtige Stimmung wollte unter den neuen Vorzeichen bei der Familie Morgenstern nicht mehr aufkommen. Marius und Bastian kauten bemüht an ihren Bratwurstsemmeln herum, Fiona stocherte mit der Gabel im Kartoffelsalat und zischte zwischendurch ihren Gatten an, er solle doch endlich diese alberne Kochschürze ablegen. »Das ist ja eine Zumutung.«

Die Jungs berichteten, dass sie zu ihrem Entsetzen bei diesen »komischen Leuten« auch mehrere Schulkameraden entdeckt hätten, nämlich Marvin, Britney, Jennifer und Wladimir, und dass sie deswegen lieber eher früh als spät das Feld beziehungsweise die Liegewiese räumen würden.

»Und das sind also deine neuen Freunde«, knurrte Fiona ihren Gatten an. »Undercover-Ermittlung, ich glaube dir kein Wort. Dass du dich nicht schämst.«

»Die sind gar nicht so schlimm«, rechtfertigte er sich lahm und knüllte dabei seine rote Schürze wieder und wieder zusammen.

»Wer war eigentlich dieses Flittchen, das sich so an dich

rangeworfen hat?« Die Eifersucht in Fionas Stimme war schneidend.

Morgenstern blieb die Antwort schuldig, um nicht zusätzliches Öl ins Feuer zu gießen, vor allem aber, weil er beim besten Willen nicht mehr wusste, was er mit dieser fremden Frau alles gesprochen hatte. Namen waren für ihn ab einer gewissen Uhrzeit Schall und Rauch, und nur manchmal gelang es ihm, zu später Stunde einen Vornamen oder in selteneren Fällen auch eine Telefonnummer auf einen Bierfilz zu krakeln – den er dann tags darauf einigermaßen ratlos aus der Brusttasche seiner Jeansjacke fischte.

»Aber das Essen von denen sah super aus«, bemühte er sich um weniger vermintes Terrain. »Lammrollbraten mit Bohnen und Rosmarinkartoffeln.«

»Und Spargel«, sagte Fiona. »Ich kann mich nicht erinnern, dass es bei uns jemals Spargel gegeben hätte.« Genervt nahm sie die Melone und ein langes Küchenmesser aus der Kühlbox und zerlegte die runde Frucht mit resoluten Schnitten in Scheiben. Blutrot tropfte der Saft auf den Boden.

Morgenstern aß, obwohl er keinen Appetit mehr hatte. Nachdenklich blickte er auf das vom Saft glänzende Messer.

Am Ende vertrug sich das Ehepaar Morgenstern dann doch noch. Die Familie war nämlich zum Besucherparkplatz hoch über dem Weiher gewechselt, und mit dem geografischen Abstand zu König Rolands Tafelrunde hatte sich auch der Groll gelegt.

Nur noch von fern wehten jetzt im Abendlicht die volksmusikalischen Zumutungen vom Badesee herauf, die Burgruine glänzte geheimnisvoll, in der Ferne drehten sich Windräder. Der Schäfer hatte wohl irgendwo in der Nähe seine Herde in einen Pferch gesperrt: Leises Blöken war zu hören. Die Kinder waren zur nahen Burgruine ausgeschwärmt, die Eltern hatten beide eine Flasche Bier geöffnet und saßen auf einer Bank mit traumhafter Aussicht weit nach Norden.

Unter ihnen bis hinab zum Weiher erstreckte sich Trockenrasen, der sich auch auf der gegenüberliegenden Flanke des Anlautertals fortsetzte. Jugendliche hatten sich einen Spaß gemacht und aus großen weißen Feldsteinen in der Wacholderheide

Buchstaben und Schriften geformt. In der steinernen Kontur eines riesigen Herzens standen die Initialen »B + R«, ein Stück weiter war unübersehbar »ANNA« ausgelegt.

Der Magerrasen vor den Morgensterns strotzte vor Leben: Grillen zirpten, Falter taumelten durch die Luft, Heuschrecken hüpften und flatterten übers dürre Gras und zeigten bei jedem Sprung die auffällige Rotzeichnung ihrer Flügel. Morgenstern glaubte sogar, einen Apollofalter entdeckt zu haben, er war sich aber nicht sicher. Über ihnen kreiste riesengroß ein Raubvogel mit markant gegabeltem Schwanz, ein Milan.

»Komische Truppe da unten«, sagte Morgenstern in die Idylle hinein und deutete mit der Bierflasche zum Grill-Camp. »Und mit diesen Leuten bin ich eine halbe Nacht versumpft.« Er schüttelte sich demonstrativ.

»Wenn du's nur einsiehst. Und putz dir mal den Lippenstift von der Backe.« Fiona lächelte.

Gehorsam wischte sich Morgenstern die Wange mit dem Jackenärmel ab und legte dann den Arm um Fionas Schultern.

»Ich glaube, ich habe diesen Roland schon mal irgendwo gesehen«, sagte sie nach einer Weile. »Aber ich komme nicht drauf, wo.«

»Vielleicht warst du ja auch mal irgendwann im ›Sausackschleifer‹?«, amüsierte sich Morgenstern und drohte ihr mit dem Zeigefinger.

»Vielleicht hat er mal eine Kneipe in Nürnberg gehabt, und dann hat es ihn nach Eichstätt verschlagen, so wie uns«, überlegte Fiona.

»Allerdings muss er sich jetzt schon wieder was Neues suchen«, sagte Morgenstern. »Seine Kneipe ist pleite, hat er erzählt. Ich war sozusagen beim großen Finale dabei.«

»Hauptsache, du brauchst nichts Neues«, sagte Fiona und blickte in die Ferne.

»Wie bitte? Du hast doch gesehen, dass ich für den Lippenstift nichts kann.«

»Dummkopf, ich mein doch keine neue Frau, ich meine einen neuen Ort. Ich finde es schön hier. Ich glaube, ich will nicht mehr zurück nach Nürnberg.«

Morgenstern hielt die Luft an. Seit er zwangsweise nach Ingolstadt abkommandiert worden war, hoffte er darauf, so bald wie möglich wieder zurückkehren zu dürfen. Nach Nürnberg, in die Frankenmetropole. Heim. Aber was passierte stattdessen: Fiona begann immer mehr, sich mit dem Altmühltal zu arrangieren, ließ sich in einem Kurs als Kräuterhexe instruieren, schleppte die Familie an entlegene, wenn auch idyllische Orte wie den Bechthaler Weiher und machte nicht den Eindruck einer unglücklichen Frau, die ihrem Mann zwangsweise in die Verbannung nach Nowosibirsk gefolgt war.

Er blickte in die Ferne, wo sich Wolken hoch auftürmten, und sagte: »Ich glaube, da braut sich was zusammen.«

NEUN

Zu seinem Frühstückskaffee hörte Morgenstern am nächsten Morgen in aller Seelenruhe Radio, Bayern 3, einen Sender, der in der Frühe gleich ein ganzes Moderatorentrio aufbot, um den Zuhörern Beine zu machen.

Der Auftrag des Trios lautete zweifellos, unter allen Umständen gute Laune zu verbreiten, mit sorgsam choreografierten Späßchen, die im Studio regelmäßig für albernes Gelächter, Kichern und Schenkelklopfen sorgten. Wenn es aber wichtige Nachrichten zu vermelden gab, dann bebte die Stimme des Moderators vor Betroffenheit und staatstragender Pose, und damit auch der Letzte draußen am UKW-Empfänger merkte, dass es für die nächsten zwei Minuten ausnahmsweise nichts zu lachen gab, wurde das Vermelden dieser Nachricht oder ein kurzes Interview mit leiser, aber dramatischer Hintergrundmusik unterlegt.

Genau das geschah nun, zehn Minuten vor sieben Uhr. Die Moderatorin senkte die Stimme, irgendeine Form von Geigenspiel setzte ein, und dann verkündete die bis vor Kurzem noch so fidele Dame, dass Mike Morgenstern und Peter Hecht offenkundig keinerlei Ahnung hätten, was im Polizeipräsidium Ingolstadt vor sich gehe. So interpretierte jedenfalls Bayern-3-Hörer Mike Morgenstern, was er zu hören bekam.

»Der bayerische Innenminister hat den Verein ›Islamischer Brüderkreis Ingolstadt e.V.‹ verboten. Seit sechs Uhr werden die Räume des Vereins an der Manchinger Straße in Ingolstadt mit einem Großaufgebot von Polizei und Verfassungsschutz durchsucht, das gesamte Vereinseigentum wird beschlagnahmt. Der Vorsitzende befindet sich nach Angaben der Staatsanwaltschaft mit seiner Familie auf der Flucht. Nach umfangreichen Recherchen des Verfassungsschutzes hat der Verein eine radikalislamistische Ausrichtung und ruft seine Mitglieder zum Sturz der freiheitlich-demokratischen Grundordnung auf. ›Bayern duldet keine Feinde der Demokratie‹, erklärte der Innenminister. ›Wir werden alle Möglichkeiten ausschöpfen, um solchen staatsgefährdenden Umtrieben einen Riegel vorzuschieben.‹ In Ingolstadt wurde eine Vielzahl von Unterlagen beschlagnahmt, die nun gesichtet werden müssen. Das gesamte Vereinsvermögen wurde konfisziert. Mit dem ›Islamischen Brüderkreis‹ wird bereits zum dritten Mal ein islamistischer Verein in Ingolstadt verboten. In der Vergangenheit hatte sich jedoch jedes Mal eine neue Organisation formiert.«

Mit bedrohlicher Stimme fügte die Moderatorin hinzu: »Ein islamistischer Verein in Ingolstadt: Müssen wir uns in Bayern vor Anschlägen fürchten? Was meinst du, Manni?«

Manni, der Mitmoderator, kehrte nun ebenfalls seine ernsthafte Seite hervor. »Nein, Franzi, Wir müssen das auf jeden Fall ganz, ganz ernst nehmen. Aber das Wichtigste für unsere Zuhörer ist: Es gibt keinerlei Grund zur Panik, stimmt's, Michi?«

»Keine Panik!«, betonte auch Michi. »Die allermeisten muslimischen Mitbürger haben mit solchen Radikalen nichts zu tun. Aber es gibt eine kleine, gewaltbereite Minderheit, die ernsthaft eine Bedrohung darstellt. Ich sehe das schon mit Sorge, aber vertraue auf unsere Staatsorgane. Also, keine Panik.«

Morgenstern traute seinen Ohren nicht: Die zuverlässigste Art, Angst und Unruhe zu schüren, war immer noch der Aufruf »Keine Panik!«. Und die Geschichte wurde nicht besser dadurch, dass die Moderatoren jetzt irgendwie den Übergang zum Song »Peace Train« von Cat Stevens gefunden hatten. Cat Stevens, so erklärte Manni, heiße heute bekanntlich Yusuf Islam. Und wenn so jemand vom Zug des Friedens singe, dann passe das doch wunderbar.

»Passt eben gar nicht«, motzte Morgenstern Richtung Radio. Soweit er sich erinnerte, hatte sich Stevens viele Jahre von seinen alten Liedern distanziert und die Gitarre erst vor einiger Zeit wieder zur Hand genommen. Er haute auf die Aus-Taste des Küchenradios, griff sich das Telefon und rief Peter Hecht an.

»Hast du schon Nachrichten gehört? Der Verfassungsschutz hat unseren Ibrahim Moussadi mitsamt seinem ganzen Verein hochgehen lassen. Islamismus, Terrorgefahr, Kalifatsstaat – das ganze Sortiment. Die räumen gerade die komplette Hinterhofmoschee aus. Und der Moussadi ist abgehauen.«

»Nichts wie hin!«, empfahl Hecht. »Wir treffen uns an der Manchinger Straße. So schnell wie möglich.«

So schnell wie möglich: Die Umsetzung dieses Vorsatzes war am Morgen in Ingolstadt und seinem verkehrsgeplagten Umland allerdings nicht ganz einfach. Die Autobahn war durch einen Stau verstopft, auf der Bundesstraße 13 ging es ab dem Kreisverkehr an der »Gabel« nur noch im Stop-and-go vorwärts, und als Morgenstern endlich die Ringstraße ums Stadtzentrum erreicht hatte, quälten sich die Autofahrer erst recht in endloser Kolonne im Schleichtempo dahin. Logisch, dass auch noch jede einzelne Ampel unmittelbar vor seinem Landrover auf Rot umschaltete.

Völlig entnervt kam Morgenstern nach einer guten Stunde Autofahrt an der eigentlich nur fünfundzwanzig Kilometer entfernten Manchinger Straße an, zeitgleich mit Hecht, dem es von Süden her, aus Schrobenhausen, nicht besser ergangen war.

In der Straße vor dem Vereinsheim waren mehrere weiße Mietlaster geparkt, außerdem ein großer grüner Polizeibus der Bereitschaftspolizei. Bereitschaftspolizisten in grünen Overalls und mit schwarzen Lederhandschuhen trugen Möbel und Kartons aus dem Vereinsheim ins Freie und verluden alles in die Transporter. Mit verschränkten Armen stand der Polizeipräsident persönlich an der Eingangstür und verfolgte die Arbeiten, neben ihm Adam Schneidt.

»Der Herr Morgenstern und der Herr Hecht kommen auch zum Helfen«, sagte Schneidt. »Wir sind aber schon fast fertig.«

Morgenstern war, auch von der mühsamen Autofahrt, so gereizt, dass er seinen Chef frontal anging. »Sagen Sie mal, sind der Hecht und ich die einzigen Deppen im ganzen Präsidium, die nicht gewusst haben, dass hier heute früh Rambazamba ist?«

»Ach, ich habe glatt vergessen, Ihnen das zu sagen. Aber Sie beide sind ja auch mit Ihrem eigenen Fall beschäftigt genug.«

»Das ist es ja, unser Fall.« Und dann schilderte Morgenstern, was Ibrahim Moussadi mit Franz-Xaver Heiß zu tun hatte. Bis hin zur demonstrativen Schächtung eines bedauernswerten Pollenfelder Schafs auf der Rückseite dieses Vereinsheims.

»Ach so?«, sagte der Präsident. »Die Leute vom Verfassungsschutz waren ganz aus dem Häuschen, als sie die Blutlache dahinten gefunden haben. Ein Schaf also.«

»Was haben denn die Schlapphüte geglaubt, was es ist?«

»Menschenblut. Die hatten schon die Schlagzeile vor Augen: ›Massaker in der Manchinger Straße‹. So in der Richtung.«

»Wo ist Ibrahim Moussadi?«

»Der ist leider weg. Abgetaucht mit Frau und Sohn. Wir wollten ihn in seiner Wohnung im Piusviertel festnehmen, aber irgendwie hat er den Braten rechtzeitig gerochen. Die Nachbarn sagen, dass die Familie schon gestern Nachmittag mit vollgepacktem Auto weggefahren ist. Die sind bestimmt schon über alle Berge.«

Der Präsident deutete auf die Lastwagen. »Aber das war nicht unser zentrales Thema. Uns ging es nur um den Verein. Und der ist bis auf Weiteres trockengelegt. Alles, was hier in diesem Gebäude nicht niet- und nagelfest war, ist in diesen Lastern gelandet und kommt in eine leere Halle in der Pionierkaserne, hier in Ingolstadt, gleich um die Ecke. Sie beide bekommen von mir eine Zugangsberechtigung, und dann dürfen Sie dort nach Herzenslust stöbern. Von mir aus dürfen Sie gleich jetzt damit anfangen. Die erste Lieferung ist schon abtransportiert.«

»Das Einzige, was mich ernsthaft interessieren würde, ist eine Tatwaffe«, sagte Morgenstern. »Ein langes, scharfes Messer. Aber ich glaube nicht, dass das einfach so in dieser Moschee rumgelegen ist.«

»Sagen Sie das nicht«, schaltete sich Schneidt ein. »Die hatten eine Küche drin, einschließlich Dönerspieß, voll mit Lammfleisch.« Schneidt machte symbolische Säbelbewegungen durch die Luft. »Dönermord«, sagte er.

»Vielen Dank für den Hinweis, Herr Schneidt. Aber dieser Begriff ist leider schon vergeben. Und wie wir alle wissen, waren damals alle auf der völlig falschen Fährte.«

Schneidt verzog gequält das Gesicht. »Sie auch, Herr Morgenstern, vergessen Sie das bitte nicht. Wenn ich mich recht entsinne, waren Sie damals noch bei der Kripo in Nürnberg.«

Fünf Männer in Grün trabten an ihnen vorbei, jeder mit

einem Umzugskarton im Arm. »Das waren die letzten«, sagte einer von ihnen.

»Ich drehe noch eine Runde, und dann wird der Laden versiegelt. Der Letzte macht das Licht aus.« Der Präsident nickte Morgenstern und Hecht zu. »Was den Mord am Schäfer Heiß angeht, enttäuschen Sie mich nicht. Sie wissen, dass der Innenminister ein Auge auf uns hat.«

»Der auch noch!« Morgenstern machte ein ächzendes Geräusch.

Natürlich machten die Kommissare keinerlei Anstalten, den bereitschaftspolizeilichen Möbelpackern hinterherzufahren und sich durch das Hab und Gut von Ibrahim Moussadi zu wühlen. Stattdessen drehten sie noch eine Ehrenrunde ums Anwesen, insbesondere dort, wo Moussadi das Schaf so drastisch vom Leben zum Tod befördert hatte.

Die Blutlache war immer noch unübersehbar. Ein Stück weiter stand eine große graue Mülltonne, aus der es bestialisch stank. Morgenstern ging hin und hob die Klappe hoch, um nachzusehen. Eine Wolke von Fliegen erhob sich aus der Tonne, und der Geruch, der ihr folgte, war infernalisch. Er hielt sich die Hand vor die Nase und wagte einen entsetzten Blick in die Tonne, wo sich die Schlachtreste des Schafes, Innereien, Gedärm, der Kopf mit den toten Augen, das von Blut und Dreck verkrustete Fell, türmten. Und über all dem Gekröse, dem erbärmlichen Rest, der von der armen Kreatur geblieben war, krochen zu Hunderten oder gar Tausenden die Maden.

Morgenstern schlug den Deckel zu, so schnell er nur konnte – aber es war zu spät: Ein kaum erträglicher Ekel hatte bereits Besitz von ihm ergriffen, und es war weniger der grauenvolle Anblick, der ihm unter die Haut gegangen war, als vielmehr der widerwärtige Geruch. Ein Gestank, der über die Nase tief ins Unterbewusstsein vorgedrungen war. Morgenstern wusste, dass es Tage dauern konnte, bis er diesen Geruch wieder aus seiner Erinnerung tilgen würde.

Ihm war, als habe er die Büchse der Pandora geöffnet, jene fest verschlossene Dose, der beim unbedachten Aufmachen alle

Plagen der Welt entsprangen. Hecht, der Glückspilz, hatte von der Tonne weit genug Abstand gehalten, er sah nur noch den Fliegenschwarm, der nun versuchte, wieder in den grauen Abfallbehälter zurückzufinden. Einige fette weiße Maden, die an der Kante der Tonne herumgekrochen waren, plumpsten ins Gras.

»Und so einer will ein Kriminaler sein«, sagte Hecht zu seinem blassen Kollegen.

»Da drin vergammelt das halbe Schaf«, stöhnte Morgenstern. »Das ist einfach nur noch widerlich. Ich hab die volle Gestankdröhnung abgekriegt. Eigentlich braucht man da eine Gasmaske.« Er kramte ein Tempotaschentuch heraus und schnäuzte sich heftig die Nase, im vergeblichen Bemühen, damit auch den Geruchseindruck loszuwerden.

»Das kommt davon, wenn man überall seine Nase reinsteckt«, versuchte sich Hecht an einem Kalauer. »Was hast du denn gehofft, was drin ist in Ibrahims Tonne?«

Morgenstern trat noch ein paar Schritte weiter zurück und beäugte den Müllbehälter angewidert. »Reine Routine. Ich guck da jedenfalls nicht mehr rein. Das Zeug gehört, so wie es ist, in die Müllverbrennungsanlage. Mitsamt Maden und Schafkopf. Ehrlich, mir ist jetzt richtig schlecht.«

»Kombiniere …«, sagte Hecht und nahm die Tonne nun ebenfalls ins Visier. »Wir haben einen Herrn, der sich samt Familie in die Türkei oder irgendwohin in den Nahen Osten abgesetzt hat. Wir haben die ekelhafteste Mülltonne von ganz Bayern. Und wir fragen uns, ob unser Herr Moussadi etwas zu verbergen hat. Eine Mordwaffe zum Beispiel, die er gerne unauffällig loswerden will. Wo würdest du so etwas hinlegen, wenn du an seiner Stelle wärst?«

»Ich würde es in die Donau werfen.«

»Ich würde es genau in diese Tonne stecken, unter den ganzen grässlichen Schafscheiß. Und genau da schauen wir jetzt nach. Ich habe da so einen Riecher.«

»Wir?«, fragte Morgenstern. »Ich mache die Tonne nicht noch einmal auf. Blöd wäre ich. Entweder du machst es allein, mit deinem angeblichen Riecher. Oder das sollen die Kollegen von der Spurensicherung machen. Die haben die Ausrüstung für so etwas. Gummihandschuhe, Overalls, Gesichtsmasken. Ich habe meinen Riecher jedenfalls schon genügend demonstriert.«

»Jetzt stell dich nicht so an. Das dauert doch eine Ewigkeit, bis die Spurensicherung da ist. Von mir aus, dann mache ich es halt selber.«

Hecht zog aus seiner Hosentasche ein großes weißes Stofftaschentuch und band es sich vors Gesicht, wodurch er aussah wie ein besonders dilettantischer Bankräuber im Wilden Westen oder ein japanischer Tourist mit Grippe. Er ging auf die Tonne zu und versetzte ihr mit dem rechten Fuß einen Tritt, sodass sie zur Seite kippte. Dann packte er den Plastikbehälter an der Unterseite und zog ihn mit einer langen, fließenden Bewegung polternd durchs Gras. Der Inhalt rutschte heraus, verteilt auf einer Länge von drei Metern. Es stank grauenhaft. Fliegen schwirrten, Maden robbten, und urplötzlich flitzte laut quiekend auch noch ein kleines graues Etwas aus dem Tonnen-Tohuwabohu und flüchtete in ein Gebüsch an der Grundstücksgrenze.

»Ich habe unseren Männern von der Müllabfuhr noch nie irgendwas zu Weihnachten geschenkt«, sagte Morgenstern mit schlechtem Gewissen.

»Du steckst aber hoffentlich auch kein Schafgedärm in deine Mülltonne.«

Aus einigermaßen sicherem Abstand versuchten die Kommissare, den monströs stinkenden Müllhaufen zu analysieren. Da waren vor allem die Reste des Schafs. Das zusammengerollte, blutverkrustete wollene Fell. Die abgehackten Hufe, die achtlos vom Fleisch gelösten Knochen mit Haut, Blut und Sehnen, mit gelblichen Fettresten und bläulichen Adern. Aber was hatte Ibrahim Moussadi sonst noch hier deponiert?

Zum Glück hatte er seine Abfälle nicht in einzelne Plastiktüten gesteckt, die man nun auch noch hätte aufschlitzen müssen. Morgenstern konnte leere Blechdosen erkennen, Plastikbecher, in denen weißer Joghurt gewesen war, Salatreste, Glas- und Plastikflaschen. Mülltrennung war auf diesem Anwesen offensichtlich ebenso unbekannt wie die verbindlich per städtischer Satzung vorgeschriebene Inanspruchnahme der Dienste der Tierkörperverwertungsanstalt Gunzenhausen.

Hecht, immer noch das Tuch vor dem Mund, begann, mit einem langen Eisenrohr, das er im Gras entdeckt hatte, im Abfall herumzustochern. Er wirkte dabei auf Morgenstern wie eines dieser unglücklichen »Müllkinder«, die in den Deponien südamerikanischer Metropolen nach Brauchbarem suchten.

»Ich finde nichts«, sagte er schließlich und warf frustriert das Metallrohr zur Seite.

Morgenstern bückte sich und hob die Stange auf. »Lass mich noch mal.«

»Willst du mein Taschentuch? War fast noch nicht benutzt.«

»Dann lieber den Müllgestank pur.« Morgenstern begann, tapfer zu stochern, mit weit nach vorn gestreckter Stange, ein Don Quichotte im Kampf gegen Müll und Maden.

»Da ist nichts«, sagte schließlich auch er. »Das war ein Schuss in den Ofen, den hätten wir uns sparen können.«

Ein letztes Mal stieß er mit dem verzinkten, knapp drei Meter langen Wasserrohr gegen den wüst herumliegenden Haufen. Das Schaffell lag nun oben, ein Bündel, provisorisch zusammengehalten wohl mit jenem Strick, mit dem das Tier bis zu seinem bitteren Ende angebunden gewesen war. Morgenstern musste unwillkürlich an seine Kinder denken, die beide schon seit Langem flauschige, kuschelige Schaffelle in ihren Betten liegen hatten, mit weichem gegerbtem Leder, sorgfältig gewaschen. Das war wohl eine angemessene Verwendung für so ein Fell. Aber das Ding, das hier vor ihm lag, war rüde als Müll deklariert worden. Ein Fraß für die Fliegen. Oder steckte da buchstäblich mehr dahinter?

Ohne sich um den bestialischen Gestank zu kümmern, trat Morgenstern auf Moussadis Müll zu, ergriff mit der rechten Hand den Strick mit dem Fell und zog es mehrere Meter weit zur Seite. Er beugte sich über das Bündel, löste den einfachen Knoten des Stricks und rollte – mit angehaltenem Atem – das Fell auseinander, sodass die Hautseite nach oben zu liegen kam. Auf einem ekelerregenden Bett aus getrocknetem Blut, gelben, stinkenden Fettresten und bläulichen Adern, wimmelnd von fliegendem, krabbelndem, sich krümmendem Kleinstgetier, inmitten einer irrwitzigen Insekten-Orgie also, lag klebrig und blutig und böse schimmernd ein Küchenmesser mit schwarzem Griff und zwanzig Zentimeter langer Klinge.

Morgenstern schaute mit triumphierendem Blick zu Hecht – und vergaß vor lauter Erleichterung, weiterhin die Luft anzuhalten. »Das bricht ihm das Genick«, sagte er.

Dann musste er sich übergeben.

Der Zeitpunkt hätte besser nicht sein können – für den Fund, nicht für die Übelkeitsattacke –, denn gerade bog der Polizeipräsident um die Ecke. Er war ausgesprochen verwundert darüber, dass seine beiden Mitarbeiter immer noch auf dem Gelände zugange waren und noch dazu nach Vandalenart den stinkenden Vereinsmüll gefleddert hatten. Aber als Hecht ihn auf das Küchenmesser aufmerksam gemacht hatte, war er des Lobes voll für die beiden erfolgreichen »Schnüffler« – auch der Präsident konnte sich angesichts der dramatischen olfaktorischen Begleitumstände ein kleines Wortspiel nicht verkneifen.

Wenig später kam die Spurensicherung – und erhielt von Morgenstern zusätzlich zu den Dokumentationspflichten und der professionellen Bergung des Messers den Auftrag, den Müll ordnungsgemäß zu entsorgen. »Wir können ihn schlecht hier im Gras liegen lassen.«

»Und warum müssen ausgerechnet wir das machen? Das stinkt ja wie die Pest.«

»Weil das Spuren sind, irgendwie. Und ihr müsst die sichern.«

»Indem wir sie in die Mülltonne zurückpacken?«

»Denkt mal an die Tatortreiniger. Die sind seit einiger Zeit im Fernsehen richtig berühmt. Das ist ein ganz verantwortungsvoller Job, der ist nur lange unterschätzt worden.«

»Blödmann.«

***

Zurück im Präsidium wurde Morgenstern erst bewusst, unter welcher Anspannung er den ganzen Morgen gestanden hatte.

Mit einem Mal fiel eine riesige Last von seinen Schultern – und er hatte Zeit zum Durchschnaufen.

Im Labor hatte man ihm mitgeteilt, dass es mehrere Stunden dauern würde, bis die ersten Daten zum Schaffell-Messer vorlägen. Peter Hecht hatte das schon vorausgesehen – und war deswegen erst einmal nach Waidhofen gefahren, um im Haus seiner Schwester den »unerträglichen Gestank« aus allen Poren zu duschen, wie er sagte. Das war freilich, wie Morgenstern ahnte, nur die halbe Wahrheit.

Die andere Hälfte war, dass Hecht wegen seines abrupten Aufbruchs am Morgen noch keine Zeit gehabt hatte, frischen Spargel zu bunkern. Die Vertriebsdrehscheibe Polizeipräsidium war allerdings im Vermarktungskonzept des Hecht'schen Kleinunternehmens fest eingeplant und damit unverzichtbar. Völlig undenkbar, dass die versammelte Ingolstädter Staatsgewalt irgendwann ihren Spargel am nächstbesten fliegenden Stand neben einer der großen Einfallstraßen oder im schlimmsten Fall gar im Supermarkt kaufen würde.

Morgenstern hatte also unerwartet Muße, um sich alle Informationen, die sie bisher so mühsam zusammengetragen hatten, durch den Kopf gehen zu lassen, eine Tasse Kaffee von qualitativ zweifelhafter Herkunft zu trinken und die Beine samt Cowboystiefeln hochzulegen.

Er hatte das einmal bei George W. Bush gesehen, auf einem offiziellen Foto aus dem Weißen Haus. Und was dem Präsidenten der Vereinigten Staaten von Amerika recht war, das konnte doch einem bayerischen Kriminalbeamten nur billig sein. So verlief jedenfalls seine Verteidigungsstrategie, wenn wieder mal jemand ohne anzuklopfen in sein Büro stolperte und sich über Morgensterns lässige Sitzhaltung wunderte.

Morgenstern versuchte, Fiona zu erreichen, um ihr brühwarm sein morgendliches Erfolgserlebnis zu referieren, aber sie war nicht zu Hause. Den Telefonhörer in der Hand, erinnerte er sich an den Kollegen von der Kripo in Landshut und dessen Isar-Wasserleiche, von der er in der Zeitung gelesen hatte. Wäre nett, sich mal wieder auszutauschen, dachte er, beflügelt von seinem eigenen Erfolg.

Er suchte und fand die Nummer und erwischte den niederbayerischen Kriminalbeamten, Otto Riedmeier, auch prompt an seinem Schreibtisch.

»Ja, der Mike! Hört man von dir auch mal wieder was, alter Franke.«

»Franke bin ich momentan nur bedingt. Weißt ja, bin jetzt in Ingolstadt. Oberbayern. Immerhin nördliches Oberbayern. An der Donau. Und du, Otto: Immer noch an der Isar, wo's neuerdings die Wasserleichen anschwemmt, wie ich gelesen habe? Das ist bei uns in der Zeitung gestanden.«

»Das ist jetzt echt komisch, dass du anrufst, Mike. Ich wollte mich nämlich deswegen heute schon bei euch melden.«

»Bei mir und Fiona?«

»Nein, beim Polizeipräsidium Oberbayern-Nord, bei euch in Ingolstadt. Der Mann, den es da bei uns angetrieben hat …«

»Der ist im Stauwehr hängen geblieben, habe ich gelesen …«

»Ja, genau, den hat es fast zwanzig Kilometer runtergetrieben, von Moosburg bis zu uns.«

»Aha, und was hat das mit uns zu tun?«

»Moosburg ist im Landkreis Freising. Klingelt's bei dir?«

»Nein. So gut kenne ich mich da nicht aus.«

»Freising in Oberbayern. Das heißt, dass ich den Fall vielleicht abtreten kann, nach Oberbayern, obwohl ich schon allerhand Arbeit in die Sache investiert habe. Aber das muss letztlich das Präsidium entscheiden.«

»Dann wünsche ich dir mal viel Glück, Otto, du fauler Strick.« Morgenstern lachte. »Wir Ingolstädter werden auf jeden Fall nicht zuständig, wenn überhaupt, müssen die Erdinger ran. Und wir haben sowieso grade genug zu tun. Der Schäfermord, du hast bestimmt davon gehört, da stehen wir vor dem Durchbruch. Leider ist unser Hauptverdächtiger flüchtig.«

Natürlich hatte Otto Riedmeier davon gehört, aber er war in Gedanken bei seinem eigenen Fall, sofern der überhaupt ein Fall war, wie der Landshuter Kollege zu bedenken gab. Die Obduktion habe schlicht einen Tod durch Ertrinken ergeben. Die Ehefrau des Toten wolle das aber nicht wahrhaben und glaube partout an ein Verbrechen. »Die steigert sich da richtig rein.«

»Wie kommt sie denn da drauf?«

»Sie behauptet, ihr Mann hat sich mit einem Unbekannten verabredet, an der Isar, und ab da war er verschwunden.«

»Dein Toter, was war das für ein Typ? Suizidgefährdet?«

»Nicht dass wir wüssten. Dreiundvierzig Jahre alt, ein Kind, fester Job, aber viel im Außendienst unterwegs, in ganz Bayern. Oft ein paar Tage am Stück weg.«

»Was hat er gemacht? War er Vertreter?«

Am anderen Ende der Leitung war ein tiefes Durchatmen zu hören. »Du, Mike, ich habe ehrlich gesagt grade nicht so viel Zeit. Wir haben hier gleich eine Besprechung. Aber grüß mir doch Fiona ganz herzlich. Und lasst es euch gut gehen da drüben in Ingolstadt. Vielleicht sehen wir uns ja mal wieder.« Es war unüberhörbar, dass Riedmeier seinen alten Freund loswerden wollte.

»Jaja, ich habe auch zu tun«, sagte Morgenstern denn auch und versuchte mit mäßigem Erfolg, nicht beleidigt zu klingen. »Bis ein andermal, du kannst dich ja auch mal wieder melden.«

Riedmeier interpretierte den Unterton richtig. »Nun sei nicht gleich eingeschnappt, Mike, aber ich hab wirklich Stress. Und wenn du es wirklich so genau wissen willst: Meine Wasserleiche war bei so einer Qualitätsprüfungsfirma in Freising angestellt. Geprüfte Qualität aus Bayern, so was in der Art.«

»Beim TÜV?«

»Nein, nichts mit Technik.« Riedmeier seufzte ungeduldig. »Der hat Lebensmittel überwacht. Rindfleisch und Hühner und solche Sachen. Da gibt es Projekte, die heißen ›Offene Stalltür‹ und was weiß ich noch alles, und den Leuten wird dabei versprochen, dass alles ökologisch ist oder artgerecht. Und diese Firma kontrolliert das stichprobenartig. Kartoffeln und Getreide und Hopfen und alles, was bei drei nicht auf dem Baum ist. Reicht dir das jetzt?«

Riedmeier schien wirklich die Geduld mit seinem alten Freund zu verlieren. Doch in Morgensterns Kopf machte es mit einem Mal klick. »Diese Gütesiegelfirma aus Freising, dein toter Kontrolleur, haben die sich auch um Schafe gekümmert?«, fragte er. »Ganz konkret: um ein Projekt mit dem Namen ›Altmühltaler Lamm‹?«

Kriminaloberkommissar Otto Riedmeier seufzte noch tiefer als zuvor. »Mike, das weiß ich nicht. Ich weiß es ganz einfach nicht. Ich habe noch nie was vom ›Altmühltaler Lamm‹ gehört. Und es gibt in Bayern wahrscheinlich ein Dutzend Firmen, die solche Kontrollen durchführen. Das ist bestimmt ein gutes Geschäft. Und am besten fragst du direkt bei dieser Firma nach. Die heißt ›Food Control‹, sitzt in Freising, und unser Toter heißt Hermann Birner.«

Jetzt hatte es Morgenstern plötzlich selbst eilig. Er nuschelte noch ein paar Dankesworte, bestellte seinerseits Grüße an die Gattin und legte fast unhöflich schnell auf.

Das Unternehmen »Food Control« präsentierte sich mit einer simplen Homepage im Internet. Entstanden war es demnach als Start-up-Unternehmen, das Absolventen des Landwirtschafts-Studiengangs in Weihenstephan aufgebaut hatten. Binnen fünfundzwanzig Jahren war die Firma auf etwa fünfzehn fest angestellte Mitarbeiter angewachsen, »parallel zum immer stärker wachsenden Qualitätsbewusstsein der Bevölkerung«, wie es auf der Homepage hieß.

Morgenstern war sich nicht so sicher, wie verbreitet dieses »Qualitätsbewusstsein« wirklich war. Wenn er gelegentlich bei den Eichstätter Discounter-Märkten beim Großeinkauf war, hatte er nicht den Eindruck, dass die »Slow Food«-Bewegung großflächig Boden gewann. Das Gros der Kunden sah nicht so aus, als ob es an den Recherchen der »Food Control GmbH« ernsthaft interessiert war, solange jemand nur groß genug den Slogan »Dauerhaft günstig« auf die Verpackung druckte.

Im Übrigen hatte Kollege Riedmeier aus Landshut recht gehabt: Die Freisinger Firma kontrollierte mit ihrem Mitarbeiterstab die verschiedensten Qualitäts- und Gütesiegel für Lebensmittel, und darunter war prompt das »Altmühltaler Lamm«. Ansprechpartner hierfür war ausweislich der Homepage: Hermann Birner.

»Bingo!« Morgenstern stieß die geballte Faust in die Luft. Und war im nächsten Augenblick völlig ratlos. Was konnte das bedeuten? Ein toter Schäfer, ein toter Lamm-Kontrolleur, ein

Ingolstädter Salafist mit schauderhaften Schlachtmethoden – wo sollte er da ansetzen?

Die Tür flog auf, und herein kam, mit einer Plastikwanne voll frisch geerntetem, elfenbeinfarbenem Gemüse der Spitzenklasse, Peter »Spargel« Hecht. Frisch geduscht und frisiert, das blühende Leben, der König des Kleinmengenverkaufs.

»Was machst du denn für ein Gesicht?«, war seine erste Frage.

»Ich bin grade nur ein wenig verwirrt. Aber Irritationen sind dafür da, dass man sie ausräumt.« Und schon hatte Morgenstern den Telefonhörer in der Hand und wählte die Nummer des »Food Control«-Chefs in Freising.

Es meldete sich eine perfekt instruierte Sekretärin mit dem ellenlangen Intro »Food Control Geembeha in Freising, mein Name ist Theresia Hinterwimmer, womit kann ich dienen?«

»Mit Ihrem Chef«, sagte Morgenstern knapp.

»Wen dürfte ich bitte sehr melden?«, flötete Hinterwimmer.

»Morgenstern, Kripo Ingolstadt. Dienstlich.«

Das Ertönen leichter Fahrstuhlmusik signalisierte, dass Hinterwimmer am Zustandekommen des Gesprächs arbeitete.

»Müller, Food Control.« Eine dunkle Männerstimme meldete sich. Morgenstern stellte sich vor und kondolierte dann zum Tod des Mitarbeiters Birner.

»Da hat doch schon ein Kollege von Ihnen aus Landshut nachgefragt«, wunderte sich Müller. »Was gibt's denn noch?«

»Wir haben da in Ingolstadt gerade einen anderen Fall. Und in dem Zusammenhang wüsste ich gerne, ob Ihr Kontrolleur, Herr Birner, bei seinen Kontrollen zum Altmühltaler Lamm in der Vergangenheit auf Unregelmäßigkeiten gestoßen ist oder ob er Stress gehabt hat.«

»Stress?«

»Ärger, Streit.«

Müller zierte sich. »Ich weiß nicht, ob ich Ihnen solche sensiblen Daten herausgeben darf, wir verstehen uns da eher als Dienstleister gegenüber unseren Auftraggebern.«

»Wer ist denn Ihr Auftraggeber? Das Landratsamt in Eichstätt? Mit denen gibt's bestimmt kein Problem. Da war ich schon.«

»Nein, ganz offiziell ist für dieses Lamm-Projekt ein Verband in Kelheim verantwortlich, ein Landschaftspflegeverband. An den müssen Sie sich wenden.«

»Ich bin doch hier nicht der Buchbinder Wanninger«, platzte Morgenstern heraus. »Hier geht's um Mord.«

»Mord?«, fragte Müller entsetzt. »Heißt das etwa, dass Hermann Birner ermordet worden ist?«

»Das wäre zumindest möglich«, lehnte sich Morgenstern weit, eigentlich viel zu weit aus dem Fenster. »Aber im Altmühltal haben wir eindeutig einen Mord, an einem Schäfer. Und da brauche ich Ihre Hilfe. Das könnte miteinander zu tun haben.«

»Also gut. Weil es um den Hermann geht. Ich hol mal seine Ordner.«

Es dauerte nur ein paar Augenblicke, dann war Müller zurück. Er blätterte hörbar in den Unterlagen. Papier raschelte. Schließlich meldete er sich mit einem Räuspern.

»Also, Herr Morgenstern, wir hatten da in den letzten Jahren eher kleinere Dinge bei unseren Kontrollen, nichts Dramatisches. Mit Sanktionen halten wir uns zurück. Wir konzentrieren uns meistens auf Beratung und weisen die Leute darauf hin, wo sie noch etwas verbessern können.«

»Und wenn jemand resistent gegen Ihren Rat ist?«

»Ich sehe in unseren Unterlagen nichts, was wirklich auf – wie sagten Sie? – auf ›Stress‹ hinweist. Davon hätte ich als Chef dann bestimmt erfahren. Wir haben hier bei ›Food Control‹ flache Hierarchien.«

Dienstleistung, Beratung, flache Hierarchien: Morgenstern war sich nicht ganz sicher, ob für ein ausgewiesenes Kontroll-Unternehmen ein so sanftmütiges Selbstverständnis angemessen war. Er hatte sich eher überfallartige Rollkommandos erwartet, deren Mitglieder sich mit gezückten Ausweisen bei verschreckten Bauern, Metzgern oder Wirten Zutritt verschafften und mit Vorliebe in aller Herrgottsfrühe mit der Faust an Haus-, Laden- und Stalltüren hämmerten. Solche rüden Überraschungsangriffe blieben wohl seltensten Extremfällen vorbehalten.

»Es sind allerdings im Laufe der Zeit einige Wirte aus dem Projekt ausgestiegen«, bilanzierte Müller, nachdem er noch ein wenig geblättert hatte. »Kollege Birner hat die Unterlagen der

Aussteiger eigens in Klarsichthüllen zusammengefasst und einen Aufkleber ›Ausgeschieden‹ draufgepappt. Ist kein ganz einfaches Projekt mit diesen Lämmern. Das macht den Wirten viel Arbeit. Da muss einer schon Enthusiasmus mitbringen, wenn er das auf Dauer betreibt.«

»Das habe ich auch schon gehört«, pflichtete Morgenstern bei.

»Food Control«-Chef Müller erläuterte: »Soweit ich weiß, kommt ein Teil vom Lamm in die Salami, und die will dann auch erst mal verkauft werden. Ich persönlich bin zum Beispiel kein Fan von Lammsalami. Hermann Birner hat manchmal ein paar Stangen davon mitgebracht – auch wenn unsere Kontrolleure eigentlich nichts annehmen sollten.«

»Da hat Herr Birner dann wahrscheinlich zuvor besonders gute Beratungsarbeit geleistet«, sagte Morgenstern mit geheucheltem Verständnis.

Müller überhörte die Andeutung und fasste zusammen: »Ich wüsste jedenfalls nicht, dass Hermann Birner ernsthaft mit jemandem aus dieser ganzen Lamm-Verwertungskette zusammengerauscht wäre. Wenn etwas nicht gepasst hat, ist das geräuschlos bereinigt worden. So halten wir das prinzipiell in unserer Firma, auch bei allen anderen Projekten. Wir halten uns neutral, wir stellen niemanden an den Pranger, wegen uns findet sich niemand in der Zeitung wieder. Wir sind korrekt, aber nicht aggressiv, und das ist seit der ersten Stunde das Erfolgsrezept von ›Food Control‹.«

»Leben und leben lassen«, sagte Morgenstern nicht ohne Ironie und fragte sich dabei, wie oft er diesen Satz in letzter Zeit eigentlich schon verwendet hatte und wie makaber er in Zusammenhang mit einem Mord klingen musste.

»Sie sagen es. Wir lassen die Leute leben, auch – verzeihen Sie das Wortspiel – die schwarzen Schafe, auf die wir selbstverständlich hin und wieder stoßen. Das wird alles ganz diskret geregelt, sodass niemand sein Gesicht verliert. Das ganze Geschäft beruht auf Freiwilligkeit. Wer sich nicht an die Regeln hält, wird angezählt, das ist dann wie beim Boxen.«

»Und wenn er bei zehn immer noch nicht wieder auf soliden Beinen steht, muss er aus dem Ring.«

»Genau so ist es«, sagte Food-Kontrolleur Müller zufrieden. »Wir sind der Schiedsrichter. Immer neutral.« Die Vorstellung schien ihm zu gefallen.

Morgenstern wollte das Gespräch fast schon beenden, da fiel ihm eine letzte Frage ein. »Könnten Sie für mich nachsehen, wann und wo Herr Birner in Sachen ›Altmühltaler Lamm‹ zuletzt Termine hatte?«

Es folgte eine kurze Rücksprache bei der Vorzimmerdame Theresia Hinterwimmer, dann kam Müller ans Telefon zurück. »Da hatten wir vorletzte Woche eine ganze Reihe. Birner hat praktisch das gesamte Altmühltal von oben bis unten durchquert. Es war seine zentrale Jahresvisite. Er war buchstäblich bei jedem.«

ZEHN

Morgenstern versuchte, sich zu konzentrieren – aber das war ein Ding der Unmöglichkeit, denn unablässig klopfte es an der Bürotür. Es hatte sich per Telefonkette im ganzen Präsidium herumgesprochen, dass Hecht wieder eine Lieferung Spargel ins Haus gebracht hatte, und jetzt trudelten die Kunden ein. Hecht hatte alle Hände voll zu tun, die passenden Mengen abzuwiegen, einzutüten und schließlich abzukassieren.

»Jetzt hilf mir mal«, sagte er schließlich. »Du siehst doch, dass ich kaum nachkomme, und du guckst hier Löcher in die Luft.«

»Ich denke nach, aber wie soll das gehen, wenn du unser Büro jeden Vormittag zur Markthalle machst?«

»Das sind doch nur Peanuts«, wehrte sich Hecht. »Sei froh, dass ich nicht noch zusätzlich Kartoffeln verkaufe. Meine Schwester hat mich drum gebeten, aber das lohnt sich nicht, mit den schweren Säcken. Ich muss auf meinen Rücken aufpassen.«

»Kartoffeln!«, stöhnte Morgenstern. »Das hätte noch gefehlt.«

Missmutig begann er, seinem Kollegen beim Abwiegen zu helfen. Aber er konnte es Hecht kaum recht machen, weil er grundsätzlich zu großzügig war und meist eine Stange zusätzlich in die Tüte steckte.

»Das darfst du nur machen, wenn der Schneidt kommt«, lautete Hechts Anweisung, als gerade kein Kunde da war. »Wir haben nichts zu verschenken, wird sind hier nicht im Tafelladen.«

»Nein, sondern im Polizeipräsidium.«

»Ich hätte es auch lieber, wenn die Gerlinde ihren Spargel en gros verkaufen könnte, an die Gastronomie. Aber das klappt nicht richtig. Sie hat im letzten Winter eine Rundrufaktion bei den Wirtschaften in der Region gestartet, und ich habe ihr sogar einen Serienbrief geschrieben und die Adressen aus den Gelben Seiten rausgeschrieben. Aber das Ergebnis war niederschmetternd. Außer Spesen nix gewesen. Die haben alle schon ihre Lieferanten.«

Morgenstern dachte an das »Parzival« in Dollnstein. Hecht

beziehungsweise dessen Schwester Gerlinde bräuchten ein paar Abnehmer von diesem Kaliber. Wer den Teig für Kaiserschmarrn mit Perlhuhneiern anrührte, für den kam es gewiss auch beim Spargel allein auf Qualität an – und bei allem Missmut musste er zugestehen, dass die Hecht'schen Lieferungen über jeden Zweifel erhaben waren. Selbst der Polizeipräsident war sein Kunde.

In einer kurzen Verschnaufpause ergriff Morgenstern das Telefon, drückte ein paar Zahlen und sah Hecht dann mit vielversprechendem Blick an.

»Wen rufst du an?«

»Wirst gleich sehen. Ich helfe dir beim Spargelmarketing.«

»Echt wahr? Das hätte ich jetzt nicht von dir erwartet.«

»Pssst …«

Es tutete in der Leitung, Morgenstern hatte auf laut gestellt, damit Hecht mithören und sich rasch einklinken konnte. Dann wurde abgenommen, eine leiernde Männerstimme meldete sich. »Landgasthof Parzival.«

Gewohnheitsmäßig, wenn auch unabsichtlich, meldete sich Morgenstern, da er nun eben im Dienst war, in dienstlichem Ton. »Hier ist Mike Morgenstern von der Kriminalpolizei in Ingolstadt. Mit wem spreche ich bitte?«

»Krawczik, Florian Krawczik. Ich bin der Jungkoch. Sie sind von der Kriminalpolizei?«

»Ja schon, Morgenstern, ich war erst neulich bei Ihnen, ich war sogar in der Küche. Ist denn Ihr Chef auch da? Der Herr Deininger. Mein Kollege und ich, wir würden gerne etwas mit ihm besprechen.«

»Nein, der Chef ist weggefahren und kommt erst um elf Uhr wieder.« Krawczik hörte sich nervös an. »Um was geht es denn, wenn ich fragen darf?«

»Das müssen wir direkt mit ihm besprechen. Es ist etwas Geschäftliches.«

»Verstehe. Eine Vernehmung. Die Kriminalpolizei will den Chef vernehmen.« Ehe Morgenstern diese Vermutung korrigieren konnte, schob der Jungkoch nach: »Damit habe ich ehrlich gesagt schon gerechnet.«

Morgenstern signalisierte Hecht mit Mimik und Gestik Ratlosigkeit. Hecht ließ demonstrativ den Zeigefinger rotieren, was bedeuten sollte, dass der Kollege das Gespräch am Laufen halten sollte. Der reagierte geistesgegenwärtig.

»Na ja, Herr Krawczik, das war doch klar, dass wir uns irgendwann bei Herrn Deininger melden würden.« Er blickte zu Hecht. »Und es war auch klar, dass wir Herrn Deininger bei dieser Gelegenheit keine Sonderangebote für Spargel vorschlagen würden.« Hecht verdrehte die Augen.

»Schon klar«, bestätigte Krawczik und lachte nervös über Morgensterns vermeintliches Späßchen. »Ihnen geht es nicht um Spargel, Ihnen geht es ums Lamm, um den toten Schäfer.«

Es entstand eine peinliche Pause, dann fragte Morgenstern nach. »Sie haben schon mit der Kripo gerechnet. Sie haben auf uns gewartet. Sie haben natürlich auch unseren Aufruf in der Zeitung gelesen, dass wir für alle Hinweise dankbar sind. Das gilt natürlich nicht nur für Ihren Chef, sondern auch für Sie selbst. Wäre schön, wenn Sie uns helfen könnten.«

»Aber nicht am Telefon«, beeilte sich Krawczik zu sagen und fügte mit gesenkter Stimme hinzu: »Ich stehe nämlich gerade an der Rezeption.«

»Dann schlagen Sie was vor. Wo können wir uns treffen? Und wann?«

»Wenn das Mittagsgeschäft vorbei ist«, bot der Jungkoch an. »Dann habe ich Nachmittagspause.«

Im Hintergrund war eine laute Frauenstimme zu hören. »Was telefonierst du denn da die ganze Zeit? Hast du nichts zu tun?«

»Ich muss aufhören«, sagte Krawczik. »Wir treffen uns um halb drei am Eichstätter Bahnhof. Am Hauptbahnhof.« Dann legte er auf.

In anderen Städten wäre der Hauptbahnhof als Treffpunkt eine etwas zu vage Ortsangabe gewesen. In Eichstätt war das anders. Als im 19. Jahrhundert die Bahnlinie von München über Ingolstadt nach Treuchtlingen und somit nach Nürnberg und Würzburg gebaut worden war, hatten die Streckenplaner die Stadt Eichstätt je nach Sichtweise links beziehungsweise rechts liegen lassen. Die Magistrale führte fünf Kilometer an der Stadt vorbei. Anschluss nach Eichstätt selbst bestand seither über eine eingleisige Stichstrecke, auf der eigene Nahverkehrszüge im Halbstundentakt hin und her pendelten.

Wer nach Eichstätt wollte, musste folglich in Eichstätt-Bahnhof aus- und umsteigen, an einer Station, die mitten im Wald lag und aus wenig mehr bestand als einem Hauptgebäude mit Warteraum aus der Gründerzeit, einem Parkplatz, einem Fahrkarten- und einem Süßigkeitenautomaten. Morgenstern, der oft mit dem Zug zum Ingolstädter Polizeipräsidium fuhr, liebte diesen einsamen, völlig aus der Zeit gefallenen Ort.

»Ein Bahnhof wie im Wilden Westen«, erklärte er nun Peter Hecht, der diese Perle des bundesdeutschen Fernverkehrs bislang noch nicht gekannt hatte.

Nach einem Mittagsimbiss in einem Dönerladen an der Harderstraße machten sich die beiden mit ihrem Dienstwagen auf den Weg. Auf der B 13 bis Pietenfeld, von dort weiter Richtung Ochsenfeld, bis es an einem einsamen Gehöft namens Waldhütte nach rechts sanft bergab ging, immer an der Bahnlinie entlang, schnurgerade durch den Wald. Die Fahrt führte an einem riesigen Steinbruch vorbei, dann kam endlich der Bahnhof, angekündigt durch ein altes Industriegleis, auf dem Güterwaggons voller Buchenstämme aus den Jurawäldern ihres Abtransportes harrten. Hecht stellte den Wagen am Kurzparkerstellplatz direkt neben dem graugrünen Bahnhofsgebäude ab.

Ein Zug aus Norden, also von Dollnstein kommend, war gerade auf Gleis drei eingefahren, jenseits der Unterführung. Vier Radfahrer, Altmühltaltouristen, schoben schwer atmend ihre Räder samt Gepäck über die Treppen nach oben. Zu einem Aufzug hatte sich die Bahn an diesem entlegenen Ort nicht durchringen können. Noch drei weitere Passagiere waren ausgestiegen und strebten der bereits mit laufendem Motor wartenden Regiobahn nach Eichstätt zu. Als Letzter kam, bedächtig, unsicher, Florian Krawczik die breite Treppe herauf.

Als Morgenstern ihn zuletzt gesehen hatte, hatte er eine schwarze Kochjacke und eine karierte Hose getragen, jetzt war der junge, schmale Mann mit Jeans und T-Shirt bekleidet. Er erkannte Morgenstern sofort – was wohl vor allem daran lag, dass außer den beiden Kommissaren kein einziger Mensch auf der Gleisseite des Bahnhofsgebäudes stand, und nur einer der beiden trug Jeansjacke und Cowboystiefel.

Ohne große Begrüßung nahmen die drei auf einer Bank neben dem Bahnhofsgebäude Platz. Morgenstern stand nochmals auf und zog aus dem Automaten eine Packung Gummibärchen, als vertrauensbildende Maßnahme.

»Was haben Sie uns zu erzählen?«, fragte er. »Und warum sollten wir uns nicht direkt in Dollnstein treffen?«

Krawczik schluckte. »Kennen Sie Dollnstein? Da kennt jeder jeden, und egal, wo wir uns getroffen hätten, hätte es sich im Nu herumgesprochen, dass ich mich mit Ihnen unterhalten habe. Das hätte dann noch heute Abend mein Chef erfahren – und dann gute Nacht.«

»Sie verstehen sich wohl nicht besonders mit diesem Herrn?«, fragte Hecht.

»Gut verstehen? Das ist überhaupt kein Ausdruck. Der ist ein richtiger Drecksack.« Krawczik schüttelte den Kopf. »Ich weiß gar nicht, warum ich immer noch bei ihm bin. Jetzt mache ich das schon zwei Jahre.«

»Hat doch einen super Ruf, der Laden«, sagte Morgenstern. »Die Gäste kommen von überall her, es gibt gehobene Küche, was will man denn mehr als junger Koch? Die meisten Ihrer Kollegen anderswo müssen wahrscheinlich den ganzen Tag Currywürste und Schnitzel braten.«

Der junge Mann winkte ab. »Ja, nach außen hin sieht's gut aus. Was ich sagen will ist, dass der Deininger und seine bescheuerte Tochter, die Martina, sich aufführen wie die Tyrannen. Da herrscht ein Schreckensregiment.«

Von Süden kündigte sich ein Güterzug an, wurde laut und lauter und donnerte schließlich als endloser Bandwurm an ihnen vorbei, über und über beladen mit nagelneuen, in weißes Tuch gehüllten Audis, die wohl zur Verschiffung an einen Nordseehafen gebracht wurden. Sie warteten, bis wieder Stille einkehrte.

»Auf mich hat das neulich einen recht harmonischen Eindruck gemacht«, sagte Morgenstern.

»Sie hatten auch schon einen Leichten in der Krone«, konterte Krawczik. »Entschuldigung, das ist mir jetzt so rausgerutscht.«

Hecht warf seinem Kollegen einen missbilligenden Blick zu.

»Von Harmonie ist bei uns im Tagesgeschäft nichts zu spüren, hinter den Kulissen, meine ich. Im Lokal ist alles eitel Sonnenschein, Bussi hier, Bussi da und immer großes Schulterklopfen. Drum kommen sie ja auch, die ganzen Ingolstädter und Münchner. Die fühlen sich toll, wenn der Deininger den Patron macht, und dann tun sie alle so, als wären sie die Feinschmecker. Aber in Wirklichkeit können die meisten von denen ein Kobe-Rind nicht von einem Koi-Karpfen unterscheiden. Das ist alles nur Schickimicki-Fassade. Die Einheimischen kommen fast überhaupt nicht ins ›Parzival‹. Was hat denn Sie neulich zu uns geführt? Ich habe gesehen, dass Sie mit der Familie da waren.«

Morgenstern wurde zu seinem Ärger rot. Zweifellos hielt ihn Krawczik für einen dieser ahnungslosen Touristen, die in Georg Deiningers Restaurant teures Geld für mittelprächtige Gerichte hinblätterten. »Meine Frau wollte das mal ausprobieren, aber Sie wissen ja, dass ich gleich mal in der Küche nach dem Rechten gesehen habe. So leicht lasse ich mich nicht einseifen. War doch alles in Ordnung. Ich habe die Perlhuhneier mit eigenen Augen gesehen.« Er hielt sich Zeige- und Mittelfinger der rechten Hand vor die Augen, um zu demonstrieren, wie gründlich seine Blitzvisite gewesen war.

»Die Perlhuhneier – natürlich. Immer sind es die Perlhuhneier.« Koch Krawczik kicherte, das Gespräch mit Morgenstern schien ihm zunehmend Spaß zu machen.

»Ich würde gern mitlachen«, sagte Morgenstern beleidigt. »Was ist an den Perlhuhneiern so lustig?«

»Weil sich jeder einzelne Gast von diesen lächerlichen Eiern beeindrucken lässt. Perlhuhneier, tüteltüteltü, das klingt auch für den größten Haubentaucher nach Haute Cuisine, nach Bocuse und Witzigmann. Da sagen die Leute: So was gibt's sonst nur noch in Paris.«

»Und eben in Dollnstein«, beharrte Morgenstern.

»Genau.« Krawczik grinste. »In Dollnstein stehen sie auch schachtelweise in der Küche. Klein, wertvoll, edel. Der Deininger nimmt die Steigen mit den Eiern manchmal sogar und trägt sie raus in die Gaststube, wenn sich da mal wieder ein Zweifel andeutet. Das gibt jedes Mal ein riesiges Hallo. Da hat mancher schon eine Runde Schnaps ausgeben müssen für den ganzen Tisch, weil er wegen der Perlhühner eine Wette verloren hat.«

»Jetzt wissen wir immer noch nicht, was es da zu kichern gibt«, meldete sich auch Hecht zu Wort. »Und überhaupt ist mir nicht ganz klar, was das alles soll.«

Der junge Koch wurde ernst. »Jetzt hören Sie mal zu: Unser Chef, Georg Deininger, hat wahrscheinlich ganz am Anfang wirklich mit Perlhuhneiern gekocht. Kostet ein Schweinegeld, aber die Leute sind bereit, dafür auch entsprechend zu zahlen. Mit der Zeit hat er gemerkt, dass die meisten Gäste von Tuten und Blasen keine Ahnung haben. Ich habe ja im ›Parzival‹ schon meine Ausbildung gemacht, ich habe das sozusagen von der Pike auf miterlebt. Dann haben wir normale Hühnereier hergenommen, und zwar die billigsten, die es gibt. Der Chef macht seine Großeinkäufe immer beim Aldi in Treuchtlingen, wo ihn kaum einer kennt. Die leeren Packungen muss immer ich im Kachelofen in der Wirtsstube verschnüren.«

»So ein Bazi!«, sagte Hecht, und in diesem urbayerischen Wort klang eine Mischung aus Erheiterung und Respekt vor dieser bauernschlauen Dreistigkeit mit. »Und was ist dann mit den Perlhuhneiern, die der Kollege Morgenstern gesehen hat?«

»Es gibt immer ein paar frische in einer eigenen Box im Kühlschrank. Aber die anderen sind alle steinalt. Wenn da mal aus Versehen eines auf den Boden fallen würde, gäbe das einen schrecklichen Gestank.«

»Wie Schwefel aus der Hölle«, sagte Morgenstern, tief getroffen in seiner Ermittlerehre.

Wie bestellt fuhr von Süden erneut ein Güterzug durch den einsamen Bahnhof, dieses Mal hatte die Lok Kesselwagen im Schlepptau, gefüllt entweder mit Treibstoff aus der Ingolstädter Erdölraffinerie oder mit irgendwelchen Brühen aus dem südostbayerischen Chemiedreieck. Morgenstern zählte die Wagen mit und kam auf achtzehn. Der Lärm war so groß, dass sich Hecht die Ohren zuhielt. An ein Gespräch war ohnehin nicht zu denken, bis der Zug hinter dem Bahnhof nach links ins Altmühltal abgebogen war.

»Das ist ja nicht zum Aushalten«, sagte Hecht, als es wieder so still geworden war, dass man sogar das Zwitscherkonzert der Vögel im nahen Wald hören konnte.

»Da müssen Sie erst mal rauf nach Solnhofen«, empfahl Krawczik. »Da fahren die Züge Tag und Nacht mitten durchs Dorf. Aber man gewöhnt sich als Einheimischer dran. Ich komme nämlich aus Solnhofen. Für Touristen ist das aber schon gewöhnungsbedürftig. Zum Glück rüstet die Bahn ihre Güterzüge allmählich um, auf leisere Räder. Aber das dauert seine Zeit.«

»Da haben wir in Eichstätt ja Glück, dass die Hauptstrecke uns verschont«, sagte Morgenstern und ertappte sich dabei, dass er sich und seine Familie bereits zu den Eichstättern rechnete. So weit war es also schon gekommen. Bedenklich.

»Sie haben Ihren Chef vorhin einen Drecksack genannt, wörtlich«, sagte Morgenstern. »Das wird wohl nicht bloß an dem Trick mit den Eiern liegen, oder?«

»Nein, das war bloß ein Beispiel dafür, wie der Deininger vorgeht. Der hält alle anderen für blöd und sich selbst für besonders raffiniert. Und deswegen macht er das, was er mit den Eiern macht, auch mit allem anderen.«

Hecht musste immer noch ein bisschen grinsen, anscheinend hielt er die kriminelle Dimension solcher Vergehen für überschaubar.

»Unser Spargel zum Beispiel …«, setzte Krawczik an.

Hechts Grinsen erstarb augenblicklich. »Was ist mit Ihrem Spargel?«

»Den verkaufen wir als Schrobenhausener Spargel, ist völlig klar. Aber er kommt aus München, vom Großmarkt, wie das meiste andere Gemüse, das wir verwenden, wenn wir es nicht einfach von Bofrost bekommen. Und dieser Spargel ist der billigste, der überhaupt auf den Markt kommt. Wo auch immer dieses Zeug herstammt, wahrscheinlich aus Griechenland – aus Schrobenhausen ist der definitiv nicht.«

»Das ist ja wohl der Gipfel!« Hecht hielt es nicht mehr auf der

Bank. Er sprang auf und lief mit auf dem Rücken verschränkten Händen auf dem Bahnsteig hin und her.

»Jetzt beruhige dich und iss ein paar Gummibärchen.« Morgenstern reichte ihm die bunte Tüte hin.

»Und du wolltest dem meinen guten Spargel anbieten«, schnaubte Hecht, während er sich wieder setzte und sich eine ganze Handvoll Gummibärchen auf einmal in den Mund schob. Als Nervennahrung.

»Ich verstehe nur Bahnhof«, sagte Krawczik.

»Das müssen Sie nicht verstehen«, fauchte Hecht, dem angesichts des Spargel-Betrugs die heitere Gelassenheit abhandengekommen war. »Also weiter: Was treibt dieser Deininger sonst noch für krumme Dinger? Es geht ums Schaffleisch, habe ich recht? Es geht um den Pollenfelder Schäfer?«

»Das habe ich schon am Telefon angedeutet, aber ich komme hier ja kaum zu Wort.« Wie zur Bestätigung dieser Feststellung gab es gar nicht weit entfernt eine gewaltige Detonation. Alle drei zuckten erschrocken zusammen.

»Was war das jetzt?«, fragte Morgenstern, während das Echo der Explosion noch in den Wäldern widerhallte.

»Das muss da drüben in dem Steinbruch gewesen sein«, vermutete Hecht. »Also los jetzt. Was wissen Sie über den Schäfer, Herr Krawczik?« Er legte seinen Stenoblock zurecht und zückte den Montblanc-Füllfederhalter.

»Das können Sie sich doch an fünf Fingern abzählen«, sagte der Koch. »Sie kennen jetzt das Schema, nach dem in unserer Küche gearbeitet wird.«

»Das Lammfleisch ist also nie und nimmer vom Altmühltaler Lamm«, sagte Morgenstern.

»Natürlich nicht. Auch wenn es hundert Mal so auf der Speisekarte steht. Auch wenn die Werbeplakate fürs Altmühltaler Lamm an der Rezeption aushängen und wenn an jedem Tisch im ›Parzival‹ ein Reklameaufsteller aus Hartplastik steht.«

»Das habe ich alles gesehen«, sagte Morgenstern und dachte an seine Frau, die ihn und die Kinder ausdrücklich darauf aufmerksam gemacht hatte.

»Wir haben sogar ein Foto in der Gaststube hängen, auf dem

unser Chef mit dem Schäfer auf der Weide steht, mit einem kleinen Lamm auf den Armen. Das ist gleich hinter Dollnstein aufgenommen worden, neben dem Burgsteinfelsen, damit es jeder erkennen kann, dass der Deininger auf einheimische Qualität pocht.«

»Und der Schäfer auf dem Foto ist Franz-Xaver Heiß aus Pollenfeld?« Hecht hatte längst vergessen, seinen Gummibärchen-Brei weiterzukauen, was sich auf die Artikulation nachteilig auswirkte. Entschlossen würgte er den Kloß mit einem Happs hinunter, verschluckte sich aber dabei und bekam einen Goldbären in die Luftröhre. Er begann wild zu husten und lief rot an, bis Morgenstern ihm mit der flachen Hand kraftvoll auf den Rücken schlug und damit das Bärchen ans Tageslicht zurückbeförderte.

»Ein rotes«, sagte Morgenstern und packte sicherheitshalber die noch halb volle Tüte in seine Jackentasche.

»Der Schäfer auf dem Foto ist der Heiß, der jetzt ermordet worden ist. Ich habe ihn früher ein paarmal bei uns gesehen, er ist nicht sehr oft gekommen. Und als er dann in der Zeitung gestanden ist, habe ich ihn gleich wiedererkannt. Das war auch im ›Weißenburger Tagblatt‹ bei uns drüben in Solnhofen ganz groß dringestanden. Und wissen Sie was: Der Deininger hat dann gleich an dieses Foto in der Wirtsstube einen schwarzen Trauerflor hingemacht. So ein schwarzes Stück Band in einer Ecke vom Bilderrahmen quer rüber.«

»Wie mitfühlend«, sagte Morgenstern.

»Die beiden haben sich schon lange gekannt, hat uns der Chef erzählt und dabei ganz betroffen geschaut. Mit so einem traurigen Dackelblick. Aber ich weiß doch, dass er ihn nach Strich und Faden beschissen hat, wie alle anderen auch. Wenn Sie in unser Kühlhaus schauen, da stapeln sich die Kartons mit dem tiefgefrorenen Lammfleisch aus Neuseeland. Die hat der Chef in Nürnberg bei der Metro gekauft. Da sind nur die Lammkoteletts drin und die guten Bratenstücke, sonst nichts. Ich habe keine Ahnung, was die in Neuseeland mit dem Rest vom Lamm machen, aber es landet auf jeden Fall nicht in Deutschland und schon gar nicht in der Küche vom ›Parzival‹.«

»Aber das muss doch irgendwann auffallen«, vermutete Morgenstern. »Wie heißt es so schön: Der Krug geht so lange zum Brunnen, bis er bricht.«

»Der Deininger hat sich immer wieder mal ein komplettes Lamm vom Heiß liefern lassen. Da hat er dann großes Trara drum gemacht und verkündet, wie toll er das jetzt zerlegt und was er da für wunderbare Sachen draus zubereitet. Da gab es dann Lammleber auf der Karte und irischen Lammeintopf, den er ›Bayrisch Stew‹ genannt hat. Witzig, nicht wahr?«

Bayrisch Stew. Morgenstern dachte nach, und erst nach einer Weile fiel ihm ein, wo er diesen Begriff erst kürzlich gehört hatte. Ja, beim »Sausackschleifer«-Wirt, dessen Gäste von diesem Rezept geschwärmt hatten. Wahrscheinlich war der Begriff »Bayrisch Stew« doch nicht so originell, wie man glauben mochte, so eine Art »Pichelsteiner« des Altmühltals. Denn das »Parzival« und der »Sausackschleifer« hatten, wie Morgenstern belustigt resümierte, definitiv keine gemeinsame Schnittstelle.

Aus der Ferne war ein Pfeifsignal, ein Warnton, zu hören. Die Regionalbahn vom Stadtbahnhof in der Eichstätter Innenstadt näherte sich dem »Hauptbahnhof«, nachdem sie die beiden Haltestellen Rebdorf-Hofmühle und Wasserzell und zuletzt auch noch den hundertzwanzig Meter kurzen Schneckenberg-Tunnel passiert hatte.

»Aber das Bayrisch Stew haben sowieso nur wenige Leute bestellt«, fuhr Krawczik fort, »und wenn die paar Portionen endlich ausverkauft waren, konnte der Kellner sagen: Ist leider grade aus. Doch den Leuten ist das wurscht, die wollen sowieso nur die Koteletts und den Braten. X-mal habe ich den Eintopf schon als Personalessen bekommen. Und ich muss sagen: Mir hat er immer gut geschmeckt. Ich habe ihn ja oft selbst gekocht. Kein ganz einfaches Rezept, richtig raffiniert.«

Der kurze Zug der Bayerischen Regiobahn hielt an und verabschiedete die wenigen Passagiere auf Deutsch und sogar auf Englisch: *»Thank you for travelling with Bayerische Regiobahn.«* Knacksend meldete sich der Fahrdienstleiter von Eichstätt-Bahnhof aus seinem Büro über Lautsprecher und kündigte die Anschlusszüge nach München und zum Eisenbahnknotenpunkt

Treuchtlingen an. Es war kaum zu glauben, dass diese zugige Station tatsächlich das Tor zur großen weiten Welt war.

»Aber der Heiß hat trotzdem irgendwann den Braten gerochen«, erklärte Krawczik mit gesenkter Stimme. »Letzte Woche ist er auf einmal bei uns aufgetaucht, am Vormittag, mit so einem uralten Wohnmobil. Er ist in die Wirtsstube gekommen mit seinem stinkenden Gewand und seinen dreckigen Stiefeln und hat nach dem Chef gefragt. Ich war gerade in der Küche. Als der Deininger gekommen ist, hat er dem Heiß ganz freundschaftlich den Arm um die Schulter gelegt, als wären sie die dicksten Freunde. Aber der Heiß hat gleich fürchterlich zum Schimpfen angefangen, dass er schon weiß, wie der Hase hier läuft im ›Parzival‹, und dass er sich das nicht mehr länger gefallen lässt, dass das eine Sauerei ist. Ich habe dann nichts mehr gehört, weil der Deininger den Schäfer in seine Privatwohnung geführt hat, droben im ersten Stock. Zuvor hat er aber noch eine Flasche Marillenschnaps eingesteckt. Den ganz teuren.«

»Und dann?«

»Ich hab in der Küche zu tun gehabt, die Martina hat mich mit Arbeit eingedeckt, ich habe eine halbe Stunde lang Petersilienwurzeln geputzt und danach Schalotten geschält. Da hab ich dann Schalotten mit Trauben und Rotweinsoße draus gekocht. Aber ein paarmal habe ich von oben noch laute Stimmen gehört. Die zwei haben sich massiv gestritten. Als ich später auf eine Zigarette vor die Tür gegangen bin, war das Wohnmobil weg. Und dann ist mir aufgefallen, dass das Plakat fürs ›Altmühltaler Lamm‹ nicht mehr an der Rezeption gehangen ist. Ich hab es dann irgendwann zerrissen und zusammengeknüllt in unserer Papiertonne entdeckt. Die Martina hat am nächsten Morgen ein neues Plakat aufgehängt. Wir haben Werbematerial ohne Ende.«

Morgenstern dachte lange nach. »War's das?«

»Ich glaube schon. Jedenfalls ist mir die Sache wieder eingefallen, als ich die Geschichte vom Heiß gelesen habe. Das ist doch komisch, finden Sie nicht auch?«

»Allerdings«, bestätigte Morgenstern.

Ein doppelstöckiger Regionalzug fuhr von Westen kommend im Bahnhof ein, auf dem Weg nach München.

»In der letzten Woche war hier im Altmühltal ein Kontrolleur unterwegs«, sagte Hecht leise. Er hatte sich von der Firma »Food Control« den Terminplan faxen lassen. »Der hat alle Betriebe besucht, die beim ›Altmühltaler Lamm‹ mitmachen. Soweit wir wissen, war der auch im ›Parzival‹. Und zwar erst am vergangenen Freitag.«

»Der Kontrolleur? Ich erinnere mich. Der Deininger hat ihn überall rumgeführt, durchs ganze Haus, und er war scheißfreundlich. Ein Stamperl Schnaps, Einladung zum Mittagessen, das ganze Programm. Der Kontrolleur ist zu uns in die Küche gekommen und hat sich umgeschaut und wollte wissen, was wir denn mit Lamm kochen. Ich habe ihm brav die Rezepte mit der Lammleber und dem Eintopf vorgebetet. Und dann ist er mit dem Chef in den Kühlraum und wollte alles ganz genau sehen.«

»Und?«, fragten die Ermittler wie aus einem Munde.

»So aufgeräumt habe ich den Kühlraum noch nie gesehen. Als ich später rein bin, um etwas zu holen, war das ganze Fleisch neu sortiert. Und die großen Kartons mit dem tiefgefrorenen Kiwi-Lamm waren weg. Einfach weg. Spurlos verschwunden.«

»Und sie sind auch später nicht mehr aufgetaucht?«, wollte Hecht wissen.

»Nein. Das meine ich mit ›spurlos‹. Das Lammfleisch war wie vom Erdboden verschluckt. Dabei hätten wir an dem Wochenende oft Lammbraten verkaufen können. Aber der war aus. Die Bedienung hat allen Gästen erklärt, so wäre das eben mit regionaler Topqualität. Die könne man nicht wie am Fließband beschaffen. Das hat ihnen der Deininger extra so eingeschärft.«

»So ein Sauhund!«, sagte Hecht, der den Schock über finstere Geschäfte mit Billigspargel aus dem europäischen Ausland immer noch nicht ganz verwunden hatte.

Morgenstern bohrte nach. »Noch eine letzte Frage, Herr Krawczik: Der Kontrollbesuch kam doch eigentlich überraschend. Wie hat es Georg Deininger geschafft, dass er dieses Tiefkühl-Lammfleisch rechtzeitig zur Seite gebracht hat?«

»Ich denke, das ist einfach zu erklären. Die Kollegen im Altmühltal sind sich zwar nicht alle grün, aber wenn es drauf ankommt, halten sie zusammen. Man kennt sich über den Bayerischen Hotel- und Gaststättenverband, man trifft sich jedes Jahr im Fasching beim Gastronomenball. Wenn der Kontrolleur beim ersten Wirt auftaucht, warnt einer den anderen. Und da wird sogar der Deininger angerufen, auch wenn ihn kaum einer leiden kann. Dieses Arschloch.«

»Das hatten wir bereits«, sagte Morgenstern milde und streckte die Beine weit aus. Vom langen Sitzen auf der unbequemen Bahnhofsbank war die Blutzirkulation ins Stocken geraten, es kribbelte ihn unangenehm in den Oberschenkeln.

»Wir wissen schon, dass Sie mit Ihrem Chef nicht auskommen. Aber glauben Sie mir, da geht es anderen Leuten nicht anders, ohne dass sie gleich mit Kraftausdrücken um sich werfen.« Er bedachte Hecht mit einem verschwörerischen Blick, der andeuten sollte, dass auch Ingolstädter Kriminaldirektoren nicht immer in einer Woge der Sympathie ihrer Untergebenen schwammen.

Florian Krawczik begutachtete verlegen seine Hände, und Morgenstern fiel dabei auf, dass mehrere Fingerkuppen mit fleischfarbenem Hansaplast umwickelt waren. Er erinnerte sich dunkel an den Verband um dessen Hand am Abend seines Restaurantbesuchs. »Haben Sie sich geschnitten?«, fragte er spontan und mit Argwohn in der Stimme. »Das ist mir neulich in Ihrer Küche schon aufgefallen. Was haben Sie denn da angestellt? Mit einem scharfen Küchenmesser rumgespielt?«

»Ich hab mir die Finger verbrannt«, murmelte Krawczik. »Das passiert einem in der Küche oft. Mit der Zeit kriegt man aber eine Hornhaut. Man gewöhnt sich an alles.« Krawczik drehte seine Hände hin und her, dann atmete er tief durch. »Klar kann man sich in der Küche mal verbrennen. Aber …«

»Was, ›aber‹?«, setzte Morgenstern nach.

»Aber das hier war Absicht. Vom Chef. Ich erzähle es Ihnen, damit Sie sehen, was das für ein Typ ist.« Der junge Mann hielt den beiden Ermittlern seine Finger hin. »Vor ein paar Tagen hat er wieder mal seinen Rappel gekriegt, dann kann es ihm keiner recht machen, und sobald jemand in der Küche einen x-beliebigen Fehler macht, wird er unberechenbar. Ich habe ihm an dem Tag wohl zu langsam gearbeitet, und er hat mich schon die ganze Zeit angemotzt, und irgendwann hat er mir einen

Stapel Teller in die Hand gedrückt.« Er schaute Morgenstern an. »Die Teller waren zum Anwärmen im Ofen – und sie waren heiß. Viel zu heiß.«

»Kann auch ein Missverständnis gewesen sein«, sagte Hecht.

»Kein Missverständnis. Er hatte extra Topflappen genommen, aber das habe ich zu spät gesehen. Ich habe den ganzen Stapel Teller fallen lassen, und daraufhin hat er mir eine Watschen verpasst, dass ich gegen die Wand geknallt bin.«

»Haben Sie sich denn nicht gewehrt?«, fragte Morgenstern. »Wenn das tatsächlich Absicht war, dann ist das Körperverletzung.«

»Gewehrt?«, fragte Krawczik zurück, als hörte er dieses Wort zum ersten Mal. »Nein, ich habe mich nicht gewehrt. Er will mir sogar das Geld für die Teller vom Lohn abziehen.«

Wieder schaute er auf seine lädierten Finger. »Ich bin schon froh, wenn mich der Deininger ansonsten in Ruhe lässt. Der hat schon manchen an die Tür gedrückt.« Er versank für eine Weile in Schweigen und gab auch keine Antwort auf Hechts Nachfragen, was man sich unter diesem »ansonsten« vorstellen dürfe.

»Der hat Sie anscheinend auf dem Kieker«, sagte Morgenstern.

Doch Krawczik winkte ab. Er sei nicht der Einzige, bei dem seinem Chef schon »die Hand ausgerutscht« sei, der Lehrling könne ein Lied davon singen. Schon mehrere hätten in den vergangenen Jahren im »Parzival« ihre Ausbildung abgebrochen, weil sie dem Druck nicht standhalten konnten. Freilich sei es in jeder Restaurantküche zu Stoßzeiten extrem stressig, räumte er ein. Eine Männerwelt sei das im Wesentlichen, und je größer so ein Laden sei, desto militärischer sei er organisiert und desto mehr Testosteron liege unheilschwanger in der Luft.

»Aber der Georg Deininger ist schon ein ganz besonderes Kaliber in der Welt der Köche. Das haben mir alle Kollegen aus anderen Häusern bestätigt.« Und es sei nur eine Frage der Zeit, bis er selbst dem »Parzival« den Rücken kehre und sich anderweitig umsehe. Die Nachfrage nach Köchen sei groß im Altmühltal. »Ich weiß wirklich nicht, warum ich mir das beim Deininger noch antue.«

Wieder fuhr ein schwer beladener Audi-Zug gen Norden, und alle drei schauten ihm nach, wie er unter dem charakteristischen Ratter-Rhythmus der Schienen vorbeidröhnte, um dann ins Altmühltal abzutauchen und von dort weiter hinaus in eine weniger enge Welt, die für Menschen wie Florian Krawczik allemal einen besseren Platz als Deiningers dampfige, gewalttätige Küche bereithielt.

Aus den Lautsprechern kam die Durchsage, wonach in Kürze der Nahverkehrszug nach Treuchtlingen »über Dollnstein, Solnhofen und Pappenheim« einfahren werde. Krawczik blickte auf seine Uhr. »Ich muss dann los. Zurück nach Dollnstein. Und Sie? Was haben Sie jetzt vor?«

Morgenstern zuckte mit den Schultern. Er wusste es wirklich nicht. »Wir werden uns auf jeden Fall mit Ihrem Chef unterhalten, über diesen Streit mit dem Schäfer und die Geschichte mit dem Lammfleisch. Was glauben Sie denn, was passiert ist?«

»Ich?«, fragte Krawczik und schaute nach Süden, wo bereits der rote Doppeldeckerzug zu sehen war, der von Ingolstadt über Dollnstein nach Treuchtlingen fuhr. »Ich glaube gar nichts.«

»Sie hören von uns«, sagte Morgenstern. »Wir haben ja jetzt Ihre Handynummer.«

Der Zug hielt quietschend an, Krawczik stieg ein.

»Und passen Sie auf sich auf«, rief Morgenstern ihm nach. Einer der überflüssigsten Ratschläge der Welt, wie ihm fast im selben Moment klar wurde. Aber da war der Koch schon grußlos im Waggon verschwunden.

ELF

Hecht und Morgenstern fuhren mit ihrem Wagen nach Eichstätt hinab, immer an der einspurigen Bahnstrecke entlang, vorbei an der Hofmühlbrauerei und in weiter Schleife um den Fuß der Willibaldsburg herum bis zur Polizeiinspektion am anderen Ende der Stadt. Sie hatten sich bei Manfred Huber angemeldet, um ihn auf den aktuellen Stand zu bringen.

Hubers lokales Know-how war in Fällen wie diesem unverzichtbar, wussten sie aus Erfahrung. Die Streifenpolizisten waren allesamt in der Stadt oder den Dörfern des Altmühltals verwurzelt und bildeten eine Informationsbörse ersten Ranges.

Huber hörte sich die brandneuen Nachrichten aus dem »Parzival« interessiert an. Dass es mit Georg Deiningers Küche nicht zum Allerbesten stand, hatte sich auch schon bis zu ihm durchgesprochen, allerdings ging es da eher um die Freundlichkeit des Personals, das Deininger schon seit einiger Zeit teilweise aus Polen rekrutierte, weil ihm die einheimischen Servicemitarbeiterinnen regelmäßig den Bettel hingeworfen hätten. Es halte sich außerdem hartnäckig das Gerücht, dass Deininger seine ausländischen Mitarbeiterinnen nicht nur finanziell knapphalte, sondern ihnen auch unablässig erotische Avancen mache.

»Von Nötigung habe ich aber noch nichts gehört«, erklärte Huber. »Und jetzt will ich noch mal ganz genau wissen, wie das mit diesem verschwundenen Tiefkühlfleisch war. Ich glaube, da weiß ich was für euch.«

Hecht blätterte in seinen Notizen und berichtete von Krawcziks Entdeckung im Kühlhaus des »Parzival«.

»Von der Metro in Nürnberg?«, fragte Huber nach. »Das passt wie die Faust aufs Auge. Wir haben erst heute früh eine Anzeige bekommen. Wir haben es noch nicht mal an die Zeitung weitergegeben. Ein Waldarbeiter hat mehrere Schachteln mit stinkendem altem Fleisch gefunden. Draußen bei Mörnsheim, an einem Waldweg. Es sind zwar schon die Füchse drübergegangen, aber ein Teil war noch da.«

»Widerlich«, sagte Morgenstern, der sich an die Mülltonnenentleerung in Ingolstadt erinnerte. »Und wo ist das Zeug jetzt?«

»Die Kollegen sind rausgefahren und haben Fotos davon gemacht. Der Mörnsheimer Bauhof hat den ganzen stinkenden Dreck dann an Ort und Stelle im Wald vergraben.«

»Wieso denn das?«

»Das kann man doch niemandem zumuten, dass er dieses eklige Zeug in der Gegend rumkutschiert. Aber wir haben uns einen der Pappkartons gesichert.« Huber grinste. »Metro Großhandel, was für eine Überraschung. Liegt hinten im Hof und stinkt immer noch grausam.«

»Und der Pappdeckel kann uns bestimmt die schönsten Fingerabdrücke liefern«, stellte Hecht fest. »Da wird er staunen, der noble Herr Deininger. Dieser Spargel-Betrüger.«

»So ein Saubär«, fügte Morgenstern hinzu.

Huber suchte im Computer die Fotos, und auf denen war nach allen Regeln der polizeilichen Dokumentationskunst festgehalten, wie die Tiefkühlpakete nur ein paar Meter neben einem halb zugewachsenen Waldweg im Fichtendickicht lagen.

»Das ist kurz vor Mörnsheim, auf der linken Seite«, erläuterte Huber. »Ein Stück oberhalb der Staatsstraße. Die Füchse haben das Fleisch im weiten Umkreis verteilt. Noch ein paar Tage, und da wäre nichts mehr zu sehen gewesen bis auf die leeren Schachteln. Aber so geht's natürlich nicht.«

»Was weißt du denn sonst noch über diesen Deininger? Gibt es über den schon irgendwas im Computer?«

Huber tippte in seinen Computer und startete eine Anfrage. »Deininger?«, fragte er. »Deininger, Georg? Dollnstein?« Er schüttelte den Kopf. »Nein, da ist nichts.«

»Schade«, sagte Morgenstern.

»Ich hätte es auch ohne Computer gewusst, wenn da was gewesen wäre. Das war nur zur Sicherheit. Wir kennen unsere Pappenheimer. Ich mache den Job hier schon so lange, dass wir ziemlich genau wissen, wer wo was auf dem Kerbholz hat. Es sind immer dieselben, die hier Probleme machen. Wie heißt es in ›Casablanca‹: ›Verhaften Sie die üblichen Verdächtigen.‹«

»Ihr seid hier die Sheriffs«, sagte Morgenstern ohne ironischen Unterton. Er wusste, dass Huber so etwas gern hörte.

»Und deswegen irritiert uns dieser Mord vor unserer eigenen Haustür so stark wie kaum etwas zuvor. Das ist eine friedliche Gegend hier, mit ruhigen, zufriedenen, rechtschaffenen Menschen. Die gehen sich nicht gegenseitig an die Gurgel.«

»Mal dir deine Welt ruhig so rosarot, wie du willst«, sagte Morgenstern trocken. »Wir werden uns jedenfalls diesen Deininger vornehmen. Und zwar am liebsten gleich. Kommst du mit raus nach Dollnstein?«

»Ich habe hier noch eine Weile zu tun. Aber wenn ihr wollt, kann ich in einer halben Stunde nachkommen, mit einem Kollegen.«

So fuhren Morgenstern und Hecht mit einem geruchsdicht in einer großen Plastiktüte verpackten, aufgeweichten Pappkarton im Kofferraum nach Dollnstein.

Am Dollnsteiner Marktplatz fiel ihnen sofort der weiß-blaue Kleinbus des Bayerischen Fernsehens auf, der direkt vor dem »Parzival« geparkt hatte. Die Tür zum Restaurant stand weit offen, doch als die Ermittler in die Wirtsstube traten, war alles verwaist. Von hinten aus der Küche hörten sie Stimmen.

Sie folgten den Geräuschen, Hecht mit dem Corpus Delicti in der Plastiktüte in der Hand. Vorsichtig drückte Morgenstern die Tür auf – und war in gleisendes Scheinwerferlicht gehüllt. Eine Fernsehkamera war auf ihn gerichtet – genauer gesagt auf den direkt vor ihm stehenden Wirt und Küchenchef Georg Deininger.

»Schnitt«, befahl eine barsche Stimme. Und dann folgte der genervte Befehl: »Schauen S' bloß, dass Sie aus unserem Bild rauskommen.«

Hecht hatte sich neben Morgenstern gedrängt, und so standen die beiden Kommissare mitten in einem Aufnahmeset des Bayerischen Fernsehens. Knapp vor Morgensterns Kopf, eigentlich auf Deininger gerichtet, baumelte an einer langen Stange ein mit einem Staubpuschel bewehrtes Mikrofon, die picobello auf Hochglanz gewienerte Küche war adrett mit appetitlich in

Schüsseln und Schälchen drapierten Lebensmitteln dekoriert. An einer der Wände prangte ein Altmühltaler-Lamm-Werbeplakat.

Georg Deininger war bekleidet mit einer weißen Kochjacke mit goldenen Knöpfen und seinem eingestickten Namen auf der Brust, auf dem Kopf trug er eine weiße Haube, die Morgenstern ausgesprochen albern fand. Vom sonstigen Küchenpersonal fehlte jede Spur. Das hatte, so vermutete Morgenstern, im Vorfeld die Küche schrubben müssen und war dann aus dem Blickfeld des Kameramanns gescheucht worden. Dieser Auftritt war ganz auf den »Maître de Cuisine« zugeschnitten. Der duldete keine anderen Götter an seiner Seite.

Deininger drehte sich zu den ungebetenen Besuchern um, und seine sorgfältig gepuderte Stirn legte sich in Falten. »Wir haben heute Nachmittag zu! Haben Sie denn das Schild an der Wirtsstube nicht gesehen? Haben Sie keine Augen im Kopf?«

Als ihm auffiel, dass das Anschnauzen unbedarfter Zufallsgäste möglicherweise beim Regisseur keinen guten Eindruck machte, korrigierte er sich umgehend. »Sie sehen ja, wir machen gerade einen Film für die Reihe ›Essen wie Gott in Bayern‹.«

Der Regisseur, ein kahlköpfiger, dicker Mann um die fünfundfünfzig Jahre, schnaufte schwer. »Das läuft am nächsten Sonntagabend, passend zum Altmühltaler Lammauftrieb. Als Beitrag in ›Unter unserem Himmel‹.« Er versuchte sich an einem Lächeln. »Ab neunzehn Uhr. Einschalten nicht vergessen. Und wenn Sie uns jetzt entschuldigen würden …«

Hecht und Morgenstern sahen sich ratlos an.

»Ja, äh …«, sagte Morgenstern, »eigentlich sind wir ja wegen Herrn Deininger gekommen.«

»Kommen nicht alle wegen Herrn Deininger nach Dollnstein?«, versuchte sich der Regisseur als Charmebolzen. »Die erste Adresse, wenn es um Lammbraten geht, nicht wahr, Herr Deininger? Wir kochen heute Lammbraten in Oliven-Senf-Kruste, das, was auch der Bayerische Heimatminister am Donnerstag hier im Altmühltal serviert bekommt, habe ich mir sagen lassen.«

Er schaute die seltsamen Gäste an, die immer noch die Tür zur Küche verstellten und keine Anstalten machten, das Feld zu räumen. Er taxierte die beiden von oben bis unten, dann sah Morgenstern geradezu eine Glühbirne in des Regisseurs kreativen Hirnwindungen aufleuchten. Er lächelte die Besucher an.

»Mir kommt grade eine spontane Idee: Wie wäre es, wenn Sie unsere Testesser machen, drüben in der Wirtsstube? Eigentlich wäre mir ein Ehepaar lieber, aber Sie beide wären irgendwie auch ein schönes Zeichen dafür, dass das ›Parzival‹ nicht nur etwas für ein gehobenes Publikum ist. Diese Botschaft ist mir persönlich immer gaaanz wichtig. Wir wollen bekanntlich eine bodenständige Sendung machen.«

»Bodenständig hat mich auch noch keiner genannt«, sagte Morgenstern verdrossen, da kam der dicke, glatzköpfige Fernsehmann auch schon um Deiningers Herd geeilt, drückte den beiden leutselig die Hand und bugsierte sie an den größten Tisch in der Wirtsstube, direkt unter das holzgeschnitzte Schild mit der Aufschrift »Stammtisch«.

Deininger wirkte wenig begeistert von dieser spontanen Regieänderung, aber der Mann vom Bayerischen Fernsehen war in seinem Element. »Wenn ich mir das recht überlege, passen die beiden Herren ideal an den Stammtisch. Zwei ganz normale bayerische Mannsbilder, die bei einer zünftigen Halben Bier im Wirtshaus sitzen, und dann gibt es einen Braten. Das ist alles gar nicht gekünstelt, das ist mir das Allerwichtigste. Normalerweise würde der Zuschauer erwarten, dass die zwei einen Trachtenjanker tragen – aber nein, die kommen so ganz einfach hier herein, hocken sich an ihren Stammtisch und essen das Beste, was die regionale Küche bietet.«

Morgenstern wollte gerade seine Jeansjacke abstreifen, aber der Regisseur kommandierte: »Nein, die Jacke müssen Sie unbedingt anlassen. Die ist ja sooo authentisch.«

Urplötzlich hatte jeder der beiden einen Zinndeckelkrug mit Bier vor sich stehen. »Laufen Sie uns nicht weg«, flötete der Regisseur, »wir sind gleich ganz bei Ihnen.« Dann kehrte er mit Deininger in die Küche zurück, und die Tür schloss sich.

»Das ist ja wohl ein Witz«, sagte Morgenstern. »Wo hast du eigentlich die Tüte mit dem Pappdeckel?«

Hecht deutete unter den rustikalen Stammtisch, ein zentnerschweres Möbelstück aus dunklem Holz mit gedrechselten Beinen. »Wir hätten den Deininger gleich hochgehen lassen müssen«, meinte er.

»Vor versammeltem Fernsehteam? Gute Nacht, das gäbe einen Wirbel.«

»Und so rum ist das jetzt besser? Wir hätten einfach sagen müssen, dass wir später wiederkommen.«

»Hätte, hätte, Fahrradkette«, maulte Morgenstern. »Ist schon klar, dass die Sache ein klein bisschen aus dem Ruder gelaufen ist. Aber wir verbuchen das jetzt einfach unter dem Begriff Recherche.«

»Undercover?«

»Genau, verdeckte Ermittlung. Wie im Fernsehkrimi. So müssen wir das auch dem Schneidt erklären, wenn er später blöde Fragen stellt. Immerhin kommen wir am nächsten Sonntag bei ›Unter unserem Himmel‹.«

Hecht machte »Doingderoingdoingdoing« und imitierte damit die seit Jahrzehnten unveränderte, von einer Zither intonierte Titelmelodie der berühmten Land-und Leute-Sendung des weiß-blauen Heimatsenders. Aus der Küche war währenddessen die Stimme von Georg Deininger zu vernehmen, der die Segnungen von echt bayerischem Lammfleisch pries, die wertvollen Kräuter des Altmühltals besang und den unverwechselbaren nussartigen Geschmack der Kartoffeln aus den Meilenhofener Lössböden würdigte. Dazwischen mischten sich das Zischen von aufkochenden Brühen und das Klappern von Töpfen.

»Das kann noch ewig dauern«, stöhnte Morgenstern und nahm einen Schluck aus seinem Krug. »Wenn die jetzt erst den Braten ins Rohr schieben.«

»Da ist doch längst schon ein anderer Braten im Ofen«, erklärte Hecht. »Du schaust wohl keine Kochsendungen?«

Morgenstern musste zugeben, dass er sich bislang weder für Kochsendungen noch für das BR-Flaggschiff »Unter unserem Himmel« ernsthaft hatte erwärmen können. Die »Abendschau« sah er sich hie und da an, wenn dort über einen seiner Kriminalfälle berichtet wurde, ein Fahndungsaufruf oder – viel besser – ein Fahndungserfolg bekannt gegeben wurde.

Peter Hecht hingegen outete sich als großer Fan von Alfons Schuhbecks TV-Kochsendungen und überhaupt aller Fernsehformate, in denen der Freistaat von seiner rustikalen und damit aus Hechts Sicht schönsten Seite präsentiert wurde. Bei näherem Überlegen, so räumte er nun ein, habe er auch schon eine Folge von »Essen wie Gott in Bayern« gesehen, vom Chiemsee. Soweit er sich erinnern konnte, war es dabei um Fischgerichte gegangen.

»Hoffentlich waren da die Fische wenigstens direkt aus dem Chiemsee und nicht Importware aus dem Viktoriasee in Afrika«, meinte Morgenstern trocken, als sich die Küchentür öffnete und der Glatzkopf für weitere Regieanweisungen herauskam.

»So, unsere beiden Stammtischbrüder bekommen jetzt ihr Essen«, sagte er gemütvoll. »Wir machen hier noch ein bisschen Beleuchtung, und dann serviert der Herr Deininger. Sie müssen gar nichts tun, außer dass Sie sich freuen und zu essen anfangen. Vorher stoßen Sie aber noch mit Ihrem Bier an und sagen ›Prost Mahlzeit‹.«

»Aha«, sagte Morgenstern.

»Und Sie sind sicher, dass das am Sonntagabend ausgestrahlt wird?«, fragte Hecht. »Dann muss ich das nämlich meiner Mutter sagen. Die verpasst keine Sendung von Ihnen.«

»Sie kommen ins Fernsehen, ganz bestimmt«, versprach der Regisseur.

»Herr Deininger, wir sind so weit.«

Georg Deininger kam wie geheißen mit einem breitmaulfroschartigen Lächeln durch die Tür, in jeder Hand, geschützt mit einem karierten Geschirrtuch, einen dampfenden Teller. Morgenstern musste an Florian Krawcziks verbrannte Fingerkuppen denken, und plötzlich erinnerte ihn das Lächeln nicht mehr an einen harmlosen Frosch, eher an einen Hai.

»So, die Herren, passen S' auf, die Teller sind heiß«, sagte der Hai. »Hier kommt unser Braten vom Altmühltaler Lamm. Direkt von den Hängen unserer Heimat, gefüttert mit duftenden Kräutern. Eine Delikatesse aus dem Herzen Bayerns. *Bon appétit.* Lasst es euch schmecken.«

Der Kameramann, der bis dahin dicht auf den Wirt mit seinen Tellern gehalten hatte, zoomte nun auf, um den ganzen gewaltigen Tisch mit den beiden erwartungsfrohen Gästen ins Bild zu bekommen, der Regisseur lugte ihm über die Schulter, um die Aufnahme im Monitor zu verfolgen. Über Morgensterns Kopf baumelte die Tonangel.

»Wunderbar, Herr Wirt«, sagte Peter Hecht pflichtschuldig, wenn auch mit bemüht theatralischer Stimme, und mit einer ziemlich hölzern wirkenden Bewegung hob er sein Glas. »Auf das Altmühltaler Lamm.«

Morgenstern hob nicht weniger bemüht seinerseits den Bierkrug. Er begann zu schwitzen – ein klassischer Fall von Lampenfieber. Er erinnerte sich daran, dass er einst als Schauspieler im Schülertheater selbst bei bescheidensten Nebenrollen ins Stottern geraten war und schließlich ersatzweise zum Auf- und Zuziehen des Bühnenvorhangs verpflichtet worden war, eine äußerst verantwortungsvolle Aufgabe, wie ihm der Leiter der Theater-AG seinerzeit klargemacht hatte.

»Auf das Lamm, auf die Kräuter und auf die Kartoffeln«, sagte er gestelzt und setzte in der Aufregung so rasch den Krug an den Mund, dass sich ein Bierschwall über Jacke und Hemd ergoss. Er sah, wie Kameramann und Regisseur sich angrinsten und die Köpfe schüttelten, aber keine Anstalten machten, die zweifelsfrei missglückte Aufnahme abzubrechen.

Und mit einem Mal brodelte in ihm Zorn hoch über das, was ihm hier aus heiterem Himmel zugemutet worden war, Zorn über seine eigene Gutmütigkeit, über die angeblich so heile bayerische Welt und Wut auf den glatzköpfigen Regisseur, der ihn, Kriminaloberkommissar Mike Morgenstern, zum Stammtischbruder degradiert hatte.

Und während die Kamera noch lief, schob er mit großer Geste den Teller mit dem dampfenden Essen weit von sich, bückte sich unter den gewaltigen Tisch und holte die große weiße Plastiktüte hervor.

Hecht sah fassungslos zu, wie der Kollege nun aufstand, die Tüte mitten auf dem Tisch platzierte, daran herumzerrte und schließlich ein großes Stück zusammengefalteten Karton hervorzog. Er hielt die Pappe in die Kamera, und mit einem Mal war all sein Lampenfieber verflogen.

»Haben Sie das gut drauf?«, fragte er den Kameramann und setzte nach: »Ich erkläre Ihnen mal, was das ist.« Er hielt sich den Pappkarton an die Nase, schnupperte daran und verzog das Gesicht. »Das stinkt fürchterlich, aber im Fernsehen kann man das natürlich nicht riechen. Zum Glück. Und wollen Sie wissen, warum das so stinkt? In diesem Karton und in einigen anderen war bis vor Kurzem tiefgefrorenes Lammfleisch verpackt. Lammfleisch aus Neuseeland. Lammfleisch, das dieser Herr hier …«, Morgenstern zeigte mit einer Hand auf Georg Deininger, »in seinem Kühlhaus hatte und das er im Wald entsorgte, als eine Qualitätskontrolle angekündigt wurde.«

Noch immer lief die Kamera, wie an einem rot leuchtenden Lämpchen deutlich zu erkennen war. Der Glatzkopf bedeutete seinen Kollegen mit einem kaum merklichen Kopfnicken, in Bild und Ton weiterzumachen, während aus Deiningers Gesicht die Farbe wich. Er wollte nach dem Karton greifen, aber Morgenstern zog das Beweismittel weg.

»Nicht anfassen. Aber ich bin sicher, dass Ihre Fingerabdrücke sowieso schon drauf sind, Herr Deininger. Wir werden das überprüfen lassen.« Er wies auf Peter Hecht. »Deswegen sind wir nämlich hier, Kriminaloberkommissar Hecht und ich, Kriminaloberkommissar Morgenstern.«

Morgenstern steigerte sich immer mehr in die Rolle des Altmühltaler Volkstribuns hinein. »Das ist aber erst der Anfang, Herr Deininger. Wir haben erfahren, dass Sie mit Schäfer Franz-Xaver Heiß erst in der vergangenen Woche eine Auseinandersetzung hatten, wegen genau diesem Fleisch. Und auch deswegen sind wir gekommen. Wir haben eine Menge Fragen mitgebracht – aber eines ganz gewiss nicht: Appetit auf das Essen im ›Parzival‹. Was haben Sie dazu zu sagen?«

Der Kameramann zoomte erwartungsvoll auf Georg Deininger. Der setzte nun, bei aller Blässe, ein bemühtes Lächeln auf und sagte dann nur zwei winzige Worte in die Kamera: »Na und?«

Morgenstern, dem Volkstribun, verschlug es für einen Moment die Sprache. Er legte das miefende Stück Karton, das er noch immer in der Hand gehalten hatte, auf den Tisch zwischen die beiden Teller. »Na und?«, fragte er schließlich zurück. »Sie geben es also zu.«

Deininger wandte sich direkt an den glatzköpfigen Regisseur, der nun endlich einen Namen erhielt. »Herr Wiedehopf, mir wäre es schon recht, wenn Sie die Aufnahmen für einen Moment einstellen könnten. Ich soll ein Restauranttipp werden und kein Reality-TV.«

Wiedehopf allerdings hatte wohl Blut geleckt und seine journalistischen Urinstinkte wiederentdeckt, denen im Format »Essen wie Gott in Bayern« eigentlich kein Spielraum geboten war. »Das verkaufe ich an Report München«, kündigte er leise an.

»Jetzt schalten Sie schon aus, hier gibt's nichts zu filmen«, beharrte Deininger.

Die Situation entwickelte sich zu einem Kräftemessen zwischen Wirt und Journalist. Schließlich gab der Gastronom nach. »Ich habe nichts zu verbergen«, sagte er. »Das hier lässt sich alles erklären. Da braucht's keine Polizei.«

Wie zum Beweis des Gegenteils öffnete sich gerade jetzt die Tür der Wirtsstube, und herein kamen, in frisch gebügelter Uniform, die Vertreter der Eichstätter Staatsgewalt in Gestalt von Inspektionsleiter Manfred Huber und Ludwig Nieberle. Die beiden schauten völlig perplex auf die Szenerie vor ihnen, die am ehesten ins Chiemgauer Volkstheater gepasst hätte: Gäste am rustikalen Wirtshaustisch, ein Wirt mit blütenweißer Kochmütze und ringsherum ein Filmteam des Bayerischen Fernsehens.

Huber rang sichtlich um Fassung. Schließlich sagte er, was ihm in so einer Situation am passendsten schien: »Mahlzeit!«

»Jetzt kommt die echte Polizei auch noch«, stöhnte Georg Deininger theatralisch. »Grüß Gott, Herr Huber, servus, Luggi.« Man kannte sich in Eichstätt und Umgebung – und im Falle Ludwig Nieberle so gut, dass es für den vertrauten Vornamen reichte.

»Was sagen Sie jetzt zu diesem Fleischkarton?«, wiederholte Morgenstern, der den unguten Eindruck hatte, dass die Situation entgegen jeder Wahrscheinlichkeit immer noch unübersichtlicher wurde. In Kürze würde wohl die ganze Wirtsstube voll von Menschen sein, die einander durch verschiedenste Irrungen und Wirrungen verbunden waren.

»Ich habe es Ihnen schon gesagt: Na und?«

»Sie geben also zu, dass diese Schachteln, die man im Wald gefunden hat, von Ihnen stammen?«

»Damit habe ich gar kein Problem, Herr Kommissar. Ja, die sind aus meinem Kühlhaus.«

Morgenstern nickte Hecht zu. Endlich ging die Sache in die richtige Richtung. »Lammfleisch aus Neuseeland. Von der Metro in Nürnberg.« Er tippte auf den Aufdruck auf dem Karton.

»Exakt. Und jetzt wäre es mir lieb, wenn Sie diesen Pappdeckel endlich aus meinem Restaurant schaffen würden, sonst bekommen wir hier noch ein ernsthaftes Hygieneproblem.«

»Ich denke, das haben Sie schon«, sagte Morgenstern. »Und nicht nur das. Sie wollten dieses Fleisch Ihren Gästen servieren – anstelle von Altmühltaler Lamm, nicht wahr?«

Der Wirt schüttelte den Kopf. »Jetzt verstehe ich Sie, Herr Kommissar.« Dann hob er theatralisch den Finger. »Das ist ein Missverständnis, ein großes Missverständnis. Der Inhalt dieser Schachteln war nie und nimmer für unser Lokal gedacht, wo denken Sie denn hin.«

Er lächelte, ein dreistes, rotzfreches Lächeln, wie Morgenstern fand.

»Dieses Lammfleisch, das ich für einen Spottpreis neulich im Großhandel gekauft habe, war hart an der Haltbarkeitsgrenze – und deswegen habe ich ein paar Kisten davon mitgenommen.«

Das wird ja immer besser, dachte Morgenstern und vergewisserte sich, dass die Kamera immer noch lief. »Und dann?«, fragte er, um Georg Deiningers Geständnis am Laufen zu halten.

»Dann wollte ich es nach und nach auftauen« – er machte eine kleine Pause, um die Spannung zu erhöhen – »und es an meinen Hund verfüttern. Unseren guten alten Sammy.«

»An den Hund?«, fragte Morgenstern.

»Natürlich. An Sammy. Einen Golden Retriever. Er hat seinen Zwinger direkt hinterm Haus. Ein ganz ein Braver. Die Gäste lieben ihn. Aber ich habe immer ein Auge darauf, dass er nicht in die Wirtsstube reinkommt, wegen der Hygiene, Sie wissen schon.«

Morgenstern wurde rot vor Wut. »Das ist doch eine faustdicke Lüge, die Sie uns da auftischen«, donnerte er. »Ich glaube Ihnen kein Wort, Herr Deininger. Erklären Sie mir mal, warum Sie diese Kartons dann in den Wald gekippt haben.«

Der Wirt nahm die Mütze vom Kopf und drehte sie in den Händen. »Das ist einfach. Ich hatte vor ein paar Tagen das Gefühl, dass dieses Fleisch unserem Sammy nicht guttut. Das hatte schon ziemlichen Gefrierbrand. Unglaublich, dass so etwas überhaupt noch verkauft werden darf, nicht wahr? Ich habe das Fleisch immer extra in einem großen Topf für ihn vorgekocht. Aber er hat es am Ende nicht mehr gefressen. Also kriegt der Hund wie bisher Dosenfutter, und das Fleisch habe ich verräumt.«

Er lächelte verlegen. »Ich gebe zu, das ist rein entsorgungstechnisch nicht der ganz korrekte Weg. Aber dieses Stück Wald dahinten bei Mörnsheim gehört mir selber. Ich dachte mir, bis da mal ein Fremder hinkommt, ist von dem ganzen Zeug nichts mehr zu sehen. Das holen sich die Viecher. Da habe ich mich leider getäuscht. Wer hat es denn entdeckt?«

»Ein Waldarbeiter«, sagte Inspektionsleiter Huber, der sich erstmals einmischte. »Und das sage ich Ihnen gleich: Das ist eine Riesensauerei, was Sie da hinterlassen haben. Das kann wohl nicht sein, dass jeder seinen Dreck hinkippt, wie es ihm gerade passt. Wofür gibt es denn Vorschriften!«

Morgenstern merkte, wie ihm die Felle davonschwammen. »Ich möchte mal Ihren Hund sehen«, befahl er barsch.

Deininger verschwand nach draußen und kehrte zwei Minuten später mit einem fröhlich mit dem Schwanz wedelnden, langhaarigen Familienhund zurück. »Darf ich vorstellen, Sammy«, sagte er, während der Hund sämtlichen Gästen um die Beine schmeichelte und beinahe das Kamerastativ umwarf.

Morgenstern hatte die besondere Ehre, dass Sammy ihm mit klitschnasser Zunge die Hand ableckte. »Ich sehe da nichts von einer Fleischvergiftung, der macht mir einen ganz gesunden Eindruck«, sagte er.

»Inzwischen schon wieder«, erklärte das Herrchen, das Mühe hatte, das hyperaktive Haustier in die Schranken zu weisen. Größte Heiterkeit beim Filmteam löste Sammys Husarenstreich aus, den Lammfleischkarton mit der Schnauze vom Tisch zu zupfen. Als ihm dieser Coup gelungen war, machte er sich, den Pappdeckel im Maul, einen Spaß daraus, mit Morgenstern in der ganzen Wirtsstube Fangen zu spielen, die Hundeversion des Katz-und-Maus-Spiels. Mit viel Mühe schaffte es Morgenstern schließlich, das nun von reichlich Hundesabber bekleckerte Beweisstück wieder für die Asservatenkammer der Polizeiinspektion Eichstätt zu bergen.

»Einen Prachtkerl hast du da«, sagte Ludwig Nieberle zum Wirt. »Aber um ein Bußgeld kommst du trotzdem nicht herum. Das ist dir wohl klar.«

»Kapiert«, sagte Georg Deininger mit reumütiger Stimme. »Wird nicht wieder vorkommen. Ich habe hier schließlich einen guten Ruf zu verlieren.« Er schaute auf die Kamera – noch immer mit rotem Lämpchen. »Das war jetzt aber nichts für ›Essen wie Gott in Bayern‹. Ich würde sagen, Sie verzichten im Film einfach auf die Servierszene am Schluss. Dann können Sie das prima senden. Zeigen S' halt zum Abschluss noch ein paar schöne Bilder von Schafen.«

»Und der Fleischskandal?«, fragte der Glatzkopf.

»War keiner«, sagte Deininger fröhlich. »Das haben wir doch ausführlich erläutert. Und jetzt habe ich auch mal eine Frage: Wer mag einen Marillenschnaps?«

Wenn Deininger allerdings geglaubt hatte, er komme so leicht davon, dann war er bei Mike Morgenstern und Peter Hecht an die Falschen geraten. Nicht nur, dass sie den Marillenschnaps rigoros ablehnten – und sich auch nicht für den alternativ angebotenen Kräuterlikör »nach überliefertem Uralt-Rezept« aus dem Eichstätter Benediktinerinnenkloster St. Walburg erwärmen konnten. Sie warteten die Abfahrt des Filmteams ab, verabschiedeten Huber und Nieberle zu einer Streifenfahrt über die Dörfer, wo sie die gefühlte Sicherheit im Zuständigkeitsbereich Wellheim-Mörnsheim-Dollnstein stärken sollten, und knöpften sich dann noch einmal ausführlich Georg Deininger vor. Dieses

Mal, um ungestört zu sein, in seiner Wohnung im ersten Stockwerk.

»Sie haben uns eine wichtige Frage noch nicht beantwortet: Was war das für ein Streit, den Sie mit dem Schäfer Heiß hatten?«

Morgenstern und Hecht hatten in einer Achtziger-Jahre-Wohnzimmerlandschaft Platz genommen, mit einer opulenten Sofagarnitur, bestehend aus Dreisitzer, Zweisitzer und Sessel, sowie einem niedrigen, per Kurbel höhenverstellbaren Tisch, in dessen rechteckige Platte braune Fliesen eingelegt waren.

»Wer hat das behauptet?«, fragte Deininger zurück und gab die Antwort gleich selbst. »Das kann nur der Florian gewesen sein. Das sieht ihm ähnlich. Habe ich recht? Es war der Krawczik?« Er dachte nach. »Der ist an dem Tag die ganze Zeit so komisch herumgeschlichen, und jetzt glaubt er, dass er etwas gegen mich in der Hand hat, stimmt's? Der will mir was anhängen.«

»Niemand will Ihnen etwas anhängen, Herr Deininger«, beschwichtigte Morgenstern den Wirt. Er musste dringend sehen, dass er seinen Zeugen aus der Schusslinie bekam. »Sie haben mit Heiß gestritten. Das dürften wohl mehrere Personen mitbekommen haben. Es soll ja dabei nicht ganz leise abgegangen sein.«

»Ach, eine Lappalie«, wiegelte Deininger ab. »Der Xaver ist ja eigentlich ein uralter Freund von mir. Da geht man halt direkt und offen miteinander um. Da sagt der eine, was ihm nicht passt, und der andere rückt das wieder ins rechte Lot.«

»Mit Marillenschnaps«, sagte Hecht.

»Wenn's hilft, auch mit Marillenschnaps«, bestätigte Deininger.

»Ein uralter Freund?«, fragte Morgenstern. »Wie lange haben Sie sich denn schon gekannt?«

»Seit Ewigkeiten. Man kennt sich hier im Altmühltal, das ist doch klar. Schauen Sie, den Nieberle Luggi kenn ich noch aus der Schule. Aus ihm ist was G'scheites geworden, ein Polizist, und ich bin Wirt geworden. Wie sagt man so gerne: Wer nichts wird, wird Wirt. Hahaha.«

»Ersparen Sie uns Ihre Plattitüden«, sagte Morgenstern streng. »Mich interessiert nicht der Kollege Nieberle, sondern Herr Heiß. Was war da neulich los?«

»Das ist schnell erklärt. Ich kaufe die Lämmer für meine Küche beim Xaver, in alter Verbundenheit sozusagen. Und der Xaver war jetzt der Ansicht, dass ich ihm zu wenige abnehme. Das ist alles. Ich habe versucht, ihm klarzumachen, dass Lammgerichte nicht so gut gehen, wie wir alle uns das wünschen würden. Da hilft die ganze große Kampagne nichts. Viele Leute mögen einfach grundsätzlich kein Lamm. Deswegen bestelle ich nur hin und wieder ein einzelnes Lamm bei ihm, das reicht ziemlich lange.«

»Und das hat er Ihnen nicht geglaubt«, stellte Morgenstern in den Raum.

»Genau. Die Leute haben völlig falsche Vorstellungen, was in so einer Küche wie meiner geht und was nicht. Da haben wir in Deutschland noch einen weiten Weg vor uns. Wenn ich da an Frankreich denke … Ich war mal in der Provence, da bekommst du zu Mittag völlig problemlos in einem ganz normalen Restaurant Lammhirn serviert. *Cervelles d'agneau.* Da liegt ganz klar erkennbar eine gebackene Hirnhälfte auf Ihrem Teller. Optisch nicht unbedingt ein Highlight, gebe ich zu, aber geschmacklich ein Hochgenuss.«

»Das müsste ich echt nicht haben«, sagte Morgenstern und dachte an eine von Äderchen durchzogene, wabbelige Hirnmasse in Graubraun. Und wie hieß gleich wieder diese Schafkrankheit, bei der sich langsam das Hirn zersetzte? Scrapie oder so ähnlich?

»Mit solchen Rezepten rennen Sie beim deutschen Gast gegen eine Wand«, erklärte der Koch. »Aber die Abneigung gegen Lamm geht noch tiefer: Viele Gäste mögen den Geruch einfach nicht, und dazu kommt dann noch diese unerträgliche Sentimentalität. Das ist kaum zum Aushalten. Den Leuten tun die Lämmer leid, weil die so süß sind.«

»Und das hat Ihnen der Schäfer nicht geglaubt?«

»Er will das nicht wahrhaben. Wollte, meine ich natürlich.«

»Was wollte er konkret von Ihnen?«

»Einblick in meine Abrechnungen wollte er haben. Als wäre er ein Wirtschaftsprüfer. Wo kommen wir denn da hin?« Deininger lachte plötzlich. »›Wirtschaftsprüfer‹ klingt doppeldeutig in diesem Zusammenhang.«

»Da könnte ja jeder kommen«, bestätigte Morgenstern, »und Ihren Betrieb unter die Lupe nehmen wollen.«

»Genau. Wir sind ja nicht bei den Kommunisten.«

»Aber das Finanzamt dürfte schon kommen?«

»Selbstverständlich. Wir haben nichts zu verbergen.«

»Und der Qualitätsprüfer vom Projekt Altmühltaler Lamm?«

Georg Deininger sah Morgenstern durchdringend an, rang sich aber erneut ein Lächeln ab. »Der von mir aus auch. Das ist alles schriftlich festgelegt, wenn man beim Altmühltaler Lamm mitmacht. Das ist das Gleiche wie bei den Bauern das Konzept ›Offene Stalltür‹. Der Kontrolleur hat freie Bahn. ›Vertrauen ist gut, Kontrolle ist besser.‹ Sie kennen den Spruch ...«

»Der Satz stammt von Lenin«, sagte Morgenstern. »Und das, wo Sie doch so viel Sorge vor dem Kommunismus haben.«

»Wieder was gelernt. Man muss vorsichtiger sein, was man sagt.«

»Wäre das nicht blöd gewesen, wenn der Kontrolleur zufällig auf Ihr Hundefutter-Lammfleisch im Kühlraum gestoßen wäre?«, forschte Morgenstern nach. »Wir haben erfahren, dass es erst letzte Woche eine Kontrolle hier bei Ihnen gab.«

»Was Sie alles wissen. Aber ich hätte ihm das schon erklären können«, winkte Deininger ab. »Mit solchen Leuten kann man reden. Doch das war dann zum Glück gar nicht nötig. Die besten Missverständnisse sind die, die erst gar nicht entstehen.«

Morgenstern stand von dem Zweisitzersofa auf und begann, durch das Wohnzimmer zu wandern. Er sah sich das Gemälde über dem Dreisitzer an, das wenig überraschend eine alpenländische Szenerie zeigte – einen balzenden Auerhahn. Ein weiteres Bild zeigte eine Tuschezeichnung der riesigen Anlage von Kloster Rebdorf.

»Da war ich in der Realschule, im Internat, zusammen mit dem Nieberle Luggi«, kommentierte Deininger. »Den Luggi haben damals alle Nippel genannt, das hat ihm gar nicht gefallen.«

»Und Sie, hatten Sie auch einen Spitznamen?«, fragte Morgenstern, ohne sich von der Tuschezeichnung abzuwenden.

»Nein, bloß Schorsch. Für Georg. Aber das ist kein Spitzname, das ist ganz normal.«

»Außer man macht ›Schoaß‹ draus«, sagte Hecht. Das gängige oberbayerische Wort für den Darmwind, die Flatulenz. »Das wäre dann nicht so schön.«

»Das hätte sich keiner getraut.«

Morgenstern sah sich weiter um. Sah die obligatorische Schrankwand mit Porzellankrügen und Zinntellern und mit Büchern, die nicht den Eindruck erweckten, als würde regelmäßig in ihnen gelesen. Sah gerahmte Familienfotos, eine Stereoanlage, die tatsächlich noch mit Plattenspieler ausgestattet war, ein altes Klassenfoto, auf dem er nach einigem Suchen sowohl Deininger als auch Nieberle identifizieren konnte. Und da hing auch, säuberlich gerahmt, Georg Deiningers Gesellenbrief.

»Der Meisterbrief hängt natürlich drunten neben der Rezeption, damit ihn die Gäste gleich sehen«, sagte der Wirt, als er sah, dass Morgenstern die Urkunde studierte. »Das ist bloß der Gesellenbrief.«

»Sehe ich schon«, brummte Morgenstern.

»Was wollen Sie jetzt eigentlich von mir?«, fragte Deininger schließlich. »Ich habe nicht ewig Zeit. Heute Abend ist hier wieder der Teufel los. Wir haben Reservierungen ohne Ende. Und außerdem machen wir auch noch Catering. Wir haben wirklich viel zu tun. Wenn man da die Zügel schleifen lässt, geht alles den Bach runter.« Er machte ein Gesicht, als hätte er auf etwas Bitteres gebissen. »Man muss in unserer Branche hart für seinen Ruf arbeiten. Und ein guter Ruf ist ein empfindliches Pflänzchen. Da muss man höllisch drauf aufpassen. Ein paar Fehler, ein paar unzufriedene Gäste, ein paar schlechte Tage – das geht herum wie ein Lauffeuer. Ich rede noch gar nicht davon, wie es ist, wenn du einen Stern haben willst. Das ist der pure Stress. Und so schwer es war, ihn zu bekommen, so schnell ist er wieder weg.«

»Was wir von Ihnen noch wissen wollen, Herr Deininger«, sagte Morgenstern schließlich und warf Hecht einen vielsagenden Blick zu. »Wir klopfen alle Leute ab, die Ärger mit Schäfer Heiß hatten, und der Vollständigkeit halber würden wir gerne wissen, wo Sie am vergangenen Sonntagmorgen waren. Am Sonntag zwischen sechs und acht Uhr.«

»Sie glauben doch nicht, dass ich dem Xaver etwas angetan habe«, sagte der Wirt. »Bloß wegen so einer Lappalie.«

»Wir ermitteln in alle Richtungen, das gehört einfach zu unserem Job«, erläuterte Morgenstern. »Ich würde Ihnen gern sagen: Nehmen Sie's nicht persönlich.«

»Persönlicher geht es ja wohl nicht«, sagte der Wirt. Dann überlegte er eine Weile, erhob sich ächzend aus dem breiten Sessel mit dem Bezug aus Brokatimitat und zog aus der Gesäßtasche einen kleinen schwarzen Taschenkalender hervor. Er blätterte angestrengt darin und versuchte, seinem Gedächtnis auf die Sprünge zu helfen. »Mein Alibi also«, seufzte er. Seine Miene hellte sich auf.

»Jetzt erinnere ich mich wieder. Wir hatten am Abend volles Haus, Samstagabend, ist ja klar. Wir hatten sogar eine Stubenmusik-Gruppe da, die am Stammtisch unten mit Hackbrett und Gitarre dezent für Stimmung gesorgt hat. Ich bin trotzdem kurz nach zwölf Uhr ins Bett gekommen. Im Restaurant bleiben die Leute nicht so lange sitzen. Und für Sonntagmittag war schon wieder alles reserviert. Ich habe mir den Wecker gestellt und bin hier in Dollnstein in die Frühmesse gegangen.«

»In die Frühmesse?«, fragte Hecht überrascht. »Da gehen doch auf dem Land bloß die Frauen hin.«

»Sie haben recht. Die Frauen. Und warum? Weil die hinterher kochen müssen und deswegen keine Zeit fürs Hochamt haben. Und bei mir ist es genau das Gleiche. Ich nehme es mir regelmäßig vor, dass ich zur Sonntagsmesse gehe, und letzten Sonntag war ich dort. Um halb acht Uhr in der Frühe.«

»Ich vermute, dass das viele Menschen bestätigen können«, meinte Morgenstern.

Deininger lächelte zufrieden. »Viele sind es nun nicht gerade. Sogar bei uns im Altmühltal werden die Kirchgänger immer weniger. Aber es bleiben trotzdem genug, die mich gesehen haben. Zuallervorderst natürlich unser Herr Pfarrer. Der ist ganz neu, ist erst seit ein paar Monaten da. Aber er kennt mich. Sie dürfen ihn gerne fragen.«

Morgenstern senkte die Schultern und versuchte, sich seine Enttäuschung nicht anmerken zu lassen. Hecht meldete sich – in einem Anflug von Humor – aus seinem Brokatsofa. »Was hat er denn gepredigt, der Herr Pfarrer? Wenn Ihnen das noch einfällt, glauben wir Ihnen einfach so.«

Morgenstern wusste, dass das eine praktisch nicht zu bewältigende Aufgabe war. Eine Sonntagspredigt ging, wenn der Geistliche nicht zufällig die rhetorische Kapuziner-Qualität eines Abraham a Santa Clara hatte, beim einen Ohr hinein, um schnurstracks beim anderen Ohr wieder hinauszuwehen. Doch Georg Deininger war erneut für eine Überraschung gut.

»Ich erinnere mich noch, dass es um den Psalm vom guten Hirten ging. Warten Sie, ich bringe ihn mit ein bisschen Glück noch zusammen. Den mussten wir seinerzeit im Rebdorfer Internat auswendig lernen, bei den Herz-Jesu-Missionaren.« Und er begann mit getragener Stimme zu referieren: »Der Herr ist mein Hirte, nichts wird mir fehlen. Er lässt mich lagern auf grünen Auen, und er führt mich zum Ruheplatz am Wasser. Muss ich auch wandern in finsterer Schlucht, ich fürchte kein Unheil, denn du bist bei mir.«

Hecht, der in seiner Schrobenhausener Kindheit eine katholische Sozialisation erster Güte absolviert hatte, schien so beeindruckt zu sein, dass er respektvoll mehrmals nickte.

Morgenstern hingegen sagte: »Ausgerechnet der gute Hirte. Ist das nicht auch der, der die Schafe von den Böcken trennt?«

»Das ist eine andere Stelle«, stellte Hecht klar. »In der Bibel wimmelt's von Geschichten über Hirten und Schafe und Lämmer.«

»Mich interessieren vor allem die Wölfe, die in den Pferch eindringen.« Morgenstern blickte finster. »Vor denen wird, glaube ich, dringend gewarnt.«

Morgenstern ließ es sich nach dem Gespräch nicht nehmen, im Dollnsteiner Pfarrhaus gleich neben der Kirche zu läuten. Der Pfarrer selbst öffnete – und bestätigte noch im Flur, dass Georg Deininger in der Tat am vergangenen Sonntag in der Frühmesse gewesen sei. Das sei im Übrigen keine so große Überraschung, wie die Herren Kommissare vielleicht glauben wollten, denn Deininger sei ein regelmäßiger Besucher – und, das nur am Rande, ein großartiger Sänger, der dem dünnen Gesang der überwiegend älteren Damen bereitwillig aufhelfe. Es sei ein Jammer, dass der Wirt berufsbedingt nicht für den äußerst ehrgeizigen Dollnsteiner Kirchenchor zur Verfügung stehen könne.

»Und Sie haben tatsächlich über den guten Hirten gepredigt?«, forschte Hecht nach.

»Stimmt genau«, freute sich der Pfarrer. »Der berühmteste Psalm.« Und schon hob er an: »Der Herr ist mein Hirte, nichts wird mir fehlen. Er lässt mich –«

»Danke, wir kennen den Text«, fiel ihm Morgenstern ins Wort. Der Pfarrer allerdings war nicht so leicht zu stoppen.

»Er lässt mich lagern auf grünen Auen und führt mich zum Ruheplatz am Wasser. Er stillt mein Verlangen. Sein Stock und sein Stab, sie geben mir Zuversicht.« Er freute sich erkennbar darüber, dass sich die beiden Kriminalbeamten in seinem Hausflur für die Sonntagspredigt interessierten. Das war er nun wirklich nicht gewohnt.

»Ich habe mir im Vorgriff auf den Altmühltaler Lammauftrieb am Wochenende und auf den bevorstehenden Besuch unseres Ministers Christoph Fäustlein in unserer Nachbargemeinde etwas Besonderes einfallen lassen«, erzählte er stolz. »Man muss die Menschen in ihrer je eigenen Wirklichkeit abholen«, sagte er gedrechselt. »Und da habe ich den guten Hirten gewählt. Aber wollen Sie nicht reinkommen? Hier im Flur lässt es sich nicht gut reden.«

Und schon zog der Geistliche die beiden Ermittler nach links durch eine offene Tür in sein Büro und wies ihnen zwei gepolsterte hohe Stühle zu, die um einen kleinen Tisch standen. Ehe sichs die beiden versahen, hatte der Pfarrer ein Feuerzeug aus seiner Hosentasche gezaubert und damit auf dem Tisch eine dicke Kerze angezündet, dann nahm er auf einem dritten Stuhl Platz. »Der Hirte und seine Schafe, das ist natürlich ein dankbares Thema für eine Predigt. Um das zu wissen, muss man nicht Homiletik studiert habe.«

»Was?«, fragte Morgenstern.

»Homiletik. Die Wissenschaft von der Predigt, der Ausdeutung von Gottes Wort durch den Geistlichen.«

»Ach so.« Morgenstern schaute auf seine Uhr. Das hier hatte ihm gerade noch gefehlt.

»Ich habe angefangen mit dem guten Hirten, der sich um die Schafe kümmert, und habe mir da gleich zu Beginn einen kleinen Scherz über unseren Heimatminister gestattet. Da spitzen die Gläubigen die Ohren, wenn man das so macht. Ich sage also, dass wir froh sein dürfen, dass wir hier in Bayern so gut behütet sind und dass unsere Hirten nicht nur im fernen München sitzen, sondern überall unterwegs sind, damit sich keines von den Schafen verirrt und vom rechten Wege abkommt. Sie hätten mal sehen sollen, wie die Leute da in den Bänken geschmunzelt haben.«

»Verstehe«, sagte Morgenstern ungläubig.

»Ich sage den Leuten auch bei den Landtagswahlen immer: Leute, jeder darf wählen, was er will, dafür haben wir eine Demokratie. Aber Leute: Wählt christlich.«

»Und das machen die dann auch?«, fragte Morgenstern.

»Es könnte noch besser sein«, sagte der Pfarrer. »Aber ich will mich nicht beschweren. Ich trage nur mein Scherflein dazu bei, dass hier alles seine Ordnung hat.«

»Sie sind schließlich auch eine Art Hirte«, sagte Hecht.

»Der Seelenhirte.« Der Geistliche lächelte. »Ich kenne die Meinen, und die Meinen kennen mich. Ich habe jedenfalls gepredigt, dass die heutigen, modernen Menschen wie Schafe sind, die keinen Hirten haben. Versprengt und vereinzelt, und dann bleiben sie in den dornigen Schlehenhecken unserer Heimat stecken und finden nicht mehr heraus. Unser Herr Jesus Christus hat sich aus gutem Grund bei seiner Menschwerdung als Erstes den Hirten und Schäfern gezeigt. Den Männern, die wissen, wie man eine Herde beisammenhält. Mit Güte und Verständnis; wenn das aber nichts hilft, auch mit strenger Hand.«

»Das haben Sie den Leuten gesagt?«

»Aber selbstverständlich. Das Schlimmste für unsere Gesellschaft ist doch die Vereinzelung der Menschen, wenn jeder macht, was er selbst für richtig hält. Wenn jeder glaubt, seinem eigenen, privaten Kompass folgen zu dürfen. Wenn die Familie nichts mehr gilt. Wenn eheliche Treue nichts mehr wert ist.

Wenn da auf einmal gleichgeschlechtliche Lebensgemeinschaften erlaubt sind, als wäre das eine Ehe. Was ist das für eine Welt, in der jeder offen seinen unanständigen, widernatürlichen Neigungen nachgehen darf, wenn da der Mann beim Manne liegt und die Frau bei der Frau, und Berlin gibt seinen Segen dazu? Ich sage: Sodom und Gomorrha. Und ich höre nicht auf, hier in unserer Pfarrei dagegen zu predigen. Das ist das finstere Tal, durch das wir in diesen Tagen alle miteinander wandern müssen. Und das Einzige, was da hilft, wenn draußen in der entfesselten Welt die Wölfe heulen, ist das Zusammenhalten in der Herde und der Blick zum guten Hirten, der sein Leben gibt für seine Schafe und nicht davonläuft, wenn der Räuber kommt.«

»Amen«, sagte Morgenstern ironisch.

»Hat's Ihnen gefallen?«, fragte der Pfarrer interessiert. »Ich kann Ihnen das Manuskript ausdrucken. Das ist gar kein Problem.«

»Danke. Das ist wirklich nicht nötig. Das war alles überhaupt nicht nötig.« Morgenstern erhob sich. »Was sagen Ihre Schäfchen dazu, wenn Sie hier so offen gegen Homosexualität predigen? Das scheint eines Ihrer Lieblingsthemen zu sein.«

»Wer diese Wahrheiten nicht ertragen kann, der muss sich einen anderen Pfarrer suchen. Ich werde meinen Finger so oft ich kann in diese schwärende Wunde legen. Sonst hätte ich meinen Beruf, meine Berufung verfehlt. In meiner Pfarrei rede ich Klartext. Das wissen die Leute, auch wenn ich noch nicht lange hier bin. Ich nenne Ross und Reiter.«

Unerwartet meldete sich auch Peter Hecht zu Wort und brachte ein Thema aufs Tapet, das ihm als unglücklich Geschiedenem auf den Nägeln brannte. »Wie halten Sie es eigentlich mit den wiederverheirateten Geschiedenen?«

Der Pfarrer sah ihn durchdringend an. »Da halte ich mich natürlich genau an die Vorgaben aus Rom: Denen verweigere ich die Kommunion, das ist ganz klar. Selbst dann, wenn sie sich schon in der Schlange angestellt haben. Mein Vorgänger und die Kollegen in anderen Pfarreien haben da die Zügel ein wenig schleifen lassen. Aber bei mir gibt es da keine Nachlässigkeiten. Ich sage immer: Das hätten Sie sich vorher überlegen müssen.«

»Habe ich mir fast gedacht«, murmelte Hecht.

»Was wollen Sie denn eigentlich von Herrn Deininger?«, fragte der Pfarrer plötzlich, als wäre ihm jetzt erst aufgefallen, dass er mit seinem Vortrag möglicherweise ein klein wenig das Thema verfehlt hatte.

»Da dürfen wir Ihnen nicht viel sagen. Es geht um den Schäfermord. Wir …«

»Ja?«

»Herr Deininger ist ein Zeuge, der den Schäfer gut kannte. Das ist alles.«

»Und der Rest ist Dienstgeheimnis?«, fragte der Pfarrer.

»Sie haben's erfasst. Das kennen Sie ja aus Ihrer eigenen Branche: Das ist wie beim Beichtgeheimnis.«

Der Pfarrer nickte. »Verstehe. Dann sehen Sie sich bei der Heimfahrt an der Altmühlbrücke den heiligen Nepomuk an. Er ist der Märtyrer aus Prag, der für das Beichtgeheimnis in den Tod ging.«

»So weit würde ich's dann doch nicht kommen lassen«, sagte Morgenstern. Dann blies er die Kerze am Tisch aus. »Ende der Beichtstunde«, sagte er.

ZWÖLF

Sie entschieden, für heute Feierabend zu machen. Hecht sollte Morgenstern zu Hause absetzen.

»Fahr mal langsam«, sagte Morgenstern plötzlich, als sie die Bundesstraße 13 in Eichstätt überquert hatten und über die Westenstraße Richtung Altstadt fuhren.

Gehorsam bremste Hecht ab. Auf der linken Straßenseite stand ein orangefarbener Container für die Sperrmüllentsorgung. Soweit zu erkennen war, war er bereits gut gefüllt – mit dem heruntergewirtschafteten Mobiliar der Pilskneipe »Der Sausackschleifer«. Der Container war auf einem der raren Parkplätze vor der Kneipe deponiert und mit einem rot-weißen Trassenband zur Straße hin abgesichert worden. Die Kneipentür stand weit offen.

»Brauchst du einen alten Barhocker?«, fragte Hecht.

»Stell dich mal da drüben hin. Das behalten wir mal kurz im Auge.«

»Was ist denn?«

»Ich glaube, da ist gerade die Remmele reingegangen.«

»Unserer Remmele? Die Tierschutz-Terroristin?«

»Genau die. Aber ich kann mich auch täuschen.«

Hecht schaltete die Warnblinkanlage ein und stellte den Wagen halb auf den Gehsteig, ein kleines Stück vom »Sausackschleifer« entfernt. »Und wenn schon«, sagte er.

»Da kommt sie. Sie ist es tatsächlich.«

Saskia Remmele, bekleidet mit einer dunkelgrünen Latzhose und rustikalen Wanderschuhen, kam aus der Tür. Ihre roten Haare hatte sie zu einem Zopf gebunden. Gleich hinter ihr: der Wirt des »Sausackschleifer«. Mit schmutziger Cordhose und einem alten rot-schwarz karierten Holzfällerhemd. Gemeinsam trugen sie eine Tischplatte, die sie mit vereinten Kräften schwungvoll und mit lautem Gepolter in den Müllcontainer warfen. Dann gaben sie sich einen Kuss und kehrten ins Haus zurück.

»Ich dachte, die wäre mit dieser französischen Austauschstudentin zusammen«, wunderte sich Morgenstern. »Stattdessen knutscht sie hier mit dem Typen rum. Die sind doch mindestens dreißig Jahre auseinander. Ich frage mich echt, was die an dem findet.«

»Bist wohl eifersüchtig, Mike?«, amüsierte sich Hecht.

»So ein Schmarrn. Aber man wird sich wohl noch wundern dürfen.«

»Mich wundert gar nichts mehr«, sagte Hecht. »Wahrscheinlich hat der Dollnsteiner Pfarrer recht: Sodom und Gomorrha gibt's auch im Altmühltal.«

Remmele und der Kneipier kamen erneut nach draußen. Dieses Mal trugen sie das dunkelbraun gebeizte Untergestell des Tisches und ließen es in den Container krachen. Dann holte der Wirt eine Leiter aus dem Flur, stellte sie vor dem Haus auf, kletterte hinauf und begann, mit einem Akkuschrauber die Leuchtreklame der Kneipe abzumontieren. Die magere Studentin hielt mit ihren langen, dünnen Fingern die Leiter.

Es hupte hinter Hechts und Morgensterns Wagen: Sie standen dem Linienbus der Stadtwerke im Weg. Der Busfahrer gestikulierte ungeduldig hinter seiner Scheibe, und anstelle der Hupe schaltete er nun das sonderbare Bimmelgeräusch einer Glocke ein, mit der er auch auf dem verkehrsberuhigten Marktplatz säumige Fußgänger aus dem Weg zu scheuchen pflegte.

»Genug gesehen«, sagte Morgenstern.

Hecht schaltete die Warnblinkanlage aus und fuhr los.

»Vielleicht hole ich mir tatsächlich später noch zwei Barhocker. Die waren gar nicht mal so unbequem.«

Hecht blickte seinen Kollegen auf dem Beifahrersitz überrascht an. »Du warst schon mal in dieser Kneipe?«

»Ich war hier schon in jeder Kneipe«, sagte Morgenstern. »Das ist meine Form von Lokalpatriotismus.« Brummelnd sinnierte er: »Jetzt werfen die die guten Barhocker weg. Das gibt's doch gar nicht.«

»Bis du zurückkommst, sind die bestimmt weg.« Hecht drückte bereits auf die Bremse, um bei der Auffahrt zum Walburgiskloster den Wagen zu wenden. »Wenn dir was dran liegt, dann holen wir uns die Hocker gleich. Jetzt. Ist sowieso Feierabend.«

»Ich glaube, das ist mir peinlich.«

»Seit wann ist dir etwas peinlich?«, fragte Hecht und steuerte das Auto zurück zum »Sausackschleifer«.

Sie stiegen aus und nahmen den Container näher in Augenschein. Der gesamte Inhalt verbreitete den milden Duft, wie ihn jahrzehntelange Nikotinimprägnierung verleiht. Daran hatten die letzten paar Jahre des rigorosen Rauchverbots in bayerischen Lokalen nichts mehr ändern können.

»Stinkt wie ein Aschenbecher«, sagte Hecht schnuppernd. »Da wird Fiona keine Freude haben, wenn du deine Wohnung mit so was möblieren willst.«

»Vielleicht krieg ich ja mal eine Kellerbar«, rechtfertigte sich Morgenstern. »Außerdem kann man die Barhocker abbeizen. Dann sind sie wie neu.« Und schon zog er eine der hölzernen Sitzgelegenheiten aus dem Müllberg heraus und stellte sie mit Besitzerstolz auf den Gehsteig. Auch Hecht warf nun alle Bedenken über Bord, kletterte in den Container und begann, wie wild an einem weiteren Stuhl zu zerren, der sich aber unglücklich verkeilt hatte. Aus den Untiefen des Stahlbehälters war das Splittern von Glas zu hören.

»Pass auf, Spargel«, rief Morgenstern. »Komm lieber wieder runter.«

Doch Hecht, im wilden Kampf mit dem Hocker, wollte nicht lockerlassen, bis er mit einem Mal mit dem linken Fuß abrutschte und tief im Sperrmüll-Depot des »Sausackschleifer« einsank. Bis zum Oberschenkel. »Oh verdammt!«, jammerte er. »Ich glaube, jetzt habe ich mir wehgetan. Ich bringe den Fuß nicht mehr raus.«

Auch Morgenstern kletterte nun in den Container. Er begann mit zunehmender Hektik, den bis zum Oberschenkel im Müll festsitzenden Kollegen frei zu bekommen, rüttelte an Stühlen, Regalbrettern und den verschiedensten Teilen einer billigen Küche, die aus gutem Grund den Weg in den Container angetreten hatte.

Hecht jaulte auf. »Pass doch auf, mein Knöchel!«

Die beiden waren dermaßen mit sich selbst beschäftigt, dass Morgenstern erst jetzt bemerkte, dass in der Zwischenzeit der

Wirt und Saskia Remmele vor die Tür getreten waren, jeder mit einem Karton voll weißem Porzellan in der Hand. Kopfschüttelnd beobachteten die beiden die Szenerie.

»Kann man helfen?«, fragte schließlich der Wirt, als ihm endlich klar geworden war, dass die beiden ungebetenen Besucher in einer Notlage steckten. Und dann schob er amüsiert nach: »Das ist ja der Mike. Was machst du denn hier?«

»Ich will mir bloß zwei Barhocker sichern«, ächzte Morgenstern. »Und jetzt ist mein Kollege eingeklemmt.«

Saskia Remmele stand mit vor der Brust verschränkten Armen daneben. Es war klar, dass sie diese seltsame Situation nicht einschätzen konnte.

»Hilf mal mit, Sassi«, sagte der Wirt.

Zu dritt begannen sie, den Container nach und nach auszuräumen. Doch es dauerte knapp fünf Minuten, bis Hechts malträtiertes Bein freigelegt war und er, gestützt von Morgenstern, humpelnd aus seinem Gefängnis steigen konnte.

Hecht zog den rechten Schuh aus und betastete besorgt seinen Fuß. »Böse Prellung«, sagte er. »Mindestens.« Dann reichte er dem Wirt die Hand. »Danke.«

»Nichts zu danken. Und von mir aus könnt ihr alle Hocker haben.«

Saskia Remmele staunte immer noch. Dann wandte sie sich an den Wirt. »Ich glaube nicht, dass es den beiden um die Hocker gegangen ist. Weißt du, wer das ist, Roland?«

Roland, der Wirt, deutete auf Morgenstern. »Ein zufriedener Gast und ein starker Trinker – und ein Mann, der seine Rechnung bar bezahlt hat und nicht wie all die anderen hat anschreiben lassen. Braver Familienvater. Wenn ich von der Sorte mehr gehabt hätte, wäre ich mit dem ›Sausackschleifer‹ nicht pleitegegangen.«

»Die beiden sind von der Kriminalpolizei Ingolstadt«, sagte Remmele. »Die waren schon bei mir. Ich habe dir doch davon erzählt. Und jetzt haben sie schnell mal deinen Container gefilzt.«

»Ach so?«, sagte der Wirt stirnrunzelnd und wandte sich an die beiden von Sperrmüll umstellten Kommissare auf dem Gehsteig. »Ihr seid bei der Polizei? Echt?«

»Das hier ist jetzt aber wirklich eine private Sache«, sagte Morgenstern eilig. »Mir ging's nur um die Hocker, das müssen Sie mir glauben.«

»Wir waren schon beim Du, und dabei lassen wir es auch. Ich bin der Roland.«

»Dann bin ich der Mike.«

»Außerdem gibt's in meinem Container beim besten Willen nichts zu finden, was die Polizei interessieren könnte. Leere Flaschen, alte Möbel. Alte Ordner voll mit Steuerunterlagen. Das dürft ihr euch gerne anschauen. Die Burschen vom Finanzamt – die haben mir das Kreuz gebrochen mit ihren dauernden Forderungen. Und das Rauchverbot natürlich. Wer da heute noch Wirt sein will, der ist auf dem falschen Dampfer.«

Hecht zog sich nun auch noch die Socke vom Fuß und massierte sich den Knöchel.

»Irgendwo drinnen müsste ich noch einen Verbandskasten haben«, sagte der Wirt. »In einer Kneipe muss man immer drauf gefasst sein, dass mal einer eine Blessur davonträgt.«

Vor allem in einer Lokalität wie dem »Sausackschleifer«, dachte Morgenstern. Da war die alte urbayerische Tradition der Wirtshausrauferei noch nicht am Versinken, sondern quicklebendig. Da war ein veilchenblau geschlagenes Auge unter Stammgästen noch kein Fall für Rechtsanwälte und Polizei, sondern Folklore.

Während Wirt Roland im ausgeräumten Lokal in der Hausapotheke nach einer Tube Mobilat und einer Mullbinde suchte, wandte Morgenstern sich der Studentin zu. »Ich dachte, Sie wären mit dieser Französin zusammen. Sie wissen schon, oh, là, là. Die, die wir neulich bei Ihnen aus dem Bett gestöbert haben.«

Remmele warf ihm einen genervten Blick zu. »Ich wüsste nicht, was Sie das angeht. So etwas ist wahrscheinlich in Ihrer spießigen Polizistenwelt nicht vorgesehen. Dass ein Mensch mehrere Optionen hat. Fürs Leben allgemein und bei der sexuellen Orientierung auch.«

»Abgesehen davon ist der Altersunterschied schon –«

»Sie hören sich schon an wie meine Mutter«, unterbrach ihn Remmele. Morgenstern wurde rot.

Der Wirt kam mit einem zerknautschten Verbandskasten aus

Plastik zurück auf die Straße und begann, Hecht zu verarzten, der sich dazu auf einen Stuhl am Gehsteig gesetzt hatte, als wäre er beim Straßendoktor in den Slums von Kalkutta.

»Ist nichts Schlimmes.« Er klopfte Hecht auf die Schulter. »Die Tube Mobilat gebe ich dir mit. Dann kannst du den Fuß später noch mal einschmieren. Ich brauche sie hier nicht mehr.« Wie zum Beweis dieses Satzes schleuderte er den Verbandskasten in den Container, dass Hansaplaststreifen und Mullbinden wild durcheinanderflogen.

»Und wie geht's bei dir jetzt weiter?«, fragte Morgenstern den Wirt. »Pachtest du dir eine neue Kneipe?«

»Nein. Das Thema hat sich für mich erledigt. Ich höre auf mit dem Leben als Selbstständiger. Die Bude hier wird vom Eigentümer renoviert. Der macht Wohnungen draus, für Studenten. Da ist für ihn mehr verdient als mit einem Wirt, der seine Pacht nicht zahlen kann. Und ich gehe in die Festanstellung. In einem Restaurant. Nach fast dreißig Jahren will ich die Sache mal ein bisschen langsamer angehen. Ich brauche geregelte Arbeitszeiten, ein zuverlässiges Einkommen und ein Dach überm Kopf. Die Kneipe hier hätte mich fast in den Ruin getrieben. Es war höchste Zeit, dass ich die Notbremse ziehe.«

»Es war doch tüchtig was los bei dir am Samstag«, gab Morgenstern zu bedenken.

»Schon, aber das war eine Ausnahme. Jetzt, in den Sommermonaten, ist totale Flaute. Wenn du keine Sitzgelegenheiten im Freien hast, bist du auf verlorenem Posten. Und seit es das Rauchverbot gibt …«

»Immer die gleiche Leier«, wandte Morgenstern ein. Er konnte das Gejammer der Wirte schon lange nicht mehr hören – und war sich ziemlich sicher, dass der Niedergang des »Sausackschleifer« nur zum geringen Teil mit dem Antirauchgesetz zusammenhing. Davon zeugten andere Kneipen, die sich nach wie vor größter Beliebtheit erfreuten, auch wenn die Gäste in unregelmäßigen Abständen grüppchenweise zum Paffen vor die Tür treten mussten.

»Na, dann wünsche ich dir jedenfalls viel Glück«, sagte Morgenstern und gab Roland die Hand. »Hast du noch viel zu tun?«

»Jede Menge. Wir müssen heute fertig werden. Der Container wird morgen früh abgeholt. Und ich bin schon ab morgen Mittag bei meinem neuen Job im Einsatz.«

Morgenstern klemmte sich einen Barhocker unter den Arm und verfrachtete ihn auf die Rückbank seines Autos. Dann wählte er sorgfältig einen zweiten Hocker aus, saß dafür sogar kurz Probe und verstaute auch diesen im zivilen Dienst-Audi.

Hecht humpelte hinterher. »Geht schon wieder«, sagte er. »Und wehe, du hältst diese blöden Hocker nicht in Ehren.«

»Ehrenwort.«

Dieses Versprechen zu halten war freilich leichter gesagt als getan. Um exakt zu sein, war es ein Ding der Unmöglichkeit. Denn es stellte sich schon wenige Minuten später heraus, dass Fiona die Begeisterung ihres Gatten für rustikale Saloon-Möblierung nicht teilte. Morgenstern hatte die beiden Möbelstücke voll Besitzerstolz die Treppe zu ihrer Mietwohnung hochgetragen – und war schon an der Eingangstür von seiner Frau gestoppt worden.

»Das ist doch nicht dein Ernst!«

Es war Morgenstern aber ernst damit, und es gelang ihm immerhin, die Stühle nacheinander bis zur Küche zu tragen und dort mit viel Brimborium aufzustellen. Hier, so erklärte er, wolle er in Zukunft gern seinen Kaffee zu sich nehmen. Ganz lässig, in leicht erhöhter Position. In französischen Bistros zum Beispiel mache man das seines Wissens ähnlich.

Keine Viertelstunde später lagerten die beiden Sitzmöbel im Kellerabteil der Familie Morgenstern, in einem aus ungehobelten Holzlatten gezimmerten Verschlag, in dem auch diverse unausgepackte Umzugskartons und die Kiste mit dem Christbaumschmuck deponiert waren. Da standen sie nun, wie bestellt und nicht abgeholt, und zwar zusammen mit dem Haussegen, der dermaßen in Schieflage geraten war, dass es kein Halten mehr gegeben hatte.

Morgenstern war stockbeleidigt, dass er mit seiner spontanen Einrichtungsidee dermaßen abgeblitzt war. Fiona wiederum konnte nicht verstehen, wie ihr Mann auf die »Schnapsidee« gekommen sei, »stinkenden Sperrmüll aus einer abgerockten

Spelunke« in ihre gute Stube zu schleppen. Bastian und Marius, die beiden Nikotin-Gegner, hatten sich nach einigem argwöhnischen Beschnuppern der Hocker auf die Seite ihrer Mutter geschlagen und sich auch durch die Ankündigung männlicher Heimwerkerfreuden (Schmirgelpapier und Lackfarbe) nicht umstimmen lassen.

Die Laune wurde auch dadurch nicht besser, dass Fiona zum Abendessen eine größere Menge Rohkostgemüse in mundgerechte Streifen geschnippelt hatte und mit drei verschiedenen Soßen zum Dippen servierte. Der Hausherr mümmelte nach Kaninchenart eine Weile daran herum, aß wenig, trank dafür umso mehr vom Rotwein und steigerte sich immer weiter in seinen Groll hinein. Stimmungsmäßig befand er sich in einer üblen Abwärtsspirale.

Das mochte auch daran liegen, dass seine Ermittlungen im Fall Heiß feststeckten. Ibrahim Moussadi war laut aktuellsten Informationen aus dem Auswärtigen Amt samt Familie an der türkisch-syrischen Grenze gesichtet worden, wo ein internationaler Haftbefehl nicht viel wert war. Viele Indizien sprachen für Moussadi als Mörder – aber wer wollte sich schon auf Indizien stützen? Am Messer aus der Mülltonne hatten sich keine genetischen Spuren von Schäfer Heiß finden lassen. Eine enttäuschende Entwicklung. Weiß der Kuckuck, warum Moussadi senior und junior das Messer überhaupt weggeworfen hatten. Morgenstern ärgerte sich über den verworrenen Fall – auch die übrigen Spuren waren ein heilloses Durcheinander, von Saskia Remmele über Georg Deininger bis hin zu Hermann Birner – und darüber, dass am kommenden Samstag der Lammauftrieb in Mörnsheim stattfinden würde, ohne dass die Kriminalpolizei Ingolstadt das ersehnte Ermittlungsergebnis vorlegen konnte.

Der Heimatminister kam trotzdem. Das hatten Hecht und Morgenstern am Vormittag von Adam Schneidt erfahren. Am Donnerstagnachmittag würde er in Hagenacker im Rahmen des Naturschutzprojekts die Fertigstellung eines »Biotopverbundsystems« durchs ganze Altmühltal feiern. Am Samstag käme dann im Nachbarort Mörnsheim der eigentliche Lammauftrieb, also der Zug mit einer kompletten Schafherde durchs Dorf. Für die ikonenhaften Fotos, die dabei entstanden, würde der Minister wohl zur Not sogar mit dem Fahrrad ins Altmühltal fahren, dachte Morgenstern – und holte eine weitere Flasche Wein aus der Speisekammer. Von Fiona gab es dazu keinen Kommentar. Funkstille im Haus Morgenstern. Die Kinder hatten sich angesichts der frostigen Atmosphäre grußlos in ihr gemeinsames Zimmer verkrümelt.

Schließlich stand Fiona auf, räumte die Platten mit den Karotten- und Kohlrabi-Sticks beiseite, trugt den halb vollen Korb mit dem quadratischen Vollkornbrot in die Küche zurück, klapperte dort noch eine Weile herum, und dann hörte Morgenstern die Wohnungstür schlagen. Er atmete tief durch. Dieser Abend ließ sich gar nicht gut an.

Unmotiviert schaltete er das Fernsehgerät an: »Aktenzeichen XY … ungelöst«. Das hatte ihm gerade noch gefehlt – das Format, einmal monatlich am Mittwochabend im ZDF, für die beinahe hoffnungslosen Kriminalfälle, das einst den dickbackigen Eduard »Ede« Zimmermann als Fernsehfahnder berühmt gemacht hatte. Warum bloß hatte sich für den Mord an Franz-Xaver Heiß kein Zeuge auftreiben lassen? Wie viel Pech musste ein Ermittlerteam haben, dass ein Mensch am lichten Morgen abgeschlachtet wurde, ohne dass jemand etwas hörte? Warum konnte nicht einfach Fritz Frühaufsteher auftauchen und Ibrahim Moussadi auf einem Foto als verdächtigen Spaziergänger am Neuen Weg identifizieren?

Genervt schaltete er den Fernsehapparat wieder aus. Es läutete an der Tür. Morgenstern stand auf, öffnete – und vor ihm stand lächelnd Fiona: mit zwei dick in Aluminiumfolie verpackten Dönern.

»Zwei?«, fragte Morgenstern.

»Einer für dich, einer für mich.«

»Ist das nicht zu viel Fleisch für dich? Statt Slow Food?«

Fiona schüttelte den Kopf. »Heute nicht. Und später klären wir die Sache mit den Barhockern. Und zwar vernünftig. Wie es sich unter erwachsenen Menschen gehört.«

Es wurde schon dunkel, als sie sich über die Zukunft der Sperrmüll-Hocker verständigt hatten. Fiona hatte Morgenstern behutsam zu einer Entscheidung geführt, die ebenso gut ihre eigene hätte sein können. Nur dass sie aus seinem Munde kam. Und die lautete: »Aus den Augen – aus dem Sinn. Je eher, desto besser!« Und Morgenstern wären bestimmt noch etliche weitere Binsenweisheiten eingefallen, wenn ihn nicht Fiona am Ärmel gepackt hätte, hinab ins Kellerabteil.

Fahrtüchtig war freilich keiner der beiden mehr, und deswegen trugen sie nach kurzer Beratschlagung die beiden Hocker gemeinsam quer durch die Altstadt von Eichstätt. Zurück zum Container in der Westenstraße. Passanten, denen sie über den Weg liefen, schauten ihnen erstaunt nach, aber das kümmerte sie nicht. Ein Streifenwagen der Polizeiinspektion Eichstätt rollte leise vorbei. Ludwig Nieberle, wer sonst, dachte Morgenstern.

Nieberle ließ die Scheibe der Beifahrertür nach unten gleiten. »Na, die Morgensterns gehen noch aus – und nehmen sicherheitshalber ihre eigenen Stühle mit, für den Fall, dass es bloß Stehplätze gibt …«

»Haha«, sagte Morgenstern. »Wir bringen bloß Sperrmüll weg. Da draußen steht ein Container.«

»Ach, beim Roland.«

Das war wieder mal typisch, dachte Morgenstern. Nieberle kannte hier einfach jeden.

»Der Roland kriegt noch Ärger mit mir. Der Container ragt halb in die Straße rein, und der Schlamper hat die Warnlichter nicht angemacht. Wenn's dumm läuft, fährt einer in der Dunkelheit dagegen.«

»Ich mach ihm seine Blinklichter an«, versprach Morgenstern in einem Anflug von kleinstädtischem Bürgersinn, und Nieberle setzte zufrieden seine Patrouillenfahrt durchs spätabendliche Eichstätt fort.

Die rot-weißen reflektierenden Warnbaken, die auf beiden Seiten des Containers aufgestellt waren, hatten an ihrer Oberseite ein orangefarbenes Plastiklicht. Nach einigem Tüfteln fand Morgenstern den Einschaltknopf, und nun sorgten zwei helle Blinklichter für die Einhaltung der Straßenverkehrsordnung in der Westenstraße, allerdings auch für ein leicht gespenstisches

Unfall-Szenario, von dem die Anwohner hinter ihren Schlafzimmervorhängen gewiss wenig begeistert waren.

Der Container war im Laufe des Abends noch bis zum Rand gefüllt worden, ganz oben lag die Leuchttafel mit der Aufschrift »Zum Sausackschleifer«. Zum Schluss war ein grünes grobmaschiges Netz über den hoch aufragenden Inhalt gespannt worden, damit auf der Fahrt über die Straßen des Landkreises Eichstätt zur Müllverbrennungsanlage Mailing nichts verloren ging. Morgenstern löste das Netz an zwei Ecken des Containers und schlug es zurück. Es würde gar nicht so einfach sein, die beiden Barhocker einigermaßen vernünftig unterzubringen.

Morgenstern erkletterte den Container an der Seite und stützte sich mit beiden Händen an der Oberkante ab. »Ziemlich voll«, sagte er zu Fiona. »Wir legen die einfach noch irgendwie obendrauf. Und spannen dann das Netz drüber. Die werden schon halten.«

Fiona, ebenfalls von Rotwein und wiedergewonnenem Ehefrieden beschwingt, turnte ihrerseits auf der anderen Seite des stählernen Behälters der Entsorgungsfirma Daum nach oben. Im Blinklicht der Warnlampen sah sie sich interessiert die Hinterlassenschaften des »Sausackschleifer« an.

»Da kommt sogar bei mir das Jäger-und-Sammler-Gen zum Vorschein«, sagte sie. »Töpfe, Pfannen, Geschirr, die haben wirklich alles weggeworfen.« Plötzlich wurden ihre Augen groß. »Ich glaub's nicht«, sagte sie.

»Was ist denn?«, fragte Morgenstern von der anderen Seite.

»Die haben eine alte Jukebox reingeworfen. Ganz unten. Ich kann sogar noch die alten Schallplatten erkennen. Aber das Ding ist bestimmt völlig hinüber.«

»Lass mal sehen.« Morgenstern beugte sich weit nach vorn, konnte aber im schlechten Licht zu wenig sehen, die nächste Straßenlaterne war zu weit entfernt. Er nahm sich eine der Lampen, die nur auf die Warnbake aufgesteckt waren, und hatte nun einen – wenn auch nervtötend blinkenden – Scheinwerfer zur Verfügung. »Tatsächlich, ein alter Musikautomat«, sagte er. »Und so etwas schmeißen die weg. Wofür gibt's denn heutzutage eBay?«

Er beugte sich weit nach vorn, hinab zu dem gesplitterten Plexiglasdeckel der Jukebox, um möglicherweise eine oder besser noch mehrere der schwarzen Schallplatten zu erhaschen, kam aber mit dem Arm nicht weit genug nach unten.

»Nun streck dich halt noch ein bisschen«, sagte Fiona, vom Jagdfieber gepackt.

»Ich komme nicht ran. Hast du bei dir drüben irgendeine Verlängerung? Muss nicht lang sein.«

»Warte, da ist was.« Fiona fingerte auf ihrer Seite zwischen Kartons und blauen Mülltüten mit schwer definierbarem Inhalt herum. Dann beförderte sie mit leisem Ächzen einen langen Stock, der senkrecht an der Innenwand des Containers gelehnt hatte, ans blinkende Warnlampenlicht. »Der hat unten sogar so etwas wie eine Kinderschaufel«, sagte sie. »Passt der?«

»Gib mal rüber«, sagte Morgenstern. Er packte den Stock, stellte fest, dass neben der Metallschaufel sogar noch ein eiserner Haken herausragte, und begann, damit nach den Platten zu stochern. Es brauchte ein paar Versuche, dann gelang es ihm, eine der Vinyl-Singles an die Oberfläche zu ziehen – sie hing am Haken wie ein Karpfen. Morgenstern pflückte die Schallplatte vom Stock und versuchte, die Beschriftung zu entziffern. »Udo Jürgens: Ein ehrenwertes Haus«, buchstabierte er.

Dann erst fiel sein Blick auf seinen seltsamen »Angelstock«, auf die schmutzige, abgewetzte Schaufel mit dem abstehenden Haken. Er brauchte drei, vielleicht vier Sekunden, dann meldete sich in seinem Kopf ein vertrautes Zitat, und wie von selbst murmelte er: »Dein Stock und dein Stab geben mir Zuversicht ...«

»Wie bitte?«, fragte Fiona. »Das ist aber nicht von Udo Jürgens?«

»Nein«, sagte Morgenstern. »Das ist ganz was anderes.« Noch einmal inspizierte er den Stock, dann sprang er, den Stab in der einen, die Schallplatte in der anderen Hand, vom Container.

»Das ist eine Schäferschippe«, sagte er. »Ich habe schon Fotos davon gesehen. Und ich habe einen ganz konkreten Verdacht, wem die gehört. Das ist die Schäferschippe von Franz-Xaver Heiß. Dabei habe ich noch nicht mal gewusst, dass die fehlt.«

In aller Eile befestigten die beiden das grüne Netz über dem

Container, der nun wieder aussah wie zuvor, und gingen zurück nach Hause. Morgenstern war regelrecht euphorisiert von diesem gänzlich unerwarteten Fund.

»Wir müssen die Fingerabdrücke auf dem Stock überprüfen lassen«, sagte er, als wäre Fiona neuerdings seine Kommissariatskollegin. »Und wir müssen diesen Roland und seine Saskia überprüfen. Jeder von den beiden kann den Stock in den Container gesteckt haben. Vielleicht haben Sie es auch gemeinsam getan.«

Zu Hause rief Morgenstern Hecht an. Ob er noch die Tube mit dem Mobilat habe. »Aber natürlich«, kam die Antwort. Die Schwellung am Fuß gehe zum Glück schon wieder zurück. »Die Creme wirkt fast Wunder.«

»Wir müssen die Fingerabdrücke von diesem Roland von der Tube abnehmen lassen«, erklärte Morgenstern, und dann informierte er den Kollegen umständlich und ziemlich ausschweifend über den Schäferstock aus dem Sperrmüllcontainer. Er verhaspelte sich dabei allerdings immer wieder, sodass Hecht schließlich merkte, wo der Hase im Pfeffer lag.

»Wie viel hast du denn heute Abend getrunken?«, fragte er.

»Schon was …«, nuschelte Morgenstern.

»Dann schlage ich vor, dass du dich jetzt ins Bett legst und dir einen Schönheitsschlaf gönnst, und wir beide treffen uns morgen früh im Präsidium.«

»Sollten wir nicht gleich jetzt was unternehmen?«, wandte Morgenstern ein.

»Ich sehe nicht, dass da gerade Gefahr im Verzug ist. Nein, wir gehen die Sache systematisch an. Gute Nacht, Mike.«

»Gute Nacht, Spargel.«

DREIZEHN

Um Punkt acht Uhr am Donnerstagmorgen waren Hecht und Morgenstern im Labor des Polizeipräsidiums. Hechts Fuß war wieder einigermaßen heil. Die zerknautschte Mobilat-Tube hatte er in einer kleinen Plastiktüte mitgebracht.

Morgenstern wiederum hatte für den Hirtenstock keine passende Verpackung gefunden und ihn zum Schutz der empfindlichen Spuren in der Mitte mit einem Geschirrtuch umwickelt. Der Stock sah damit aus wie der Speer eines afrikanischen Kriegers. Geistesgegenwärtig hatte Morgenstern sogar noch Fionas Fingerabdrücke zum Abgleich mitgebracht, damit erst gar keine Missverständnisse aufkamen. Er hatte sie einfach einen sauberen Kaffeebecher fest mit beiden Händen halten lassen. Das sollte reichen.

»Es wird aber ein bisschen dauern«, sagte der Laborant.

»Wir werden bis dahin versuchen, etwas über diesen Roland rauszufinden.« Morgenstern wurde peinlich bewusst, dass der Mann wieder einmal eine seiner Zufallskneipenbekanntschaften war, über die er trotz nächtlicher Verbrüderungsszenen so gut wie nichts wusste. Ein Vorname, mehr war da nicht zu holen. Mike Morgenstern: als Zeuge total ungeeignet. Sein Gedächtnis: ein Sieb. Sein privates Telefonbuch: nicht existent.

»Wofür gibt's Internet?«, fragte er Hecht, als sie in ihrem Büro saßen, bei frisch gefiltertem Kaffee für Morgenstern und einer Tasse Kamillentee für Hecht. Er habe am Morgen übrigens zu Hause seinen Fuß schon in Kamillentee gebadet, sagte der Kollege – und Morgenstern sah das duftende Heißgetränk mit neuen Augen.

Der Suchaufruf »Sausackschleifer« brachte bei Google leider nur ein sehr bescheidenes Ergebnis, nämlich in etlichen Variationen die Legende, wie die Eichstätter zu ihrem Necknamen gekommen seien: Sie hätten einen gefüllten Saumagen, einen Presssack also, als Geschenk für ihren Fürstbischof einst per Schleifstein in die gewünschte kreisrunde Form bringen wollen, damit er optimal auf die Servierschale passte. Mäßig lustig, fand Morgenstern.

Ein weiterer Treffer war die örtliche Faschingsgesellschaft, deren jährliche Vereinspostille ebenfalls »Der Sausackschleifer« hieß. Die Kneipe aber, inzwischen besser »Ex-Kneipe«, war im Internet nicht aufzustöbern – und somit auch nicht ihr gescheiterter Betreiber.

»Nieberle«, sagte Morgenstern nach einigen Minuten vergeblicher Internet-Bemühungen und schlug sich mit der flachen Hand an die Stirn, dass es nur so patschte. »Der Ludwig Nieberle kennt den Wirt. Das hat er doch gestern Abend bei seiner Streifenfahrt gesagt.« Er erinnerte sich sogar noch genau. »Der Roland, der Schlamper.«

Ludwig Nieberle, der gemütliche Polizeibeamte, war zum Glück rasch zu finden, ein Mann, der noch so traditionelle, wenn auch im Rückgang begriffene Gewohnheiten pflegte wie den Besitz einer Festnetznummer und eines Eintrags im örtlichen Telefonbuch. Allerdings musste Morgenstern das Telefon eine gute Minute lang läuten lassen, bis abgehoben wurde.

»Nieberle Erna«, meldete sich schließlich eine Frauenstimme und fügte hinzu: »Entschuldigung, ich war draußen beim Gemüse im Garten.«

»Ich brauche dringend Ihren Mann«, sagte Morgenstern.

»Der hat Nachtschicht gehabt und schläft jetzt noch.«

»Trotzdem«, sagte Morgenstern. »Sagen Sie ihm, es geht um den Schäfermord. Es ist dringend.«

Gleich darauf war Ludwig Nieberle selbst am Telefon und schimpfte erst einmal los. »Kann man denn hier nicht einmal in Ruhe ausschlafen! Ich glaube, ich werde allmählich zu alt für den Schichtdienst.«

»Nein, wir brauchen dich da weiterhin«, lobte ihn Morgenstern. »Jetzt pass mal gut auf. Du kennst doch diesen Roland, den Wirt vom ›Sausackschleifer‹, oder?«

»Aber freilich. Nicht dass ich heutzutage noch sein Gast wäre. Das ganz bestimmt nicht. Aber früher schon. Da waren die Erna und ich immer wieder bei ihm. Aber das ist schon lange her. Um was geht's denn?«

»Ihr wart wirklich in seiner Kneipe? Das kann ich mir nicht vorstellen«, sagte Morgenstern überrascht. Das Ehepaar Nieberle war definitiv nicht die Klientel für Wirte vom Schlage eines Roland.

»Kannst du mir schon glauben. Der Roland hat früher, noch vor Jahrzehnten, hier im Altmühltal eine richtig gute Wirtschaft gehabt, ein beliebtes Ausflugslokal. Mit großen Hochzeiten und Abendtanz und allem Drum und Dran. Nicht zuletzt mit einer legendären Kellerbar. Damals der letzte Schrei. Da sind wir seinerzeit oft gewesen. In unserer wilden Jugend.« Ludwig Nieberle schwieg einen Moment. Wahrscheinlich warf er gerade seiner Erna einen erinnerungsschweren Blick zu.

»Aber dann hat er sie heruntergewirtschaftet und aufgeben müssen. Da ist später ein Asylbewerberheim draus geworden. Solche Geschichten gibt es oft auf dem Land. Ein Jammer. Tragisch.« Nieberle überlegte. »Und seitdem hat er ständig wechselnde Wirtschaften, und es ist von Mal zu Mal schlechter geworden. Zuerst hat er noch gekocht, das kann er richtig gut, wenn er will. Aber dann ist es auch damit den Bach runtergegangen. Und dieser ›Sausackschleifer‹ war seine vorläufig letzte Station. Mal schauen, was er als Nächstes macht.«

Morgenstern stellte sich Nieberle im gestreiften Schlafanzug vor, wie er an einem uralten lindgrünen Wählscheibentelefon im Flur seines Einfamilienhauses stand. »Also, Ludwig, jetzt zum Mitschreiben: Wie heißt der Wirt mit vollem Namen? Ich kann den nirgends finden.«

»Ach so. Das ist einfach. Der hat meines Wissens so eine kleine Mietwohnung im Buchtal. Und mit Familiennamen …« Nieberle stockte und verfiel dann in Selbstgespräche. »Mir liegt's auf der Zunge. Gleich fällt es mir wieder ein. Roland … Roland … Meine Güte, das kommt davon, wenn man alt wird. Wie heißt jetzt der gleich wieder? Halt so wie sein älterer Bruder draußen in Dollnstein, der Georg, der das ›Parzival‹ hat. Jetzt habe ich's: Deininger. Roland Deininger. Mensch Meier, das war doch jetzt wirklich nicht so schwer.«

Am Telefon im Polizeipräsidium Oberbayern-Nord in Ingolstadt herrschte ungläubiges Schweigen. Hecht und Morgenstern sahen sich lange an. Dann fragte Morgenstern: »Bist du dir ganz sicher?«

»So sicher wie das Amen in der Kirche. Ich war doch mit dem Schorsch zusammen in Rebdorf. Ich kenn mich aus. Und was soll der Roland verbrochen haben?« Ludwig Nieberle schien den Ernst der Lage noch nicht erkannt zu haben.

Morgenstern erklärte ihm die Sache mit der Schäferschippe. »Er hat zu uns gesagt, dass er schon heute Mittag irgendwo in einem Restaurant im Einsatz ist«, erinnerte sich Morgenstern. »Er arbeitet jetzt als Angestellter in der Gastronomie. Hast du eine Idee, wo wir ihn finden könnten?«

»Das geht dann doch zu weit«, musste Nieberle bedauernd einräumen. »Da gibt's talauf, talab jede Menge Wirte, die händeringend nach einem Aushilfskoch suchen. Gerade jetzt vor Pfingsten, wo im Altmühltal die Hochsaison anfängt und die ganzen Radler kommen. Warum schaut ihr nicht einfach bei ihm daheim vorbei? Wenn er da ist. Das wäre das Einfachste. Im Buchtal. Das muss doch leicht rauszukriegen sein.«

Sie hörten, wie Nieberle im Telefonbuch zu blättern begann. »Da hab ich ihn ja schon. Mit Haus- und Telefonnummer. Aber ehrlich gesagt kann ich mir nicht vorstellen, dass der Roland jemandem etwas antut. Wir bei der Inspektion haben in all den Jahren nie Probleme mit ihm selber gehabt.«

»Nur mit seinen Gästen«, tippte Morgenstern.

»Du sagst es. Und jetzt gehe ich wieder ins Bett. Weckt mich auf, wenn ihr noch was wissen müsst. Die Polizei, dein Freund und Helfer.«

Morgenstern wählte auf Verdacht die Telefonnummer, die Nieberle ihm durchgegeben hatte.

Doch obwohl er den Apparat fast endlos läuten ließ und damit wahrscheinlich die gesamte Nachbarschaft im Buchtal terrorisierte, hob niemand ab.

Er versuchte es auf der Handynummer von Saskia Remmele. Aber da meldete sich nur die Mailbox. Morgenstern sprach drauf, sie solle sich umgehend bei ihm melden.

Es klopfte an der Bürotür: Der diensthabende Spurenexperte des Labors stand davor, einen Zettel in der Hand. »Das ging schneller als erwartet«, sagte er, kam herein und setzte sich auf einen Stuhl.

»Was haben Sie rausgekriegt?«, fragte Morgenstern.

»Der Stock ist natürlich von oben bis unten übersät mit den Fingerabdrücken von Herrn Heiß, dem Schäfer. Das war zu erwarten.«

»Und weiter?«, drängte Hecht.

»Dann sind noch die Fingerabdrücke von Ihnen drauf, Herr Morgenstern, und auch die von Ihrer Frau. Noch mal danke für die Tasse.«

»So weit war das auch klar«, sagte Morgenstern. Wie er es hasste, wenn diese Tüftler vom Labor die Bekanntgabe ihrer Ergebnisse verzögerten. Das war wohl deren Methode, den Kollegen deutlich zu machen, wie viel Analyse-Arbeit hinter einem solchen Auftrag steckte.

»Ich habe den Stock auch von oben bis unten nach Fingerabdrücken von Frau Remmele abgesucht, genauso wie Sie es mir gesagt hatten, also im Abgleich mit den Abdrücken auf der Graffiti-Schablone, die Sie mir zur Verfügung gestellt hatten.«

»Und?«, fragten Hecht und Morgenstern.

»Nichts. Absolut nichts.« Der Laborant sah die beiden Kommissare triumphierend an. »Auf dem Stock finden sich neben den Fingerabdrücken des Schäfers tatsächlich nur noch die Abdrücke eines einzigen anderen Menschen. Anscheinend hat dieser Herr Heiß nicht viele Leute an seine Schäferschippe herangelassen. Glück für uns.« Lächelnd zog der Techniker einen kleinen Plastikbeutel mit der Mobilat-Creme hervor. »Es sind eindeutig dieselben Fingerabdrücke wie auf dieser Tube.«

»Wir haben ihn!«, jubelte Morgenstern. »Das ist der Beweis, dass nicht irgendjemand anders im Vorbeigehen den Schäferstock heimlich in den Container an der Straße gesteckt hat. Das war er schon selber, der Roland. Herr Roland Deininger höchstpersönlich.«

»Jetzt müssen wir ihn nur noch finden«, sagte Hecht. »Und dann bin ich mal gespannt, was er uns als Erklärung auftischt.« Er wandte sich Morgenstern zu. »Immer interessant, mit welchen Leuten du dich in deiner Freizeit triffst.« Er fing leise zu singen an: »›Und der Haifisch, der hat Zähne, und die trägt er im Gesicht – und Macheath, der hat ein Messer, doch das Messer sieht man nicht.‹«

»Sein Messer brauchen wir natürlich auch noch.«

Der Laborant räusperte sich. »Wenn Sie schon von Mackie Messer reden – der trägt bekanntlich einen ›Handschuh, drauf man keine Untat liest‹, wenn ich das noch richtig vom Deutschunterricht in Erinnerung habe. Ich habe an diesem Stock noch einige andere Spuren gefunden. Keine Fingerabdrücke, sondern Hautabrieb. Unterm Mikroskop. Für mich sieht das so aus, dass zwei Leute an diesem Stock gezogen haben, dass sie vielleicht um den Stock gekämpft haben. Die Oberfläche von diesem Stecken ist ziemlich grob. Wenn dir der durch die Hand rutscht, tut's weh. Ist aber bloß eine Theorie.«

Morgenstern nickte. »Das könnte bedeuten, dass Heiß versucht hat, den Angriff im letzten Moment mit seiner Schippe abzuwehren. Es ist zu einem Gerangel um den Stock gekommen. Der Schäfer hat verloren und dann erst, wahrscheinlich schon im Liegen, die tödliche Verletzung erlitten.«

Hecht nippte an seinem Kamillentee. »Und deswegen hat Deininger den Stock mit nach Hause nehmen müssen. Weil klar war, dass er voller Spuren ist, die auf ihn hinweisen.«

»So einen Stock kann man auch nicht einfach in die Landschaft werfen«, fügte der Laborant hinzu. »Dann hätte ihn die Spurensicherung bald gefunden. Oder ein Spaziergänger. Einen Schäferstock erkennt auch ein Laie.«

Hecht führte den Gedanken fort. »Und gestern, am Freitagabend, hat Deininger die Chance genutzt, den Stock in der Dunkelheit in seinen eigenen Sperrmüllcontainer zu stecken. Und ab damit in die Müllverbrennungsanlage nach Mailing. Weg wäre er gewesen, für alle Ewigkeit.«

Er grinste. »Es kann auch wirklich keiner auf die Idee kommen, dass zwei ausgewachsene Oberkommissare der Kriminalpolizei Ingolstadt eine Schwäche für den Inhalt von Sperrmüllcontainern haben.«

»Und dass der eine von ihnen eine Frau hat, die für diese Schwäche kein Verständnis aufbringt«, gab Morgenstern zurück. »Vielleicht haben wir beide, du und ich, den Deininger mit unserem Wühlen im Container erst auf die Idee gebracht. Nachdem wir schon mal da waren am frühen Abend, ob privat oder nicht, konnte er nach dem ersten Schreck sicher sein, dass sich der Sperrmüll für die Polizei erledigt hat. Und dann erst hat er den Stock geholt und unauffällig dazugesteckt.«

»Und der Typ hat mich verarztet«, gruselte es Hecht im Nachhinein. »In dem Moment war er mir nicht unsympathisch. Man kann in die Leute einfach nicht hineinschauen.«

Morgenstern versuchte es noch einmal auf dem Handy von Saskia Remmele und, von seinem neutralen Privathandy aus, bei der Telefonnummer von Roland Deininger. Er rief sogar die Nummer des »Sausackschleifer« an. Die Leitung war tot. Vermutlich hatte der Wirt zusammen mit dem Mobiliar auch das Kneipentelefon entsorgt.

Als letzte Möglichkeit, den Wirt ausfindig zu machen, fiel den beiden Kommissaren sein Bruder ein: Georg Deininger, der Betreiber des »Parzival«. Morgenstern schaute auf die Uhr. Es war kurz vor elf. Um diese Uhrzeit sollte ein Gastronom an einem Donnerstag an seinem Herd stehen und die letzten Vorbereitungen treffen.

Es meldete sich Jungkoch Florian Krawczik.

»Ich brauch Ihren Chef«, sagte Morgenstern kurz angebunden. »Dringend.«

»Der ist nicht da. Der ist den ganzen Mittag über weg, zusammen mit einem Kollegen. Wir halten hier zu zweit die Stellung. Ich habe deswegen auch gar keine Zeit. Wir haben Stress. Aber so viel kann ich Ihnen sagen: Ich brauche einen neuen Job.«

»Haben Sie gekündigt?«

»Nein, ich bin gekündigt worden. Ab Montag. Der Chef hat einen neuen Koch eingestellt.«

»Hoffentlich waren wir nicht schuld daran«, sagte Morgenstern mit schlechtem Gewissen. Georg Deininger konnte sich ziemlich sicher sein, dass Krawczik Interna an die Polizei weitergegeben hatte. Ein unverzeihlicher Vertrauensbruch. »Wir rufen später noch mal an, wenn Ihr Chef wieder da ist«, sagte er.

»Was wollen Sie denn von ihm wissen?« Krawczik konnte seine Neugier nicht verbergen.

»Nichts, bei dem Sie uns weiterhelfen könnten, Herr Krawczik. Uns interessiert, wo der Bruder Ihres Chefs steckt. Roland Deininger. Der arbeitet angeblich irgendwo in der Gastronomie.«

»Roland Deininger?«, fragte Krawczik mit gesenkter Stimme zurück. Dann besann er sich wohl darauf, dass er nur noch zwei Arbeitstage im »Parzival« vor sich hatte und deswegen keine Rücksicht mehr auf eventuelle Lauscher nehmen musste. »Dieser Roland Deininger, das ist mein Nachfolger hier in der Küche. Und ich kann Ihnen auch sagen, wo er gerade ist: Er ist zusammen mit unserem Chef und einer Küchenhilfe beim Empfang für den Heimatminister. Das ›Parzival‹ hat die Bewirtung übernommen.«

»Der Minister. Ausgerechnet«, stöhnte Morgenstern.

Hecht dagegen sah die Lage unproblematisch. »Was gibt's da zu essen?«

»Lammrollbraten. Ist doch klar.«

»Mit Spargel?«

»Mit Spargel.«

Die beiden Kommissare überlegten nur einen kurzen Moment, ob sie Roland Deininger tatsächlich am Rande des Festaktes hoch über Hagenacker festnehmen oder ob sie bis zum Nachmittag warten sollten, wenn die »Parzival«-Belegschaft wieder nach Dollnstein zurückgekehrt war. Sie entschieden sich für den schnellen Zugriff.

Deininger war, nach allem, was sie nun wussten, ein Mörder, den sie auf keinen Fall unterschätzen durften. Auch wenn er noch nicht ahnen konnte, dass sein längst abtransportierter Müllcontainer in tiefer Nacht um ein entscheidendes Inhaltsstück leichter geworden war.

Hecht und Morgenstern streiften beide ihre Schulterhalfter mit den Dienstpistolen über. Ein letzter Anruf galt der Polizeiinspektion Eichstätt – Verstärkung konnte nicht schaden. Doch es zeigte sich, dass die Inspektion ohnehin bereits an Ort und Stelle war: Inspektionsleiter Manfred Huber sei selbst beim Ministerbesuch vertreten, so wie die gesamte Prominenz aus Politik und Gesellschaft. Und zwei weitere uniformierte Kollegen hätten ein Auge darauf, dass alles in geregelten Bahnen verlaufe. Heimatminister Christoph Fäustlein befinde sich übrigens bereits im Landkreis.

»Hat er Bodyguards?«, wollte Morgenstern wissen.

»Wieso Bodyguards?«, lautete die Gegenfrage. »Auch wenn das der bayerische Heimatminister nicht gern hört – so wichtig ist er dann auch wieder nicht, dass er in die oberste Gefährdungsklasse eingestuft ist. Leibwächter gibt es bloß für den bayerischen Innenminister und natürlich für den Ministerpräsidenten.«

Morgenstern entschied, den Kollegen von der Landpolizei noch keinen reinen Wein einzuschenken. Deininger wollte er selbst aus dem Verkehr ziehen und mit den brandaktuellen Vorwürfen konfrontieren. Er hielt es für entscheidend, ihm da keinen Vorsprung zu lassen, kein Zeitfenster zu bieten, in dem er sich eine Verteidigungsstrategie ausdenken konnte, bevor die Kriminalbeamten da waren.

»Warum bekommt jetzt der Fäustlein keine ordentliche Leibgarde?«, fragte Morgenstern, als sie mit hoher Geschwindigkeit über die Bundesstraße 13 von Ingolstadt über Eichstätt fuhren. »Ehrlich gesagt weiß ich gar nicht, was so ein Heimatminister überhaupt macht.«

»So genau weiß das meines Erachtens gar niemand«, räumte Hecht ein. »Ich glaube, er kümmert sich ums schnelle Internet auf dem Land und darum, dass Behörden in die Pampa umgesiedelt werden. Und dann geht's noch um die Frage, wie das flache Land gestärkt wird, wo Supermärkte gebaut werden und wie das Geld in Bayern gerecht verteilt wird. Das Ministerium haben sie extra in Nürnberg angesiedelt, damit gleich klar ist, dass ihr Franken in Bayern nicht das fünfte Rad am Wagen seid.«

Morgenstern erinnerte sich vage. »Und warum kommt er zum Altmühltaler Lammauftrieb?«

»Weil er da schon einmal üben kann, wie es ist als Landesvater.«

»Jetzt hat er sogar ausreichend Polizeischutz, bloß dass er das nicht weiß.«

»Ist wohl auch besser so«, sagte Hecht. »Und dabei sollten wir es auch belassen. Mach also auf keinen Fall großes Aufsehen. Diskretion ist das oberste Gebot, Mike. Hast du mich verstanden?«

»Wo denkst du hin? Das wird eine ganz ruhige, besonnene Aktion.«

***

Sie durchquerten Eichstätt auf der Bundesstraße – mit den üblichen Verzögerungen: Natürlich war die Bahnschranke geschlossen, damit der Zug der Bayerischen Regiobahn ungehindert von Eichstätt-Stadt nach Eichstätt-Bahnhof bummeln konnte. Und auf dem kurvenreichen Weg über die B 13 hinauf zur Jurahöhe hatte es wieder einmal einen kleineren Motorradunfall gegeben: Ein Biker hatte die Neunzig-Grad-Kurve unterhalb des Restaurants »Schönblick« im Rahmen eines kleinen Ausflugs als Teststrecke missbraucht und war in die Leitplanke geschlittert.

Über Schernfeld fuhren die Kommissare Richtung Schönfeld. Kurz vor dem Dorf öffnete sich vor ihnen weit die Landschaft: In vier Kilometern Entfernung lag gen Westen inmitten der Solnhofener Steinbrüche das Zementwerk in der Sonne, weithin erkennbar durch eine Rauchwolke. Im Süden drehte sich in der Ferne ein mächtiges Windrad. Das Altmühltal war abgeschirmt durch Buchenwälder und mehr zu erahnen als zu erkennen.

Direkt am Dorfeingang, neben einer kleinen Kapelle, war an einem Holzpfahl ein Schild mit einem großen schwarzen Pfeil befestigt, darunter ein Plakat des Naturschutzprojekts »Altmühlleiten«. Hecht bog ab und folgte der Ausschilderung über einen Feldweg nach Süden, an Äckern, Wiesen und Hecken entlang der Hangkante des Altmühltals entgegen. Auf einer frisch gemähten Wiese, mit Trassenbändern als provisorischem Parkplatz abgegrenzt, funkelten Autos in der Sonne. Menschen waren nicht zu sehen, die Veranstaltung war also bereits in vollem Gange.

Hecht stellte den Wagen neben einer Lagerhalle für Brennholz ab. Dahinter senkte sich das Gelände Richtung Altmühltal. Schon von Weitem war Blasmusik zu hören, aber auch das vielstimmige Blöken von Schafen.

Hecht und Morgenstern gingen zu Fuß über eine Schafweide, die zwischen einer Hecke und dem Wald in sanftem Gefälle nach Süden führte. Eine Schafherde graste mitten auf der Wiese, gehütet von einem Schäfer mit Hut und langem schwarzen Mantel, gestützt auf seine Schippe, eifrig umkreist von zwei Hunden. Weiter unterhalb waren Biertischgarnituren und weiße Stehtische aufgestellt. Eine Menschentraube umstand ein Rednerpult.

Die Kommissare umgingen die Schafherde, so gut es ging. Der Schäfer winkte ihnen zu. »Seids spät dran«, sagte er. »Der Minister hat schon angefangen.«

»Und Sie sind hier der Schäfer?«, fragte Morgenstern – eine selten dämliche Frage, wie ihm augenblicklich klar wurde.

»Sieht man das nicht?«, gab der Mann im dünnen Stoffmantel zurück. »Ich bin der Schäfer von Schernfeld.«

»Und am Samstag, beim Lammauftrieb, sind Sie dann in Mörnsheim drüben?«, fragte Morgenstern und deutete nach Westen.

»Nein, das macht der Kollege von Solnhofen. Ich bin dieses Mal bloß hier im Einsatz, in Hagenacker. Werbung machen für unseren Berufsstand. Und dafür sorgen, dass die Presse ordentliche Fotos bekommt. Ich geh dann auch gleich mit einem kleinen Lamm runter zum Fäustlein. Gleich da vorne, an den Felsen.«

»Ich seh keine Felsen«, sagte Morgenstern.

»Wir sind direkt oberhalb davon, gleich da vorne; hinter den Biertischen kommt das Felsplateau, und dann geht's steil hinab. Und unten liegen dann die Höfe von Hagenacker.«

Morgenstern musste zugeben, dass es mit seinem Orientierungsvermögen nicht zum Besten stand. Wenn man die weiten Windungen des Altmühltals entlangfuhr, war es ein weiter Weg nach Hagenacker. Über den Berg aber, über die Jurahöhe, war es von Eichstätt aus nur ein Katzensprung.

Langsam näherten sich Hecht und Morgenstern der Menschengruppe, und erst jetzt konnten sie erkennen, wie abrupt es an dieser Stelle ins Tal hinabging. Der Wind wehte Satzfetzen zu ihnen herauf. Der Heimatminister besang, wie es seinem Amt geziemte, die bayerische Heimat, lobte den »Herrgott« dafür, dass er in seinem Schöpfungswerk so ein himmlisches Fleckchen Erde geschaffen habe, hier am Schnittpunkt zwischen Oberbayern und Mittelfranken, und wenn Morgenstern richtig verstand, verstieg sich Minister Fäustlein zur Behauptung, hier liege »ein kleines Stück vom Paradies«.

»Da drüben ist der Deininger«, sagte Hecht und deutete auf eine mächtige Buche.

Tatsächlich. Unter der weit ausladenden Krone dieses Baums von der Altehrwürdigkeit eines Methusalem stand in weißer Kochjacke und mit einer Kochmütze auf dem Kopf Georg Deininger, der Patron des »Parzival«. Und neben ihm, in schwarzer Kochjacke und ohne Mütze, Roland Deininger. Sie standen mit verschränkten Armen hinter zwei nebeneinandergestellten Biertischen, auf denen eine Batterie von rechteckigen Edelstahlbehältern platziert war, daneben etliche Stapel Teller.

Die beiden waren ganz offensichtlich bereit für ihren Einsatz, standen Gewehr bei Fuß für die Verköstigung der Festgesellschaft. Nach der Rede des Ministers und dessen Eintrag in die eigens herbeigeschafften Goldenen Bücher der Gemeinden Schernfeld und Dollnstein (man befand sich direkt auf der kommunalen Grenze) würden die Köche alle Hände voll zu tun haben mit der Ausgabe von Lammbraten und Kartoffelgratin, grünen Bohnen im Speckmantel und Spargel in Buttersoße, alles bis dahin sorgfältig im Wasserbad heiß gehalten.

Zur Feier des Tages hatten die Veranstalter vom Projekt ›Altmühlleiten‹ mehrere Stellwände mit Informationen über Naturschutz im Altmühltal auf der Wiese platziert. Eine Wanderausstellung, die sonst in den Rathäusern, Grundschulen und Fremdenverkehrsämtern der Region Station machte. Schafe waren darauf abgebildet, der wohl unvermeidliche Apollofalter als Kronzeuge für eine intakte Insektenwelt und diverse Kräuter, deren Namen im Hause Morgenstern nur Fiona kannte. Die Stellwände standen etwas oberhalb der Menschenansammlung im Viereck und boten den Kommissaren nun willkommene Deckung und die Möglichkeit, sowohl die Versammlung als auch die Deininger-Brüder unauffällig im Auge zu behalten.

Die Köche hatten die Kommissare bisher noch nicht entdeckt,

sie hatten sich anscheinend ebenso wie alle anderen von der launigen Ansprache des Ministers fesseln lassen. Der Heimatminister, das war unübersehbar, lief vor dieser Kulisse zu großer Form auf. Längst hatte er sein Manuskript zur Seite gelegt und damit begonnen, aus dem Stegreif über die Qualitäten der bayerischen Staatsregierung zu tönen.

Die Opposition, so erklärte Christoph Fäustlein gerade, unterstelle der Staatsregierung gern, dass sie sich sogar die Existenz der bayerischen Seen und Berge selbst auf die Fahnen schreibe. Das müsse man, zugegebenermaßen, differenziert beurteilen. Aber hier, an den Hängen des Altmühltals, sei eindeutig erkennbar, dass die Schönheit der Natur vom Menschen geschaffen sei und dass man den politischen Willen einer starken Partei brauche, um dieses ökologische Paradies intakt zu halten.

»Und das Symbol dafür sind Schafherden wie diese hier, die gleich neben uns so friedlich grast«, sagte der Minister und deutete, vorbei an Hecht und Morgenstern hinter den Stellwänden, zum Schernfelder Schäfer und seinen Tieren hinauf.

Der Minister kam zum Ende. »Diese vom Menschen geschaffene Landschaft ist zu Recht in den Fokus des gesamten deutschen Naturschutzes gerückt. Das Naturschutzgroßprojekt ›Altmühlleiten‹ ist ein Paradebeispiel für die perfekte Kooperation zwischen Bund und Land, Landkreisen und Gemeinden. Die sechs Millionen Euro, die hier vor allem für den Kauf von Biotopen verwendet wurden, sind eine perfekte Investition in die Zukunft. Wir alle aber, ob unser Landesvater in München oder ich in Nürnberg, wissen, dass es nicht leicht ist, als Schäfer hier draußen Tag für Tag, bei Wind und Wetter, bei Schnee und Regen, seinen Mann zu stehen. Und dass die Schäferei kein reines Idyll ist, hat uns erst in diesen Tagen der Tod des Schäfers Franz-Josef …« Für einen winzigen Moment kam der Minister sprachlich ins Straucheln.

»… ich meinte natürlich Franz-Xaver. Das hat uns erst in diesen Tagen der Tod von Franz-Xaver Heiß allen schmerzlich bewusst gemacht. Deswegen denken wir heute, an diesem festlichen Tag, auch und gerade an Franz-Xaver Heiß, der uns allen in die ewige Heimat vorausgegangen ist, in eine bessere Welt.

In eine friedliche Welt, von der es in Bibel heißt, dass dort das Lamm spielt mit dem Löwen.«

»Amen«, spottete Morgenstern, denn dass sich der Minister hier am rhetorischen Repertoire der christlichen Geistlichkeit gleich welcher Konfession bediente, war mit Händen zu greifen. Allerdings setzte Fäustlein zum Finale sogar eines drauf, indem er das Bild noch weiter ausmalte.

»Und Sie alle hier dürfen sich darauf verlassen, dass der bayerische Löwe, unser Wappentier, auch in Zukunft für die Schafe und Lämmer im Altmühltal sorgen wird, damit unsere herrliche, friedliche Heimat weiterhin liebens- und lebenswert bleibt, so wie heute, unter diesem strahlend weiß-blauen Himmel.«

Das Publikum reagierte mit freudigem Applaus.

»Ich habe so ein Gefühl, als ob jetzt gleich die Bayernhymne kommt«, vermutete Morgenstern.

»Das Lied vom guten Kameraden werden sie nicht spielen«, gab Hecht zurück. »Das gibt's bloß am Volkstrauertag.«

Und schon fing die Dollnsteiner Blaskapelle mit staatstragendem Ernst zu musizieren an. »Gott mit dir, du Land der Bayern«, worauf die Menge zum Mitsingen anhob: »… deutsche Erde, Vaterland, über deinen weiten Gauen ruhe seine Segenshand.«

Als der letzte Ton verklungen war – man hatte zur Feier des Tages sogar noch die zweite Strophe absolviert, in der der Bajuwaren-Patriotismus immerhin noch den deutschen »Bruderstämmen« die Reverenz erweist –, kam der Schernfelder Schäfer wie von den Organisatoren beauftragt mit einem Lämmchen in beiden Armen und begleitet von einem seiner Hunde den Hang herabgelaufen. Vorbei an Hecht und Morgenstern ging er geradewegs auf den Minister zu.

Doch der war anscheinend noch nicht ganz so weit. Er wandte sich noch einmal dem Mikrofon zu, räusperte sich kurz und sagte: »Ich habe vorhin diesen unseligen Todesfall angesprochen.«

Alle blickten ihn erwartungsvoll an, auch der Schäfer, der sich mit seinem Lamm nun direkt neben dem Rednerpult aufgestellt hatte.

»Wir bedauern außerordentlich, dass es uns bis heute noch nicht gelungen ist, den Täter dingfest zu machen und der irdischen Gerechtigkeit zuzuführen. Ich darf Ihnen aber von unserem Ministerpräsidenten persönlich Grüße bestellen und ausrichten, dass auch er diesen Fall sehr genau verfolgt und deswegen auch in regelmäßigem Kontakt mit dem Polizeipräsidium Oberbayern-Nord in Ingolstadt steht. Sowohl wir von verantwortlicher politischer Seite als auch die gesamte Bevölkerung erwarten, dass in diesem Fall mit Hochdruck ermittelt wird. Wir können nicht akzeptieren, dass diese schreckliche Untat weiterhin ungesühnt bleibt.«

Aus der Menge gab es spontanen Applaus und vereinzelte »Bravo«-Rufe. Der Heimatminister sah sich bestätigt. »Ich bin zwar nicht der Innenminister, aber Sie können sich darauf verlassen, dass wir nicht dulden würden, wenn unsere Polizei in einem solchen Fall nicht mit der gebührenden Tatkraft ermittelte.«

Morgenstern schaute Hecht empört an. »Meint der uns? Nicht genügend Tatkraft? Ich glaube, der spinnt.«

Der Minister war immer noch nicht fertig. Anscheinend berauschte ihn die Landschaft zu seinen Füßen.

Jetzt ganz Volkstribun, deutete er hinter sich ins breite Tal. »Das hier ist Bayerns Mitte. Und wo auch immer sich der Mörder versteckt hat, wir werden ihn finden. Hier in Bayern kommt so ein Lump nicht ungeschoren davon. Dafür steht unsere Politik, dafür haben wir in Bayern bundesweit die höchste Aufklärungsquote von Kriminalfällen. Nur schneller dürfte es manchmal schon gehen!«

Wieder brandete Beifall auf, noch lauter als zuvor, und Morgenstern wurde von einer Woge aus Zorn und Adrenalin überschwemmt. Wer war dieser Christoph Fäustlein, dass er sich anmaßte, über Morgensterns Arbeit zu richten? Und wer verwendete heute eigentlich noch das Wort »Lump« – ein Begriff, der direkt »Aus dem Wörterbuch des Unmenschen« stammte?

Morgenstern atmete mehrmals tief aus und ein, um sich zu beruhigen, spürte aber, dass das nicht gelang. Er sah, fast wie in Trance, wie der Schäfer dem Minister das Lamm in die Arme drückte, sah, wie sich mehrere Fotografen und zwei Filmteams um den Politiker drängten und auf ihn einredeten. Offenbar ging es um die perfekte Position für das Foto: Man sollte wohl noch weiter Richtung Hangkante. Die Blasmusik begann wieder zu spielen. Einen schmissigen Marsch diesmal.

»Ich hab die Schnauze voll«, sagte Morgenstern plötzlich, mehr zu sich selbst als zu seinem Kollegen.

»Geht mir genauso«, sagte der brave Hecht. »Sogar gestrichen voll. Worauf warten wir noch?« Er sah Morgenstern erwartungsvoll an. Und auch in seinem Blick war ein Ausdruck, den die Welt nicht von ihm gewohnt war. Kalte Wut.

»Zugriff!«, sagte Morgenstern.

»Zugriff!«, sagte Hecht.

Und gemeinsam traten sie hinter ihren Naturschutzgroßprojekt-Ausstellungstafeln hervor, hinter Fotos von Schmetterlingen und Lämmchen und hübschen Blüten – das Idyll hatte sich damit erledigt. Beide gingen mit schnellen, großen Schritten hinüber zur Catering-Buche, zu den Deininger-Brüdern, die die Rede des Ministers äußerlich ungerührt verfolgt hatten.

Den beiden Köchen blieb gar keine Gelegenheit, sich auf die neue Situation einzustellen. Morgenstern baute sich vor Roland Deininger auf, dem Koch in schwarzer Jacke, und aus der Ferne konnte der irreführende Eindruck entstehen, dass da zwei ungeduldige Gäste das Warten satthatten und bereits jetzt das warme Buffet des Feinschmecker-Gasthofs »Parzival« in Anspruch nehmen wollten.

»Herr Roland Deininger«, sagte Morgenstern laut, »wir haben den dringenden Verdacht, dass Sie in den Morgenstunden des vergangenen Sonntags den Schäfer Franz-Xaver Heiß aus Pollenfeld ermordet haben. Darf ich Sie bitten, uns zu unserem Wagen zu begleiten? Er steht gleich oben an der Hangkante, direkt beim Altmühltal-Panoramaweg.«

»Das ist doch ein Witz«, sagte Roland Deininger und wandte sich mit einem Kopfschütteln an seinen Bruder. »Georg, das ist ein Witz. Das muss ein Missverständnis sein. Das klärt sich bestimmt ganz schnell auf.« Zu den Kommissaren meinte er: »Ihnen ist wohl die Ansprache vom Minister zu Kopf gestiegen.« Und damit lag er nicht einmal falsch.

»Also kommen Sie jetzt bitte mit«, kommandierte Hecht und öffnete kurz sein Sakko, um das Schulterhalfter mit der

Dienstwaffe hervorblitzen zu lassen und sämtliche Zweifel an der Ernsthaftigkeit dieses Unternehmens auszuräumen.

»Bevor ich hier weggehe, möchte ich wissen, wie du auf die Idee kommst, dass ich etwas mit diesem Mord zu tun habe«, sagte der Mann in Schwarz zu Morgenstern. »Sonst rühre ich mich nicht vom Fleck.«

»Wenn Sie meinen«, sagte Morgenstern. »Der Schäfer Franz-Xaver Heiß hatte eine Schäferschippe dabei, wie immer. Und mit diesem Stock hat er sich am Sonntagmorgen gegen Ihren Angriff gewehrt. War es nicht so? Deswegen haben Sie den Stock hinterher mitgenommen, ein paar Tage in Ihrer Kneipe versteckt und schließlich in Ihrem Müllcontainer entsorgt.«

Roland Deininger hörte widerspruchslos zu, ohne äußerliche Regung, mit beiden Händen auf den Biertisch gestützt.

»Ihr Pech war, dass wir diese Schäferschippe gefunden haben. Sie liegt jetzt im Labor des Polizeipräsidiums in Ingolstadt – und sie ist voll mit Ihren Fingerabdrücken.«

Noch immer schwieg Roland Deininger. Dann gab er sich einen Ruck. »Der verdammte Container«, sagte er, und Morgenstern erkannte instinktiv, dass eine Veränderung in dem Mann vorging.

Seine Augen flitzten einen Moment hin und her, die Finger krallten sich krampfhaft in die Tischplatte vor ihm. In jene breite, orangefarben lackierte Platte, auf der die blitzblanken Warmhaltebehälter mit dem Festessen standen, mit dem Rollbraten, der für die Gäste frisch aufgeschnitten werden sollte. Aus diesem Grund lag da außerdem ein großes hölzernes Schneidebrett mit eingefräster umlaufender Saftrinne, daneben lagen eine große zweizinkige Fleischgabel und – Morgenstern erkannte es erst jetzt – ein langes Fleischmesser mit schwarzem Griff.

»Kommen Sie bitte mit zu unserem Wagen«, wiederholte Hecht seine Aufforderung und machte Anstalten, um den langen Tisch herumzugehen.

Doch Roland Deininger war schneller. Er packte mit blitzschnellem Griff das Messer, und ehe Hecht oder Morgenstern ihre Pistolen ziehen konnten, rannte er, so schnell er konnte, auf die Festgesellschaft zu, die noch immer ausschließlich mit sich selbst beschäftigt war. Er drängte sich durch die Gäste, sogar direkt vorbei an Manfred Huber, dem Leiter der Polizeiinspektion Eichstätt in seiner tadellosen Uniform, vorbei am Landrat des Landkreises Eichstätt, an Naturschutzbeamten und Bürgermeistern, am Eichstätter CSU-Kreisvorstand und mehreren Landtagsabgeordneten von CSU, SPD und Freien Wählern, an Bezirksräten und Kreistagsmitgliedern, am Ministerialdirigenten des Bayerischen Umweltministeriums und an der Repräsentantin des Bundesamts für Naturschutz in Bonn. Und von all diesen Menschen erkannte niemand die unmittelbare Lebensgefahr, die von dem Mann ausging, der in seiner schwarzen Kochjacke so harmlos aussah und das Messer so nach unten hielt, dass es im ersten Moment nicht auffiel.

Hecht und Morgenstern drängten sich hinterher, die Pistolen gezogen. Sie ahnten, auf wen es Roland Deininger abgesehen hatte: auf Minister Fäustlein, der immer noch sein Lamm hielt und in die Kameras lächelte.

Deininger drängte sich mit rüden Schubsern durch die letzten Gäste, die ihn vom Heimatminister und den Journalisten trennten und gerade dabei waren, sich neben den Minister zu gesellen, um mit aufs Bild zu kommen. Dann stellte sich der Koch direkt neben Fäustlein, hob sein Messer und hielt es dem völlig perplexen Politiker an die Kehle.

Hecht und Morgenstern kamen zu spät. Erst jetzt konnten sie die gesamte Situation überschauen. Die abschüssige Weide, auf der sie eben noch gestanden waren, ging an dieser Stelle unmittelbar in ein Felsplateau über: eine vielleicht zehn Quadratmeter große, ebene Fläche, die sich an ihrem Ende noch einmal in einer Stufe um einen Meter senkte, ehe sie nach weiteren zwei Metern senkrecht abbrach. Die Organisatoren des Lamm-Termins hatten den Minister auf einen Felskopf geführt, auf einen dreißig Meter hohen Turm aus Stein. Auf ein hundertfünfzig Millionen Jahre altes Riff, das später von einem riesigen Fluss freigelegt worden war.

Jetzt wurde Morgenstern klar, dass für die Fotografen kaum eine bessere Kulisse hätte gefunden werden können. Direkt unter der gewaltigen, von den Kräften der Natur blank polierten

Felsbastion lagen die Höfe und Häuser des Weilers Hagenacker. Gleich dahinter führte die Eisenbahnlinie durchs Panorama. Die Altmühl und ein Altwasserarm glänzten in der Mittagssonne. Kanufahrer paddelten darauf, gleich daneben fuhren scharenweise Radfahrer – es war touristischer Hochbetrieb im Tal. Und niemand von all diesen arglosen Menschen da unten konnte ahnen, welche dramatischen Szenen sich hoch über ihnen auf der malerischen Felsnadel abspielten.

Ganz langsam näherten sich Hecht und Morgenstern mit gezogenen Waffen dem Wirt des »Sausackschleifer«. Manfred Huber und seine zwei Beamten hatten sich ihnen angeschlossen, blieben aber einen Schritt hinter ihnen. Damit war für jedermann klar, dass es sich bei Hecht und Morgenstern trotz Zivilbekleidung in Form von Cordsakko, Jeansjacke und Cowboystiefeln nicht um wild gewordene Pistoleros handelte.

Die beiden Kamerateams, eines vom Bayerischen Fernsehen, das andere vom Ingolstädter Regionalsender intv, hielten nach kurzem Erschrecken eisern auf die fast unglaubliche Szene: auf einen Mann in schwarzer Kochjacke, der einen leibhaftigen bayerischen Landesminister mit einem langen, scharfen Messer bedrohte, beide mit einem tödlichen Abgrund hinter sich, von dem sie allerdings noch die letzte, zwei Meter breite Geländestufe im Fels trennte. Denn bis unmittelbar an die Felskante hatten die Journalisten den Politiker trotz allen Eifers nicht dirigieren können.

Der Minister hielt immer noch das Lamm in den Armen und versuchte sich vergeblich an einem tapferen Lächeln.

Roland Deininger atmete schwer. »So«, sagte er schließlich. »Ab jetzt hört alles auf mein Kommando. Und wenn jemand Mätzchen macht, geht es dem Fäustlein wie dem Heiß.«

Morgenstern erschauerte beim Gedanken an die schreckliche Wunde, die dem Schäfer zugefügt worden war. »Herr Deininger«, rief er, entschied sich dann aber, auf das vertrauliche Du zurückzukommen. »Roland, mach keinen Quatsch. Wir können über alles reden. Lass das Messer fallen.«

»Lass doch du deine Knarre fallen«, kam es von Deininger zurück, und tatsächlich warf Morgenstern seine Dienstpistole ein Stück neben sich ins Gras.

Der Koch hatte inzwischen den Arm um den Minister gelegt, was aus der Distanz fast wie eine freundschaftliche Geste hätte wirken können, wie ein Fotoshooting fürs Gästebuch des »Parzival«. Er schien den Moment auf eine bizarre Weise zu genießen, und das lag bestimmt auch an der ihm geschenkten Aufmerksamkeit. Eine Geiselnahme vor laufenden Kameras: Damit hatte Roland Deininger seinen Platz in der bayerischen Kriminalgeschichte ebenso sicher wie die Journalisten die Story ihres Lebens. Fotos und Filmaufnahmen, die vor wenigen Augenblicken nichts anderes gewesen waren als hübsche journalistische Dutzendware, verwandelten sich auf einen Schlag in Dokumente der Zeitgeschichte.

Morgenstern redete langsam auf Deininger ein, und ihm fiel bald nichts anderes ein als eine Grundsatzfrage. »Roland, warum hast du Franz-Xaver Heiß getötet? Warum hast du das getan?«

Die Ehrengäste hatten sich inzwischen im Halbkreis um das Felsplateau geschart – wie eine neugierige Schafherde, so kam es Morgenstern vor. Allerdings eine schweigende Herde. Es war so still, dass man das Zirpen der Grillen an den umliegenden Magerrasen hören konnte, wie auch das Kreischen von zwei Bussarden, die über ihnen ihre Kreise zogen.

»Mike, ich brauche einen Wagen«, sagte Deininger. »Ich nehme den Minister mit.«

»Das wird nicht gehen, Roland. Wo willst du denn hin?«

»Irgendwohin. Ins Ausland.« Deininger wirkte einen Moment unsicher. »Ich will ein Auto. Und einen Fahrer.« Er überlegte einen winzigen Augenblick. »Und das wirst du sein. Du bist ab sofort der Einzige, mit dem ich rede.«

Morgenstern sah ihm direkt in die Augen und nickte. »Wenn du meinst. Aber was hältst du davon, wenn nur wir beide wegfahren? Du und ich. Du lässt den Minister laufen und nimmst nur mich mit. Das würde die Sache für alle einfacher machen. Ganz ehrlich: Was willst du mit dem Fäustlein? Der ist uns bloß lästig.« Er schaute den Minister an. »Nehmen Sie's nicht persönlich, Herr Minister.«

Der Politiker blickte stur geradeaus, auf einen unbestimmten Punkt in der Menge vor ihm, und sagte kein Wort. Nur einmal, ganz kurz, wanderte sein Blick schräg nach unten, an seinen Hals, als wolle er sich vergewissern, ob dieser Alptraum anhielt.

Morgenstern sprach weiter, wie er es irgendwann bei einem Aufbauseminar für Kriminalpolizisten gelernt hatte. Nie die Kommunikation abbrechen lassen, hatte es da geheißen, nie den Kontakt verlieren. »Ich habe dich vorhin gefragt, warum du den Schäfer umgebracht hast. Ich bin noch nicht dahintergekommen, was das soll. Ich weiß nur, dass du es gewesen bist, Roland.«

Deininger schaute in die Runde. Er sah vier Polizeipistolen auf sich gerichtet, und ausgerechnet jetzt fing das Lamm erbärmlich zu blöken an. Vielleicht hatte es der Minister in seiner Todesangst zu heftig an sich gedrückt, vielleicht wollte es einfach nur zurück zu seiner Mutter, zurück in den Schutz der großen, wolligen Herde. Jedenfalls begann es zu zappeln und mit allen vier Beinen zu strampeln, bis Fäustlein das wild um sich schlagende Lebewesen nicht mehr halten konnte oder wollte und es ziemlich ungeschickt mit einem Plumps zu Boden fallen ließ.

Das Lamm rappelte sich auf, hatte aber wohl die Orientierung verloren und taumelte geradewegs auf den Felsabsatz zu. Es purzelte die hüfthohe Geländestufe hinab, lief die zwei Meter auf die Felskante zu und blieb stehen. Alle Zuschauer, auch Roland Deininger, schienen aus Sorge um dieses winzige, niedliche, süße Tier, das auf seinen staksigen, dünnen Beinen herumstolperte und den Abgrund nicht wahrnahm, den Atem anzuhalten.

Das Lamm blökte noch einmal, dann tat es einen letzten, unbedarften Stolperschritt, rutschte mit den Vorderhufen ab und kippte nach vorn. Noch ganz kurz scharrten die Hinterbeine in wilder Verzweiflung, im vergeblichen Versuch, Halt zu finden. Dann stürzte das Tier in die Tiefe. Das Letzte, was zu hören war, waren ein entsetztes »Mäh!« und ein dumpfes Plumpsen.

»So, haben das jetzt alle gesehen?«, fragte Roland Deininger. »Der Fäustlein ist der Nächste, wenn das hier nicht so läuft, wie ich mir das vorstelle. Aber ich bin dem Mike noch eine Erklärung schuldig. Und die kann er von mir aus gerne haben. Jetzt ist sowieso schon alles wurscht.«

Er schaute Morgenstern an, als widme er die Ansprache ihm

ganz allein. »Ich habe den Schäfer umgebracht. Das stimmt. Ich bin am Sonntagfrüh hinaufgelaufen zu seiner Weide wie ein Wanderer und hab ihn abgepasst, mit meinem Messer. Mit diesem Messer.« Er drehte das Messer an Fäustleins Kehle. »Das ist mein bestes. Mein Handwerkszeug als Koch. Der Heiß hat noch versucht, mich mit seinem Stecken abzuwehren, aber da ist er bei mir an den Falschen geraten.«

»Aber warum?«, fragte Morgenstern laut. »Warum nur?«

Deininger seufzte. »Es ist nicht meine Idee gewesen. Es war die Idee von meinem Bruder. Es war die Idee von Georg, dem Wirt vom ›Parzival‹.«

Wieder wurde es ganz still, bis auf das Blöken und Meckern der Schafe und Ziegen oben auf der Weide.

»Er lügt!«, rief eine laute Stimme. Georg Deininger stand in der hintersten Reihe der Zuhörer – und meldete sich nun zu Wort. »Glaubt ihm nicht!« Er brüllte es regelrecht hinaus. »Bist du verrückt geworden, Roland?«

Morgenstern gab Hecht einen kurzen Wink. Der verstand sofort und zog sich ganz langsam zurück. Morgenstern wollte sich nicht umdrehen, um Roland Deininger und seine Geisel keine Sekunde aus den Augen zu lassen. Aber er wusste, das Hecht in wenigen Augenblicken neben dem »Parzival«-Wirt stehen und ihm – sicher ist sicher – Handschellen anlegen würde, mochte er nun protestieren oder nicht.

»Red ruhig weiter, Roland«, sagte Morgenstern besänftigend. »Wie war das mit dem ›Parzival‹?«

»Mein Bruder hat mich vorletzte Woche angerufen. Er braucht meine Hilfe, hat er gesagt. Das hat es noch nie gegeben. Noch niemals in meinem ganzen Leben. Der Georg ist immer der Große gewesen, er ist bei uns immer der gewesen, der Erfolg gehabt hat. Wir haben beide Koch gelernt, aber der Georg hat immer nur Glück gehabt.«

»Und du immer nur Pech«, half Morgenstern mit dem Einfühlungsvermögen einer Hebamme.

»Immer nur Pech«, bestätigte Roland Deininger, den nun eine Woge von Selbstmitleid erfasste. »Ich habe am Anfang ein schönes Restaurant gehabt, aber das hat nur ein paar Jahre funktioniert. Dann sind die Gäste ausgeblieben, ich habe Schulden über Schulden gemacht. Am Anfang habe ich noch von einem Stern im Michelin geträumt. Aber Träume sind Schäume. Es ist immer schlimmer geworden, ich bin von Lokal zu Lokal gewechselt, bis ich am Schluss bloß noch den ›Sausackschleifer‹ gehabt habe. Die Endstation für alle Gäste – und die Endstation für mich. Ich bin ruiniert.«

»Und dann, als du ganz unten bist, ruft auf einmal dein Bruder an.«

»Genau. Er hat mir ein Angebot gemacht: Ich kann bei ihm im ›Parzival‹ einsteigen, als Koch und später vielleicht als Partner. Und er übernimmt auf einen Schlag alle meine Schulden. Hundertzwanzigtausend Euro. Einfach so. Unter Brüdern.«

Morgenstern wusste, was als Nächstes kommen würde. Ein »einfach so« war bei einem solchen Vorschlag nicht vorgesehen. Nicht in der Welt, in der sich die Deininger-Brüder bewegten, eine harte, eine knauserige Welt.

»Glauben Sie ihm nicht!«, rief erneut Georg Deininger von hinten, jetzt regelrecht verzweifelt.

»Seine Bedingung war, dass ich mich um den Schäfer Heiß kümmere, dass ich ihn zum Schweigen bringe, weil er versucht hat, meinen Bruder zu erpressen. Und was habe ich jetzt davon? Jetzt stehe ich hier.« Roland Deiningers Stimme klang jetzt nur noch wehleidig.

»Womit hat der Schäfer Ihren Bruder erpresst?«, fragte Morgenstern. Er fand die Situation von Minute zu Minute grotesker. Ein Geständnis an diesem Ort, vor ein paar Dutzend Zuhörern, darunter der Auftraggeber eines Mordes – das konnte kein Drehbuchautor erfinden.

»Es ist um Lammfleisch aus Neuseeland gegangen, das im ›Parzival‹ verkauft worden ist. Aber da war noch mehr dahinter. Mein Bruder hat angedeutet, dass es da eine alte Geschichte gibt, mit dem Paragrafen 175. Der Georg ist vom anderen Ufer. Das weiß aber keiner.«

»Nur der Schäfer Heiß wusste es«, sagte Morgenstern ruhig.

»Du Judas!«, schrie von hinten Georg Deininger, und aus irgendeinem Grund hatte Peter Hecht die Kontrolle über den

Wirt des »Parzival« verloren. Der kämpfte sich trotz der angelegten Handschellen binnen Sekunden mit wüsten Ellbogenstößen durch die Zuschauer, drängte sich an Morgenstern und den anderen Polizeibeamten vorbei und ging mit gesenktem Kopf direkt auf seinen Bruder los, mochte der nun ein Messer in der Hand halten oder nicht.

»Du Judas!«, rief er noch einmal, und es war eindeutig, was er vorhatte: Er wollte seinen Bruder in die Tiefe stürzen, selbst auf die Gefahr hin, seinerseits mit hinabgerissen zu werden. Doch unmittelbar, bevor er Roland Deininger erreichte, fiel ein Schuss – aus Hechts Pistole, wie Morgenstern vermutete.

Georg Deininger ging wie vom Blitz getroffen in die Knie und blieb direkt vor seinem Bruder liegen. Der war so entsetzt, dass er für einen Augenblick die Hand mit dem Messer sinken ließ.

Genau auf diesen Moment hatte Morgenstern gehofft. Er war mit drei blitzschnellen Schritten bei Roland Deininger, holte aus und versetzte ihm einen so gewaltigen Faustschlag mitten ins Gesicht, dass er das Krachen des Nasenbeins hören konnte. Roland Deininger ließ das Messer fallen, doch wider Erwarten ging er nicht wie zuvor sein älterer Bruder zu Boden, sondern taumelte kurz, ehe er den stocksteif stehenden Minister Fäustlein umklammerte wie ein Ringkämpfer.

Die beiden Männer stolperten über die erste Kante des Felsplateaus, ließen aber nicht los, sondern wälzten sich unmittelbar vor dem Abgrund, der erst vor wenigen Augenblicken das unschuldige Lamm das Leben gekostet hatte. Roland Deiningers von Blut verschmiertes Gesicht war zur Grimasse verzerrt. Minister Fäustlein hatte bereits einen Hieb aufs Auge abbekommen, war aber nun endlich seiner Opferrolle entkommen und wehrte sich mit dem Mut der Verzweiflung, mit Faustschlägen und sogar mit Bissen.

Morgenstern hechtete hinterher und warf sich auf die wild auf dem blanken Felsboden balgenden Männer. Hecht und die anderen Polizeibeamten wagten nicht, in dem archaischen Ringkampf mit ihren Dienstpistolen für zusätzliches Chaos zu sorgen. Morgenstern geriet zu seinem Unglück in Rückenlage, mehrere Faustschläge in den Unterleib hatte er schon einstecken müssen, und nun holte Roland Deininger, der sich irgendwie auf Morgensterns Bauch geschwungen hatte, aus kurzer Distanz aus und schlug ihm mit der Faust zweimal nacheinander ins Gesicht.

Der Heimatminister hätte diese Gelegenheit nun definitiv zur Flucht nutzen können, stattdessen packte er Roland Deininger von hinten an den Schultern, um ihn vom Kommissar wegzuziehen.

Unbemerkt von allen dreien war jedoch auf der oberen Stufe des Plateaus Leben in Georg Deininger gekommen. Der Schuss aus Hechts Waffe hatte ihn von hinten in die Schulter getroffen, seine einstmals blütenweiße Kochjacke war auf der Rückseite grausig rot vom Blut. Doch das Bewusstsein war dem Chef des »Parzival« nur für eine Minute geraubt worden. Ganz vorsichtig sah er sich um und entdeckte direkt neben sich das Fleischmesser seines Bruders. Wie in Zeitlupe streckten sich seine vor dem Bauch mit Handschellen gefesselten Hände danach aus, ergriffen es mit zitternden Fingern.

Der Koch war bereit, wieder in die Arena zurückzukehren. Hechts knappe Warnrufe gingen im Röcheln und Stöhnen der drei Männer unter. Mit allerletzter Kraftanstrengung stemmte Georg Deininger nun den Oberkörper nach oben, rappelte sich auf und kam mit einem unverständlichen Schrei über die steinerne Stufe hinabgesprungen, das Messer vor sich her tragend.

Noch immer versuchte Minister Fäustlein, Roland Deininger von Morgenstern zu trennen. Als Fäustlein den Schrei hinter sich hörte, wandte er sich instinktiv um, sah Georg Deininger mit dem Messer direkt vor sich stehen, und die Panik flackerte in seinen Augen auf. Auch Roland Deininger, immer noch rittlings auf Morgensterns Brustkorb, sah die Todesangst in des Ministers Augen und drehte sich nach hinten um. Das reichte Morgenstern, um den Ex-Wirt des »Sausackschleifer« mit einem kräftigen Stoß zur Seite zu schubsen – und ihm so das Leben zu retten.

Georg Deininger, wegen seiner Schussverletzung unsicher auf den Beinen und noch dazu durch die Handfesseln schwer gehandicapt, hatte mit seinem Messer auf seinen Bruder gezielt, und als der in letzter Sekunde zur Seite fiel, geriet der Angreifer beim Stich ins Leere ins Taumeln und stolperte nach vorn. Er verfing sich mit den Beinen an Morgensterns Stiefeln, kippte in Schräglage und rutschte, ehe noch jemand eingreifen konnte, über die Kante des Felsens.

Da wuchs kein Wacholderbusch, wucherten keine kräftigen Baumwurzeln – auf dem glatt gewaschenen Felsen gab es nicht einmal ein Grasbüschel, an das sich ein Mensch in höchster Not hätte klammern können, schon gar nicht, wenn er Handschellen trug. Die senkrechte Felswand von Hagenacker war spiegelglatt, von Wind und Regen seit Jahrtausenden blank poliert.

Georg Deininger stürzte knapp dreißig Meter ungebremst in die Tiefe, ein furchtbarer, lang gezogener Schrei war das Letzte, was von ihm zu hören war. Dann folgte ein dumpfer Aufprall – das gleiche Geräusch wie kurz zuvor beim Lamm, nur etwas lauter. Der Rest war Schweigen.

Fünf Sekunden später hatte Morgenstern Roland Deininger überwältigt und mit dem Bauch nach unten auf den steinigen Untergrund gedrückt. Hecht sprang hinzu, ebenso die Beamten der Polizeiinspektion Eichstätt. Inspektionsleiter Manfred Huber ergriff den Minister am Ellbogen und führte ihn sanft aus der Gefahrenzone. »Es ist vorbei«, sagte er beruhigend. »Es ist überstanden.«

Die uniformierten Polizisten brachten anschließend auch Roland Deininger nach oben, zurück auf die Grasfläche und ohne jede Verzögerung zu einem Streifenwagen der Inspektion. Nur Hecht und Morgenstern blieben auf dem schmalen Felsstreifen zurück.

Hecht legte die Hand um Morgensterns Schultern, und gemeinsam ließen sie den Blick schweifen: über die nahen Häuser von Hagenacker und über die Altmühl, die in der Mittagssonne glitzerte wie ein schmales silbernes Armband.

Ein Güterzug rollte durchs Tal. Morgenstern zählte die Waggons. Zweiundzwanzig. Alle zweistöckig beladen mit nagelneuen Audis, und jeder einzelne Wagen war in eine schneeweiße schimmernde Schutzhülle eingepackt. Wie große Leichensäcke, dachte er und beugte sich weit nach vorn, um zu sehen, ob er in der Tiefe Georg Deiningers Körper entdecken konnte. Aber der Wirt musste so dicht an der Felswand liegen, dass er nicht zu sehen war.

Morgenstern wusste, dass der Tote nicht allein war. Neben ihm lag, wie ein geschmackloser Scherz des Schicksals, ein totes Lamm. Ein echtes Altmühltaler Lamm.

VIERZEHN

»*The show must go on!*«

Bayerischen Sprachhütern dürften diese Worte aus dem Munde eines Heimatministers gewiss nicht gefallen haben. Und doch war es genau dieser Satz, mit dem Minister Fäustlein nur fünf Minuten nach den dramatischen Ereignissen am Dohlenfelsen von Hagenacker die Marschrichtung für alle Beteiligten vorgab.

Fäustlein stellte sich ans Mikrofon, an dem er noch vor einer Viertelstunde die Verdienste des Bundesamts für Naturschutz sowie der bayerischen Landesregierung für den Landschaftsschutz im Altmühltal gepriesen hatte, und hob zu einer Dankesrede an, die – soweit Morgenstern das verstand – zugleich eine Bewerbungsrede für höhere Ämter war. Immerhin waren das Bayerische Fernsehen und intv immer noch am Filmen.

»*The show must go on*«, sagte also Christoph Fäustlein und präsentierte aller Welt selbstbewusst sein blaues, zugeschwollenes linkes Auge. »Niemand darf glauben, dass ein Mitglied der bayerischen Staatsregierung vor Verbrechern zurückzuckt. Wir Bayern sind ein zähes Volk, und da müssen schon andere kommen, ehe wir in die Knie gehen. Wir werden also heute diese Veranstaltung mit dem Eintrag in die Goldenen Bücher zu Ende bringen. Und am Samstag komme ich wie versprochen zum Altmühltaler Lammauftrieb nach Mörnsheim. Um vierzehn Uhr werde ich persönlich die Schafe und Ziegen durch den Markt führen.«

Er wandte sich Hecht und Morgenstern zu, die etwas abseits standen. »Und weil ich selbst heute nur auf einem Auge sehen kann, werde ich mir beim Lammauftrieb Verstärkung erbitten, sozusagen in Form von zwei Hirtenhunden, die sich aufs Trefflichste bewährt haben. Es wäre mir eine Ehre, wenn die beiden wackeren Kriminaler mir auch am Samstagnachmittag so leidenschaftlich und selbstlos zur Seite stehen, wie sie das soeben getan haben. Wir haben hier ein leuchtendes Beispiel für die Professionalität unserer bayerischen Polizei. Solche Männer sind es, die unseren weiß-blauen Freistaat zum mit Abstand sichersten Bundesland dieser Republik machen. Und ich darf Ihnen versichern, dass das auch in Zukunft so bleiben wird, wenn in unserem Land furchtlose Männer das Sagen haben.« Er lächelte einen Moment und fügte dann aus Gründen politischer Korrektheit an: »... und Frauen natürlich.«

Hecht und Morgenstern sahen sich ratlos an. Sie beide hatten eigentlich eher mit einem Disziplinarverfahren gerechnet, weil sie Roland Deininger an seinem Catering-Stand so leichtfertig hatten entwischen lassen. Gesehen hatte diese dilettantische Szene freilich niemand. Und nachdem die Ehrengäste für die Worte des Ministers tosenden Applaus spendeten, war ihr Sondereinsatz beim Lammauftrieb in Mörnsheim beschlossene Sache.

Minister Fäustlein hatte tatsächlich noch die Nerven, sich vor Verlassen der Szenerie in den Goldenen Büchern der Gemeinden Schernfeld und Dollnstein zu verewigen, die auf einem Tischchen mit weiß-blauer Rauten-Papierdecke ausgelegt waren. Umringt war er dabei von Bürgermeistern und Abgeordneten, die an diesem denkwürdigen Tag definitiv mit aufs Foto kommen wollten. Der Lammbraten allerdings blieb unangetastet.

Morgenstern und Hecht fuhren nach Ingolstadt, um Roland Deininger zu vernehmen. Deininger sah übel mitgenommen aus, als er mit Hand- und Beinfesseln ins Vernehmungszimmer geführt wurde.

»Ich würde gerne wissen, was Saskia Remmele mit dieser ganzen Sache zu tun hat«, stieg Morgenstern ohne Umschweife in die Befragung ein. »Die steckt doch mit drin, oder?«

Deininger schüttelte den Kopf. »Die Sassi ... die hat für solche Dinge nicht den Mumm. Es war der reine Zufall, dass sie den Heiß ins Visier genommen hat, wegen ihrem Gras und wegen dieser Tierschutzkampagne. Ich habe sie unauffällig ausgefragt, wo er sein Wohnmobil stehen hat, wie das mit seinem Hof ist. Aber das hätte ich auch ohne sie herausgefunden. Sie hat das noch nicht mal gemerkt, dass ich sie ausgehorcht habe. Sie ist in mancher Hinsicht ziemlich naiv.«

»Was ich immer noch nicht verstanden habe, ist diese Sache

mit dem anderen Ufer«, sagte Morgenstern. »Dein Bruder ist droben am Felsen richtig durchgedreht, als du das verkündet hast. Was war da los?«

»Ich weiß es selber nicht ganz genau. Das war bei uns in der Familie ein großes Tabu. Es war wohl so, dass der Georg und der Franz-Xaver Heiß Anfang der 1970er Jahre gleichzeitig in München waren und eine Ausbildung in der Gastronomie gemacht haben. Zusammen in den ›Vier Jahreszeiten‹. Die beiden hatten dann ein Verhältnis miteinander, sie waren in der schwulen Szene in München unterwegs, in der ›Deutschen Eiche‹ und was es da sonst noch alles gegeben hat zu dieser Zeit. Und dann sind sie bei einer Razzia festgenommen worden. Der Franz-Xaver war ein bisschen älter, und der Georg hat behauptet, dass der Franz-Xaver die treibende Kraft war, dass er von ihm verführt worden ist. Deswegen hat der Franz-Xaver vom Richter ein paar Wochen Jugendarrest aufgebrummt bekommen. Und der Georg ist mit ein paar Sozialstunden im Krankenhaus und mit einer Verwarnung davongekommen. Ich glaube, die beiden waren so ziemlich die Letzten in Bayern, die der alte Paragraf 175 noch erwischt hat.«

»Aber das ist doch alles längst vergessen. Schnee von gestern«, warf Morgenstern ein. »Heute sind Bundesminister und Regierende Oberbürgermeister bekennend homosexuell. Wen kümmert das heute noch, wenn jemand schwul ist?«

»Den neuen Pfarrer von Dollnstein zum Beispiel«, sagte Deininger. »Als der in Amt und Würden gekommen ist und offen gegen Schwule gepredigt hat, hat der Georg Angst bekommen. Der Georg war ein frommer Mann. Das ist ihm immer wichtig gewesen. Und plötzlich hat er befürchtet, dass er zwangsweise geoutet wird. Vom Schäfer. Wie auch immer der Heiß das angestellt hätte. Mein Bruder hat echten Anlass zur Sorge gehabt. Ein Outing auf dem Dorf – das hätte er nicht überlebt.«

»Er hat's auch so nicht überlebt«, sagte Morgenstern trocken. »Sie haben überlebt. Aber zu welchem Preis?«

Die Kommissare standen auf und ließen Roland Deininger allein zurück. An der Tür wandte sich Morgenstern noch einmal um, wie zufällig. »Und jetzt erklären Sie mir noch, was Sie mit dem armen Herrn Birner aus Moosburg angestellt haben, dem Qualitätsprüfer, den unsere Kollegen in Landshut aus der Isar gezogen haben. Machen Sie Ihrem Herzen Luft. Jetzt ist der richtige Zeitpunkt.«

Deininger schüttelte den Kopf. »Da fragen Sie den Falschen.«

Morgenstern stutzte. »Wen sollen wir denn Ihrer Meinung nach fragen?«

»Jemand, den Sie nicht mehr fragen können.«

»Ihren Bruder Georg?«

»Georg hat gewusst, dass der Qualitätsprüfer in dieser Woche das ganze Altmühltal abklappern wollte. Einen oder zwei Tage nach dem Besuch im ›Parzival‹ wäre dieser Birner, oder wie er heißt, zum Schäfer gekommen, zum Heiß nach Pollenfeld. Und mein Bruder wusste, dass ihm der Heiß auch hier richtige Probleme machen würde. Er hat deswegen Kontakt zu Birner aufgenommen, privat, und einen Treffpunkt mit ihm vereinbart, ganz diskret am Fluss. Zu mir hat er gesagt, dass er diesen Birner schmieren wollte, wenn er die Sache im Sande verlaufen lässt. Zweitausend Euro fürs Stillhalten. Aber dann ist das Gespräch aus dem Ruder gelaufen.«

»Und das alles, um den Ruf eines Restaurants zu retten?«, fragte Morgenstern fassungslos.

Roland Deininger schaute an die Wand – wie in weite Ferne.

»Der Georg hat immer nach den Sternen gegriffen«, sagte er schließlich. »Er hat immer Angst gehabt, so zu werden wie ich, in der Gosse zu landen.«

»Der große und der kleine Bruder«, sagte Morgenstern leise. Und als er mit Hecht aus dem Vernehmungszimmer ging, flüsterte er ihm zu: »Ich weiß nicht, was manche Leute an Einzelkindern schlecht finden.«

***

Die ganze Familie Morgenstern fuhr mit dem alten roten Landrover das Altmühltal hinauf nach Mörnsheim. Die Sonne schien, es war ein herrlicher Samstagnachmittag. Die Hänge mit ihren Wacholderheiden strahlten in mildem Licht.

Als sie an Hagenacker vorbeikamen, wo die Staatsstraße wegen der Enge des Tals für ein kurzes Stück durch den Wald zur Hochfläche führte, warf Morgenstern einen kurzen Blick aus dem Seitenfenster. Er sah die Felsen von Hagenacker, die sich auf der anderen Seite des Tals mächtig gen Himmel streckten, steinerne Zeugen einer Urzeit, als diese Region von einem flachen Meer voll mit Riffen und Inseln bedeckt war. Die Felsen glänzten goldgelb in der Sonne, und niemand wäre auf die Idee gekommen, dass dieser idyllische Ort erst vor zwei Tagen Schauplatz einer tödlichen Auseinandersetzung gewesen war.

Vielleicht würde eines Tages oben am Felsen ein Marterl errichtet werden, das an den Tod von Georg Deininger erinnern würde, so wie an vielen Stellen im Altmühltal Sühnekreuze aus grob behauenem Stein noch nach Jahrhunderten auf den Schauplatz von Mord und Totschlag hinwiesen. Gedankenverloren fuhr Morgenstern weiter und erreichte die Abzweigung ins Anlautertal, wo nach einem guten Kilometer der Markt Mörnsheim lag: der jährliche Schauplatz des Altmühltaler Lammauftriebs.

Die Morgensterns mussten ihren Wagen noch vor dem Ortsschild auf dem Grünstreifen neben der Straße abstellen, denn der Lammauftrieb war, wie die Zeitung in solchen Fällen gern formulierte, »auch in diesem Jahr ein Besuchermagnet«. Und alle, alle wollten den Heimatminister sehen, wie er mit der Schafherde durchs Dorf zog.

Treffpunkt war der Kastenhofplatz in der Ortsmitte, direkt neben der historischen steinernen Brücke über die Gailach, einen munter fließenden Bach. Auf der anderen Seite der Gailach hörten die Morgensterns bereits das Blöken von Hunderten von Schafen und das Meckern von Ziegen. Es ging anscheinend gleich los, sie waren spät dran.

Der Kastenhof, ein ehemaliges fürstbischöfliches Getreidedepot, war heute das Rathaus der Gemeinde Mörnsheim, und zusammen mit den umliegenden Gebäuden bildete es einen kleinen, mäßig repräsentativen Platz, der nun von hölzernen Ständen und Verkaufsbuden gesäumt war. In der Mitte stand ein Podium für Ansprachen und den Auftritt diverser Blaskapellen. Minister Fäustlein allerdings hatte seine Festrede bereits gehalten und war gerade ins Gespräch mit diversen Honoratioren sowie der Altmühltaler Lammkönigin vertieft, als sich Morgenstern bei ihm meldete.

Fäustlein trug eine Sonnenbrille, die sein nach wie vor vorhandenes Veilchen kaschieren sollte, und wandte sich leutselig dem Kommissar zu. »Da kommt ja mein Bodyguard und Lebensretter! Herzlich willkommen, Herr Morgenstern. Alles in Ordnung bei der Ordnungskraft?«

Nur wenige Augenblicke später tauchte auch Peter Hecht auf, und dann wurden alle drei vom Vorsitzenden des Schäfer-Landesverbands eingekleidet: Jeder erhielt einen groben, langen schwarzen Leinenkittel, für jeden gab es eine Schäferschippe, an deren Schaufel mit einem weiß-blauen Rautenband ein Blumenstrauß gebunden war – einen Trauerflor hatte man nun doch nicht mehr für nötig erachtet –, und auch an drei grüne rustikale Hüte hatten die Leute vom Verband gedacht.

Die drei Männer und die Lammkönigin gingen, schon neugierig von zahlreichen Zuschauern beäugt, durch ein mittelalterliches Markttor über die Gailach zur Schafherde. Wie die Aushilfshirten erfuhren, waren es die Tiere des Solnhofener Schäfers, der ungeduldig darauf wartete, dass es endlich losging. Er konnte das wimmelnde Vieh kaum noch beisammenhalten und positionierte sich nun gemeinsam mit seinen »Helfern« schnell noch für ein Gruppenbild.

Morgenstern hatte erwartet, dass der Zug durch die Straßen eine würdevolle, gemächliche Prozession werden würde, doch da hatte er die lawinenartige Dynamik einer Schafherde falsch eingeschätzt. Die schmale Gailachbrücke und das enge Markttor wirkten noch als Nadelöhr, danach drängte und schubste sich die animalische Flut Körper an Körper durchs Dorf.

Hunderte von Zuschauern standen Spalier, filmten und fotografierten mit ihren Handys, Journalisten stellten sich mit ihren Kameras in den Weg, um dann in letzter Sekunde zur Seite zu springen. Hecht und Morgenstern hatten die Lammkönigin, den Schäfer und den Minister in ihre Mitte genommen und mussten zusehen, dass ihnen nicht immer wieder ein frecher Ziegenbock mit gesenktem Kopf in den Hintern boxte.

Es dauerte keine fünf Minuten, da war der »Spuk« auch schon zu Ende, und das Quintett hatte seine Arbeit getan. Der Solnhofener Schäfer übernahm die Herde wieder und führte sie allein weiter zu einer Weide am Ortsrand. Hecht, Morgenstern, Fäustlein und die Lammkönigin konnten zum Marktplatz zurückgehen – auf einer Straße, die über und über mit kleinen schwarzen, intensiv riechenden Schafköteln bedeckt war.

Morgenstern musste unwillkürlich an Xavier Naidoo denken: »Dieser Weg wird kein leichter sein …«

Sie kamen zurück zur Marktmitte und schlenderten, immer noch mit Fotografen im Schlepptau, an den Verkaufsständen vorbei. Der Heimatminister bewunderte pflichtgemäß das bunte Sortiment an heimischem Honig, selbst gekeltertem Apfelsaft, handgemachter Marmelade und eigenhändig gestrickten Wollsocken, er bestaunte Solnhofener Kalkplatten, die von Hobbykünstlern mit bunten Landschaften bemalt worden waren, ließ sich – mit Eselsgeduld – die im Aussterben begriffenen Handwerkskünste von Rechenmacher und Korbflechter erläutern und sah zu, wie ein »Hackstockmeister« dicke Kalksteinplatten mit schweren eisernen Zangen in rechteckige Fliesenform zwickte.

Neben dem Gailachtor sahen sie einen Augenblick dem Schernfelder Schäfer zu, der gerade vor großem Publikum ein Schaf mit Hilfe eines elektrischen Geräts scherte. Dann endlich konnten Morgenstern, Hecht und der Minister an einem Biertisch vor dem mittelalterlichen Kastenhof, dem Rathaus, Platz nehmen.

Der Tisch freilich erwies sich in kürzester Zeit als zu klein, denn wie auf ein geheimes Zeichen kamen von allen Seiten die örtlichen Bezirkstags-, Landtags- und Bundestagsabgeordneten, ob von oberbayerischer oder von mittelfränkischer Seite, und versuchten gleichfalls, beim Staatsminister Platz zu finden. Fäustlein allerdings, und das rechnete Morgenstern ihm hoch an, schickte sie alle für einen Moment weg. Er habe mit den beiden Herren noch etwas zu besprechen, sagte er, und bitte kurz um Diskretion.

Diskretion – das war tatsächlich möglich, denn wie bestellt begann die Röglinger Blaskapelle auf dem Podium direkt daneben zu spielen, so laut, dass man kaum sein eigenes Wort verstand.

Die Honoratioren hatten sich zurückgezogen, aber plötzlich tauchte Fiona auf und setzte sich ohne Umschweife mit an den Tisch. »Wir haben was zu besprechen, Fiona«, zischte Morgenstern und erklärte dem Minister: »Darf ich vorstellen, meine Frau.«

»Bleiben Sie ruhig da, Frau Morgenstern«, sagte Fäustlein lächelnd und nahm die Sonnenbrille ab, sodass sein dunkelviolett eingefärbtes Auge gut zu erkennen war.

»Um Himmels willen, Herr Minister«, entfuhr es Fiona.

»Sehen Sie, diese beiden Männer haben mir am Donnerstag das Leben gerettet, und deswegen haben Sie beide etwas gut bei mir. Wünschen Sie sich was, und ich werde meinen Einfluss in München geltend machen, dass es in Erfüllung geht. Wie heißt es so schön: Unmögliches wird sofort erledigt, Wunder dauern etwas länger.«

Hecht brauchte nur einen kurzen Moment des Nachdenkens, dann hatte er seinen Wunsch parat. »Sie haben doch bestimmt in Ihrem Ministerium eine Kantine?«

»Aber selbstverständlich, Herr Hecht.«

»Ich würde mich freuen, wenn Ihr Ministerium seinen Spargel in Zukunft über mich bezieht.«

Fäustlein sah Hecht erstaunt an. Dann reichte er ihm die Hand. »Abgemacht«, sagte er. »Und ich verspreche Ihnen, dass ich auch bei den anderen Ministerien ein Wort für Sie einlege. Ich verlasse mich drauf, dass die Qualität und der Preis stimmen.«

»Ich mache Ihnen ein Angebot, das Sie nicht ablehnen können«, sagte Hecht.

»Und Sie, Morgenstern?« Fäustlein lächelte. »Wie kann ich mich bei Ihnen revanchieren?«

Morgenstern ruckelte auf der harten Bierbank. Dann warf er einen Blick zu Fiona und räusperte sich. »Ich war früher mal Kriminalkommissar in Nürnberg und bin dann hierher versetzt worden. Nicht ganz freiwillig, Sie verstehen?«

»Aha«, sagte der Minister. »Und jetzt würden Sie gern wieder zurück nach Franken ziehen. Das kann ich sehr gut nachvollziehen. Sehr gut. Nun ja, der Innenminister und ich haben einen guten Draht, ich denke, dass –«

»Nein«, sagte da völlig überraschend Fiona Morgenstern, und sie war dabei sogar aufgestanden. Die Hände auf den Biertisch gestützt, stand sie da und sagte noch einmal, dieses Mal etwas leiser und mit bittendem Unterton: »Nein.«

Morgenstern sah seine Frau lange an, dann den Minister. Schließlich schüttelte er den Kopf. »Unser Innenminister hat bestimmt andere Sorgen als so einen Kriminaloberkommissar aus Eichstätt. Wissen Sie was: Bestellen Sie ihm einen schönen Gruß von mir: Ich hätte gerne für unser Büro einen Kaffeevollautomaten. So ein modernes Teil, wie es jetzt alle haben. Für Cappuccino und Latte macchiato und was es da sonst so alles gibt.«

»Ist das Ihr Ernst?«, fragte Fäustlein.

»Mein voller Ernst«, bestätigte Morgenstern. »Ich wüsste nicht, was mir sonst noch fehlt.«

»Dann ist das abgemacht«, sagte der Minister. »Sie kriegen eine Kaffeemaschine – und dafür geben Sie Ihr Nürnberger Heimatrecht auf. In der Bibel gab es übrigens einen Herrn namens Esau, der es ähnlich gemacht hat. Der hat sein Erstgeburtsrecht für ein Linsengericht verscherbelt. Das gilt als das schlechteste Geschäft der Menschheitsgeschichte.«

Morgenstern drückte dem Minister mit zart-bitterem Lächeln die Hand. »Ich mag keine Linsen«, sagte er. »So wenig wie Spargel.« Er nickte Fiona zu und stand auf, um nach Hause, nach Eichstätt, zu fahren. Im Weggehen drehte er sich noch einmal um. »Und grüßen Sie Nürnberg von mir.«

Richard Auer
VOGELWILD
Broschur, 256 Seiten
ISBN 978-3-89705-651-0

»Richard Auer mischt nicht nur Bayern mit James Bond – die Handlung beruht auf Tatsachen: Ende der 1990er Jahre ist im Altmühltal tatsächlich ein Archäopteryx unter dubiosen Umständen verschwunden.« Bayerischer Rundfunk

»Eine spannende, witzige, kluge und fröhlich erzählte Geschichte.«
Augsburger Allgemeine Zeitung

Richard Auer
WALBURGISÖL
Broschur, 224 Seiten
ISBN 978-3-89705-763 0

»Morgensterns zweiter Fall ist ein echtes Lesevergnügen für jeden Krimifan und kann es locker mit einer guten Tatort-Folge aufnehmen.« Weißenburger Tagblatt

Richard Auer
HAUSBOCK
Broschur, 208 Seiten
ISBN 978-3-89705-958-0

»Auer ist ein spannender und höchst unterhaltsamer Roman gelungen. Mit überraschenden Wendungen, Lokalkolorit, Situationskomik und fein ausgearbeiteten Charakteren. Alles bestimmt und getragen von einem humorvollen wie hintersinnigen Blick auf das Geschehen und die Protagonisten.« Donaukurier

Richard Auer
TEUFELSMAUER
Broschur, 256 Seiten
ISBN 978-3-95451-133-4

»›Teufelsmauer‹ ist ein spannender und unterhaltsamer Roman, der wie seine Vorgänger Kino im Kopf bietet – und damit vielleicht auch irgendwann Stoff für eine Verfilmung.« Donaukurier

www.emons-verlag.de